# ただ風が冷たい日

ブラディ・ドール⑰

北方謙三

ハルキ文庫



角川春樹事務所

BLOODY DOLL

KITAKATA KENZO

# ただ風が冷たい日

北方謙三

ただ風が冷たい日

# BLOODY DOLL

KITAKATA KENZO

目次

# 1　異物

誰よりも、鼻が利いた。

そいつは、この街に来るべき人間ではなかった。ただ、そういう人間が紛れこんできて、すぐに消えていくことはしばしばある。S市とは、トンネル一本だが、しっかり結ばれているのだ。

しかし、なにか私を刺激する臭《にお》いを、確かに持っていた。仕事中でなければ、私は尾行《つけ》てみただろう。

このところ、この街で大きな騒ぎは起きていない。大抵は騒ぎの元凶《げんきょう》だった、久納《くの》兄弟が、まるで隠居でもしたように動かないのだ。この二人の意思が働いていなければ、この街の騒ぎが大きくなることはない。

私はとにかくマリーナへ行き、野中《のなか》と二人で頼まれた船を出した。ムーン・トラベルでは、シーズン前に頼まれた船を整備し、試運転をする仕事も引き受けている。野中は一級免許を取得しているが、三十フィートを超える船の扱いには、いささか不安がある。

「やっと、海の上でも、骨まで凍るって気分にならなくて済む季節になりましたね」

フライブリッジで舵輪《ラット》を握り、野中が言った。春の海で、穏やかな日はのんびりした感じになる。ただ、荒れはじめるのも早い。春秋型という天気図で、たえず西から東へ高気圧と低気圧が交互に走っていく。

「両舷全開《りようげん》」

私は言った。野中が二つのスロットルレバーを徐々に押しこんでいく。スピードがあがった。私は、回転計を見ていた。これもテストである。スピードは、マックスまであがった。ほかの計器類にも、異常はなかった。

「よし、巡航回転」

ぴったり十分間走り、私はそう言った。スピードが落ちる。

船上建造物が大きい、つまりキャビンを広くとった船で、どうしてもトップヘビーになり、傾くと復元が遅い。

そういうことは、テストのうちに入っていなかった。エンジンと計器類。整備したのもそれだけだ。

「巡航で、マリーナに帰るぞ」

野中が復唱し、船を反転させた。

「社長、『蒼竜《そうりゆう》』でロングクルーズを募集するんですか？」

どこかで耳にしてきたらしく、野中は私の顔を見てにやりと笑った。『蒼竜』は、ホテル・カルタヘーナの所有で、ムーン・トラベルが運航を委託されている。これまでデイクルーズがほとんどで、それも近くの湾に行って投錨《とうびょう》するというランチクルーズであったり、サンセットクルーズであったりした。船長の児玉《こだま》は、そんなお遊びのクルーズを、諦《あきら》めたようにこなしていた。最初は、船上で食事を出すことさえいやがったものだ。

七十フィートの二本マスト、ケッチ型のヨットなら、その気になれば世界中どこへでも行ける。

「ロングクルーズったって、せいぜい三日だぜ」

「俺、乗ってみたいんですよ。ヨットで、夜の海を走りたいです。児玉さん、駄目って言いますかね？」

「クルーの数は限られる。せいぜい二人かな。なんでもやらなきゃならん。料理がうまいとか、別の技を持ったやつが有利になるな」

「一度、試しに使ってくれないもんですかね。お客さんの扱いは、馴《な》れてますよ」

客が何人かは、わからない。一日あたりのフィーが決まっているだけで、それを払うならひとりでも受けるのだ。ホテル・カルタヘーナの客には、払える金持ちも少なくないだろう。

「ま、せいぜい船の手入れを手伝って、船長に気に入られておくことだな」

三日となると、児玉も気心の知れたクルーを乗せたいと思うだろう。いずれは、小笠原《おがさわら》へのクルーズも計画されている。

「社長、自分で乗ろうってんじゃないでしょうね、あとの仕事を俺に任せて」

「船長は、いやだと言うさ」

「そうですよね。社長が乗ると微妙な関係になる」

児玉はムーン・トラベルの社員だが、同時に船長である。私も、船長としての敬意は払っていた。私や野中のように、小型船舶の免許ではなく、きちんとした航海士の資格を持っているのだ。

「このところ、『ラ・メール』を見ませんね。ドック入りかな」

「どうかな。遠出をしていることも考えられる」

姫島《ひめじま》の爺《じい》さんは、気紛《きまぐ》れに小笠原などによく出かけていく。『ラ・メール』というとみんな海のことだと思うが、スペル一字違いで母という意味なのだと、誰かに教えられたことがあった。三百トンはある、とても個人所有とは思えないような船だった。

甥《おい》二人が、いまは争う様子も見せないので、姫島の爺さんは安心しているのだろう、と私は思った。久納兄弟の確執で心を痛めているのは、あの爺さんなのだ。

「俺は、『ラ・メール』に積んであるテンダーぐらいの大きさでいいから、一生のうちに持ちたいと思いますよ」

「その気になれば、できるさ」

私は、持っているもののすべてを投じて、自分の船を買った。住むところがなくなれば、船で暮らせばいいとさえ考えた。そうはならなかったが、いまでも時々船に泊ることはある。ベッドは、揺れている方が、私にとっては心地よかった。

マリーナへの入港と接岸は、私が舵輪《ラット》を握る。といっても、二軸の船なので、すべてはクラッチの操作で充分だった。

船の塩落としと備品の収納は野中に任せ、私はホテル・カルタヘーナにある事務所へ行った。眼《め》を通しておかなければならない書類が、かなり溜《た》まっている。

マリーナへむかう時に見かけた男が、気になった。信号待ちで、歩いているところを眼にしただけだが、おかしな気配を漂わせていた。二十代の半ばというところだろうか。表情は厳しく、身のこなしには隙《すき》がなかった。

ああいう種類の男を、私はこれまでに何度も見てきた。例外なく、危険な男だと言っていい。

あの男が、なにかを起こす気でこの街に入ってきたのなら、いやでもまた会うことになる。私は、この街に入った異物をひっかける、フィルターのようなものだった。

仕事を終えたのは午後七時過ぎで、私はホテルの社員食堂で食事をすることにした。忍《おし》がいて、私にちょっと合図をし、席を立った。食事を終えたら、社長室に顔を出せという意味だ。週に二度は、忍はここで夕食をとっている。久納兄弟の腹違いの弟で、忍の存在も、兄弟の確執が決定的にならない理由のひとつと言っていいだろう。

日替りメニューは、鰤《ぶり》の照焼きだった。

食い終ると、私はすぐに社長室へ行った。

「なにか、あるぞ」

私の顔を見ると、忍が言った。

「のようですね」

「なにか気づいているのか、おまえ?」

「街に、おかしな空気が流れてますよ」

「具体的に言え」

「この街にいそうもないようなやつがいた、ということだけですが」

忍が、葉巻の吸口をカッターで切り、火をつけた。このところ、姫島の爺さんを真似《まね》たのか、時々葉巻を吸っている。ヒュミドールとか呼ばれるシガーボックスも、木目のきれいなものを備えていた。

私も、ヒュミドールを開け、葉巻を一本とって吸口を嚙《か》み切った。

「プロか?」

「うむ、プロならもっと気配を潜めていると思うんですがね。剝《む》き出しのものを持っている、若い男でしたよ」

「話したのか?」

「擦れ違っただけです」

「ふうん。おまえ、いつからそんな達人になった?」

「臭いですよ、自分と同じ」

「同類を嗅《か》ぎ分けたってことか?」

「まったく知らない俺が街をうろついていたら、忍さんだったら警戒するでしょう?」

「すぐに、追い出すな」

私は肩を竦《すく》め、葉巻に火をつけた。

「で、なにが起きてるんです?」

「それを、おまえに調べろと言ってる。旅館組合が、おかしな動きをした」

忍が濃い煙を吐いた。

「そんなもん、忍さんが押さえつけりゃ、どうってことないでしょう。実際、ほとんどの宿泊施設は、多かれ少なかれ、ホテル・カルタヘーナか神前亭《かんざきてい》に寄りかかっているわけだし。まあ、神前亭の動きだとしたら、あり得ないわけじゃない」

「あっちは、直接動いていない。動けば、俺にはわかる」

「じゃ、日本有数の大企業が、出来あがったこの街ごと買収に動き出したとか?」

「そんなことは、いくらでも防御できるさ。いままでにない動きを感じた、ということだな」

「で、なにを調べますか。神前亭の社長とか、岬のすね者を見張るんですか？」

「二人とも、動きはしないさ。とにかく、なんなのか調べるのが、第一だ」

「わけのわからない臭いを、ほんとうは誰が出しているのかってことですね」

「波崎《はざき》を使え」

「そりゃ、そうなるでしょうが。俺への報酬はないんですか、やっぱり」

「その分、ムーン・トラベルとうちとの契約は、おまえのところに有利になっている。こういう時のためだ」

「わかりましたよ。臭いのもとを突き止める。ガス会社の、検針員みたいなことをやればいいんですね」

「一日に一回は、報告をくれ」

「波崎は？」

「出張だ。外の調査を頼んであって、明後日には戻ってくる」

先に波崎に行かなかったのは、そういう理由か、と私は思った。波崎は、仕事としてこの街のトラブル処理をしている。客の犬がいなくなったのを捜すのまで、あの男の仕事だった。

社長室を出ると、私はそのまま車を転がして、『てまり』へ行った。

カウンターで、群秋生《むれしゅうせい》がひとりで飲んでいた。女の子二人は、奥の席でぼそぼそと喋《しゃべ》っている。

宇津木《うつぎ》が、いつものようにショットグラスを置き、ブナハーブンを注いだ。このところ、私はこのシングルモルトが気に入っている。

「また、人生の塩辛いところを舐《な》めようとしているな、ソルティ」

「そう見えますか？」

私は一杯目をのどに放《ほう》りこみ、チェイサーを口に含んだ。

「まったく、おまえの飲み方は、いがらっぽいコーンウイスキーって感じだな。シングルモルトは、もっと上品にやれ」

「これが、性に合ってましてね」

「だから、いつまで経《た》ってもソルティなんだ。わからんのか、それが」

「わかって、やってるんですよ」

「そういう性格が、いっそう人生を塩辛くする」

私と群のやり取りを、宇津木はカウンターの中で笑いながら聞いていた。

群は、酔ってはいない。この男がほんとうに酔うのは、一週間とか十日とか、飲み続け、死の淵《ふち》に立った時だ。そういうことが、一年に一度ぐらいは起きる。

「群先生、船の整備はいいんですか？」

「おまえのところ、お座なりの仕事しかしないからな。自分の船は、自分で整備する」

「そんな言い方は、ひどいな。故障して泣いている時、俺は行きませんからね」

「きちんとした、エンジニアを呼ぶさ」

「海上での緊急事態に即応できるのは、いまのところうちだけです」

「業者ではな。俺には友だちが多くいる。いざという時は、艦隊を組んで助けに来てくれるね」

群のツナタワー付きのバートラムは、確かに整備状態はよかった。自分で、ディーゼルエンジンについては、ひととおりの勉強をしたのだ。船も、驚くほどきれいにしている。そういうことを、群は人任せにしない。

「早く、トローリングの季節になるといいですね、群先生」

「今年は、姫島の南の海域に、鮪《まぐろ》が回游《かいゆう》してくる。三年前に一度あった。あの時と、海が似ているのさ」

「大物を、あげてくださいよ」

ドアが開き、男が二人入ってきた。ごく普通のスーツを着た男たち。大人しそうな身のこなし。それでも、どこかにプロの臭いがした。昼間見かけた男とは、また種類が違う。

二人は、ちょっと迷い、カウンターの真中あたりに腰を降ろした。

「ウイスキーを、水割りでいただきます」

ひとりが言い、もうひとりも頷《うなず》いた。

宇津木はウイスキーの種類など訊《き》かず、国産の中級品に手をのばした。二つ並べたグラスに氷を放りこみ、鮮やかな手つきでウイスキーを注ぎ、水を足して、いくらかしつこいぐらいにバースプーンでステアした。

女の子たちが、二人を挟むようにして座った。ありきたりの話を、はじめている。観光や保養ではなく、仕事だと男たちは答えていた。新しい客には、大抵なにか言う群が、そっちを見ようともしていない。

シャンソンのＢＧＭが流れていた。

眼が合い、私が頷くと、宇津木は二杯目を注いだ。

二人の客は、一杯の水割りをゆっくりと飲んだ。女たちがいるのをいやがるふうもなく、二杯目を頼む時、女たちにも奢《おご》った。

私は群と、釣りの話を続けた。

「ここの砂浜は、ほとんどプライベートビーチのようになってますよね」

ひとりが、宇津木と私を半々に見ながら言った。ほんとうのプライベートビーチというのは、そうあるものではない。海岸線のほとんどは国有地で、なにかの事情で占有権を持っている者がたまにいるぐらいだ。

「まあ、そう思っていた方がいいです。泊り客でないと、警備員が警戒します」

グラスを磨きながら、宇津木が言った。

「すると、釣りなんかはできませんね」

今度ははっきりと、男は私の方にむかって言った。

「まあね。岩場の方まで行くんだね。そこだったら、いろいろ釣れる」

「たとえば?」

「メジナとか、石鯛《いしだい》とか。俺は岩場でやらないんで、よくわからないけど」

「船で、やるんですか?」

「まあね。ホテル・カルタヘーナの客を乗せて、よく釣りには行くよ」

「それは、チャーターってことでしょう?」

男が煙草《たばこ》に火をつけた。

「私らみたいな人間には、乗り合いの遊漁船でなけりゃね」

「ずっと西に行くと、漁村があるよ」

「そうですか。そこなら、遊漁船があるってことですか」

「船頭は、みんなそこそこの腕だな」

私が喋っている間、群は別のことを考えているように、横をむいていた。

「道具などは、貸してくれるはずです」

宇津木が、間に入った。私が、喋りたくて喋っているのではない、ということがわかったのだろう。女の子たちも、話題を変えはじめた。

年齢は三十を過ぎたぐらいで、ひとりはよく喋り、もうひとりは口が重い。一見《いちげん》の客が、ふらりと入ってくるような店ではない。この店に、いまなにがあるか、私は考えた。このところ、宇津木がおかしなトラブルを抱えている、という気配はない。群秋生に秘密があるとしたら、心の中だけにだ。するとこの二人は私が目当てなのか。私が入ってから、十分も経たずにやってきたのだ。だとしても、二人を誘ってみようという気にはなれなかった。プロの臭いは、秘めているほど不気味だった。

三杯目を空けたところで、二人は腰をあげた。きちんとお釣りを受け取り、領収証も要求していた。

「いやな臭いだな、まったく」

二人が出ていくと、群が呟《つぶや》いた。

「あの二人がなにをやっているのか、群さんわかったんですか？」

「どうせ、ろくなことじゃないだろう。俺には、いやな臭いと感じられるだけだが」

「職業を当てるの、特技だったじゃないですか」

「まともな職業だったらだ」

また、客が三人入ってきた。今度は街の人間で、顔見知りだ。女の子たちが声をあげる。

「行くぞ、ソルティ」

「どこへです？」

「うちだ。ビリヤードをひと勝負やりたくなった」

「待ってくださいよ。俺は、今夜は早いとこ帰るんです」

群は、入ってきた三人が気に食わないのだった。顔見知りでも、気に食わない人間が半分以上いる。こんなふうに腰をあげるのは、ただの気紛れだった。気に食わない相手でも、一緒に酒を飲んで、にこやかにしていることもある。

「俺の車の面倒も見てくれ」

群が所有しているのは、ジープ・チェロキーと、マセラーティ・スパイダー・ザガートと十二気筒のジャガーだ。あまり運転しないので、車は腐りかかっている。ただ、運転させてみると、意外にうまかった。

私は、ウイスキーを飲み干した。

## 2　病院

私がその男を再び見たのは、翌朝だった。

私は、群の赤いジープ・チェロキーを転がしていた。これから二日は、それが私の足になる。

男は、トンネルを出て、リスボン・アヴェニューを真直《まっす》ぐ中央広場まで走った。いわばこの街を南北に貫くメインストリートで、中央広場はマリーナと河口を挟んだところにある。

　男の車は、どうも足まわりを固めてあるようだった。いざとなれば、少々のコーナーは踏ん張って回るということだろう。

　男は、行き止まりの柵《さく》のところで車を停《と》め、コンビニで買ってきたらしいサンドイッチと紙パックの牛乳を持ち、海の方にむいているベンチで腰を降ろした。

　まだ、中央広場には人はいない。

　私は煙草をくわえ、男の前に立った。

　男は表情を変えず、サンドイッチを口に運んでいた。

「火を貸してくれんかな、兄さん」

　言った瞬間、顔に牛乳が飛んできて、とっさにかわすと足を払われた。

　男の眼は、多分、一度も私を見てはいない。それでも、正確に牛乳のパックが顔に飛んできたし、確実に足を払ってきた。私は路面に尻《しり》を落としたまま、しばらくぼんやりしていた。あまりの鮮やかさに、すぐに反撃する気が失《う》せていた。ベンチに腰を降ろしたまま足を飛ばすのは、それほどたやすい技ではないのだ。

　私が立ちあがった時、男の車はホイールスピンの音とともに、急発進していた。

　慌てて追うことはしなかった。

私は、携帯電話で野中を呼んだ。

「手の空いているやつ、いるか？」

「すぐですか？」

「できるだけな」

「十分、待ってくれますか？」

「わかった。俺は、事務所には出ないから」

「携帯に入れます」

私は、電話を切ると、サンドイッチと牛乳パックを拾いあげ、ゴミ箱に放りこんだ。私がくわえていた煙草は、牛乳で濡《ぬ》れ、離れたところに飛んでいた。

新しい煙草に火をつけ、私はベンチに腰を降ろした。

どういうことかは、およそ読めた。男はなにかの目的で、この街に入った。きのうもだ。追っている獲物は、S市だろう。

そして昨夜、『てまり』に現われた二人は、多分、あの男を追っている。あの男には、追われながらも、この街にいなければならない理由があるのだろう。私は、あの男たちの仲間と間違えられたということか。

煙草を喫《す》い終えたころ、野中から電話が入った。

「三人、動けます」

「わかった。カローラ・レビン。年式はよくわからんが、足まわりを固めている」

私は、野中にナンバーを伝えた。

「了解。それだけわかりゃ、一時間で見つけられると思います」

「見つけるだけでいいからな」

「荒っぽいことが得意なやつらじゃないんで。それで、連絡は？」

「俺でいい」

野中は、かつてはS市で暴走族《ゾク》の頭を張っていた。いまも、かなりの影響力を持っていて、こういう時には人数を調達できる。もっとも、危険度に応じて時給も出すので、野中は連中にもいい顔ができる。

私は、マリーナへ行き、倉庫の備品の点検をした。私が整備を請け負っている船の、最低の備品は揃《そろ》えておくことにしている。いまは、六隻の整備を請け負っていた。

電話が鳴ったのは、備品の整理をはじめて、二時間近く経過したときだった。

「病院か」

男の車は、病院の駐車場にあるという。男が、なにかの病気かどうか、私にはわからない。

私は、そのまま車を見張るように言った。

あの躰《からだ》の動きは、とても病院にかかっている者のものとは思えない。しかし、あの男は病院にいるということだ。

考えがまとまる前に、私は病院に到着した。駐車場の中に、あの車はあった。私は、入口を三方から見張っているバイクに、解除の合図を送った。あの男と会う時、こちらが多人数でいたくない。

私は、しばらく駐車場の中から車を見張った。

病院の玄関からの通路。駐車場への人の往来は、そこにしかない。駐車場の中にも、おかしな人の動きはない。

私は車を降り、駐車場を横切って、玄関の方へ歩いた。

男の姿は、捜す必要はなかった。

入ってすぐの玄関ホールのところは、入院受付や会計などの窓口で、ベンチが五列並んでいる。一番後方に、男の背中が見えた。会計で呼び出されるのを待っているように見えるが、呼び出し番号の放送に耳を傾けている気配はない。

放送があり、ベンチから十数人が立ちあがった時、私は男の背後に近づいた。

「ここで暴れると、病人に怪我《けが》をさせちまうかもしれん。できることなら、大人しく外へ出てくれないか」

囁《ささや》くように言った。

男の躰は、しばらく動かなかった。私は攻撃に備えて、気を抜いていなかった。しかし男は、ただ立ちあがり、玄関にむかって歩きはじめた。

「どこへ行けばいい」

外に出て、はじめて男は声を出した。

「それは、おまえがなにをやりたいかによる。朝方、俺をいきなり蹴《け》っ飛ばしたみたいなことをしたいんなら、山の方へ行けばいい。そこは、人がいない。話をしたいなら、車の中だ」

「あんたは、なにをやりたいんだよ」

男の口もとに、かすかな笑みが浮かんだ。

「俺になぜ、いきなりつっかかってきた」

「俺は、座ってたんでね」

「どういうことだ？」

「もしやり合うことになったら、動きがひとつ遅れる。それで、先に攻撃させて貰《もら》った」

「おかしな理屈だな。俺が、まるでいきなり殴りかかってきそうだったって言い方じゃないか」

「あんたは、朝めしを食っているやつに、煙草の火を貸せと言ったんだよ」

確かに、そうだった。男が煙草を喫っていれば、私の言ったこともそれほど不自然ではなかっただろう。

「それでも、いきなり蹴っ飛ばすかよ」

「俺にも、いろいろ事情があってね。神経が苛立《いらだ》っていたことは確かだよ」

「どういう意味だ？」

「誰かが襲ってくるかもしれん、とずっと思ってたってことさ」

「なぜ、襲われる？」

「それは、襲ってくる連中に訊いてくれ」

「ひとつ、確認しておこう。おまえ、俺が襲ってくる人間のひとりだと思っているか？」

「違ったかもしれない、と思っている。だから、こうして喋っている」

「なら、やることのひとつを消そう。つまり、すぐに殴り合いはしない。それでいいか？」

「いいよ。やりたくてやったわけじゃない」

私は、赤いジープ・チェロキーの助手席のドアを開けてやった。

私が運転席に座っても、男は病院の玄関から眼をそらそうとしなかった。煙草をくわえると、男は玄関に眼をむけたまま、ジッポの火を差し出してきた。

「誰かを、待ってるのか？」

「ああ」

「その関係で、おまえは襲われたんだな？」

「そこのところは、わからない。この街が、ただ物騒なだけかもしれないし」

「物騒なところじゃない」

「じゃ、俺が気に食わないというやつが、いたんだ」

「この街で、おまえを知ってるやつはいないさ」

「この街まで、追ってきた。それはあるかもしれないだろう」

「そうだな。来たのは、いつだ？」

「きのう」

一度ぐらいは、襲われたのかもしれない。『てまり』へ来た、二人の男。人を襲ったなどという気配は、微塵《みじん》も見せていなかった。しかし、『てまり』へ現われたのだ。

「あんたは、なぜ俺に火を貸せなどと言ったんだ？」

「煙草を喫いたかったからさ」

「このジープ・チェロキー、朝、ずっと俺をつけてきたよな」

かなり車間はあけていたが、気づかれていたようだった。

「たまたま、同じ方向に走った」

「それを、信じろと？」

「狭い街さ」

「俺は、ここに泊っていたわけじゃない。S市に泊っていて、朝やってきた。朝一番に追ってきたのが、あんたってわけさ」

「つまり、偶然じゃないって言いたいわけだな」

「偶然でもいいさ。偶然とは思いにくかったというだけで」

「病院に来る誰かを、待っているのか？」

「ただ待っているだけだ。その男に会いたいから」

「つまり、病気か？」

「病院に来るんだからな」

「この病院だと、わかってるのか？」

「いや。しかしこの街には、ここしかないと思う」

「あるぜ、かなり」

ここしかないというのは、総合病院であるということだろう。脳外科まで揃った病院は、ここしかなかった。

「なぜ、この街なんだ」

「それは、俺が待っている相手に訊いてくれ」

男が、臭いを発していることには変りなかった。しかし、昨夜の二人組に較《くら》べると、邪悪な感じはない。むしろ自分が発する臭いに似ているのだろう、という気さえした。

「N市からか？」

男の車のナンバーは、そうなっていた。

「知ってるか？」

「知っている人間が、何人かいる。それだけだが」

「ここよりはましだ、という気がする」

「あそこも、膨れあがっている街で、人口は三、四十万にはなっているんじゃないか？」

「詳しいことは、知らない。関心もないんだ」

「自分が住んでいるのに」

「住んでいるからさ」

「いくつだ？」

「二十から三十の間」

「それはまた、ずいぶんと幅があるな」

「小僧扱いされた時、五、六歳上になりたいとよく思うよ」

　私は、笑っていた。この男に、はじめから敵意は持っていなかったような気がした。ただ、私を蹴飛ばしたことも確かなのだ。

「俺は、蹴っ飛ばされて、黙っているような男じゃないんだ、坊や」

　病院の玄関にむいていた男の視線が、束の間《つかのま》、私の方に動いた。

「聞いてるのか、おい」

「蹴ったものは蹴った。いまさら、どうしようもない」

「謝ろうって気は？」

「ないね」

「やられたことは、やり返す主義だ」

「別に、主義を曲げろとは言わないよ」

「山へ行くか」

「待ってくれ。俺は捜さなきゃならない人がいる。捜し出すまで、待ってくれないか。そしたら、殴り合いでも蹴り合いでも」

男の脇腹に、私はいきなり肘《ひじ》を叩《たた》きこんだ。次の瞬間、手をのばして助手席側のドアを開けると、蹴り出した。男は転がり落ちたが、躰は丸めていて、受身を取るようなかたちになった。

「これで終りだ、坊や。次に会った時、敵同士だったら、またやろう」

男は、首だけあげた恰好《かっこう》で、私を見ていた。

「効いたな、いまの」

「じゃあな」

私は助手席のドアを閉め、エンジンをかけた。

「名前だけ、訊いておくよ。俺は、高岸《たかぎし》って者だが」

「若月《わかつき》。ムーンの月だ」

男は、すでに立っていた。私は車を出した。

なにか収穫が得られた、というわけではなかった。それだけのことだ。私の悪い癖なのかもしれない。

運転しながら、私は野中に電話を入れた。

「船長が、俺を乗せてもいいと言ってるんですがね、社長」

「じゃ、あとは俺の許可だけか」

「そんな。せっかく船長が言ってくれてるのに」

「あの三人、仕事を続けられるか？」

「なんとかしますよ。あいつらが駄目でも、ほかの誰かを。だから」

「見張ってくれ。手は出さず、誰と会ったか確かめるだけでいい」

二人のプロが、襲うかもしれない。それは、自分でなんとかするしかないだろう。覚悟をして、この街に入っているはずだ。

「わかったな、野中」

「社長は？」

「考えておく」

「またそれだ」

野中の舌打ちが聞こえてきたが、私は電話を切った。

## 3　腎臓《じんぞう》

事務所では、山崎有子《やまざきゆうこ》が、クルージングの相談を受けていた。船上結婚式を考えている客らしい。女の方の父親らしい男もいた。

私は、自分でコーヒーを注ぎ、席に行った。社長らしい席ではない。二つずつむかい合わせになったデスクのひとつが、私の席だ。以前は、一番奥にひとつだけ独立した席を作っていたが、そこにはいま段ボールが積みあげてある。船上パーティで使う道具の一部で、児玉が勝手にそこに置いた。社員の中でデスクが必要ないのが私だと、児玉には判断されたようだ。

電話が鳴った。

「久納だが」

姫島の爺さんの声だった。爺さんから、きちんと名前を呼ばれたことは、数えるほどしかない。若いの、とか小僧とか、言われ続けてきた。『ラ・メール』を海上で見かけることはなかったが、爺さんは会社には出てきているのだろう。S市で最も高いビルの屋上にはポートがあり、姫島からヘリコで通ってくるのだ。

「なんとか言え、おい」

「御用はなにかと、考えていました」

「昼めしだ」

爺さんは、S市の一膳《いちぜん》飯屋の名を言った。

「わかりました。正午にうかがいます」

私が言うと、なんの反応もなく、電話が切れた。

用件は、飯屋で話すということなのだろう。爺さんから直接電話を貰うことなど、一年に一回もない。

聞かなければなんだかわからない用事を、私は考えようとはしなかった。きのう、かなり片付けたので、仕事はだいぶ進んでいる。時計に眼をやり、私はまだ残っている書類に手をのばした。約束の時間に飯屋に行くまでに、まだ一時間ほどある。

山崎有子は、価格の交渉に入っているようだった。コックも乗せなければなりませんので。そう言っているのが聞える。

三十分ほどで、客は帰った。

「まとまったのか、話?」

「はじめから、まとまってます。このホテルに泊っている客ですからね。しかも、二部屋とって」

「ふうん、金に糸目はつけないってわけか。結婚式だろう?」

「この街の教会で結婚式をやり、このホテルで披露宴。翌日、親しい友人だけでクルージングだそうです」

ホテル・カルタヘーナは、全室がスウィート形式で、一戸建てになった部屋にはメイドがひとり、新館の建物にはフロアごとに十人のメイドがいる。一泊十五万はするホテルなのだ。

「豪勢な話だ。このホテルに客がいること自体、俺には信じられんね」

「でもいますよ。客室の稼働率は七割に達してるそうですから」

山崎有子は、私との無駄話を切りあげ、書類にむかった。

時間になると、私は事務所を出た。

姫島の爺さんが、時間にうるさいという話は聞いたことがない。それは、誰ひとり爺さんを待たせたりしないからだ、と私は思っていた。

十二時五分前に、私は飯屋に入った。

三分前に爺さんは現われ、私は三十分も前から待っていたのだ、という顔をした。

爺さんが註文《ちゅうもん》したのは、握り飯と漬物だけで、私は定食を頼んだ。

「ひとつ、やって貰いたいことがある」

握り飯を食い終えると、爺さんは勝手に喋りはじめた。どこにもいる老人のように見えるが、爺さんは決して楊枝《ようじ》を使わず、口の中でお茶の音をたてることもない。

「多田《ただ》病院に、男がひとりいる。そいつを、街へ連れていけ。タクシーで行こうとするだろうが、おまえの車で」

「それは構いませんが」

理由を訊くのを、爺さんは嫌う。それも、嫌いだろうとみんなが思っているだけで、もしかすると違うのかもしれない。

「ガードしろ、いいな」

「襲ってくるのは、誰です？」

「わからん」

私は、高岸の顔を思い浮かべた。高岸は、病院で人を待っていた。

「ガードすればいいんですね？」

「ホテル・カルタヘーナ。自分で取っている部屋があるそうだ」

「なにか、武器は持っていた方がいいですか？」

「おい、小僧」

爺さんは、葉巻に火をつけた。忍より、ずっと年季の入った仕草だ。

「俺は、ガードをしろと言ってる。あとは自分で考えろ」

「わかりました」

「一時半に、病院から出てくる」

「そんなことまで、わかってるんですか」

私は、ようやく自分の定食を食い終えた。

「この件に、わしが関《かかわ》っていると、知られたくない」

「なんと言えばいいんでしょうか？」

「それも考えろ」

「名前は？」

「一時半に出てくる男」

「無茶な話だ」

「そうさ、無茶だ。しかし無茶だからできんと、おまえは言うまい」

一時半に出てきた男を、ひと目見ればわかる、と爺さんは言っているのだ。あとのことはすべて自分で考えて動け、とも言っている。

多田病院は、S市にあるいくつかの総合病院のひとつだが、街のはずれにあった。私は時計を見て腰をあげた。

「行ってきます」

爺さんは、もう私の方を見ていなかった。葉巻の煙が、爺さんの顔をぼんやり見せている。

多田病院まで、車で二十分というところだ。

私は、玄関の脇《わき》に車をつけた。高岸がいないのが気になったが、それらしい姿はなかった。街の病院の方で、まだ待ち続けているのかもしれない。

私がこれから会おうとする男と、高岸が待っているのは同じ人物だ、と私は思いこんでいた。それが思いこみだとわかっていれば、間違った時も多少の修正はきく。

一時半ぴったりに、老人がひとり出てきた。

老人と見えただけで、それほど歳《とし》をとってはいないのかもしれない。白い髪は整っていて、眼差《まなざ》しは落ち着いている。ただひどい顔色で、疲れきっているように見えた。

男は、タクシー乗り場の方へ足をむけた。

私は、男の前に立った。

「お迎えにあがりました」

「ふむ」

男は私を一瞥《いちべつ》し、ポケットを探った。パイプだった。

「タクシーの中でこれをやると、運転手が文句を言う」

「私の車は、御自由です」

「なら、君の車に乗ろう」

十メートルほど歩き、普通の車よりかなり高いジープ・チェロキーの助手席にのりこむだけで、男はひどく息を切らしていた。

「若月という者です。ホテル・カルタヘーナまでお送りします」

運転席に回り、エンジンをかけて私は言った。男は、私の名にも言ったことにも、大して関心を示さなかった。小刻みな息をしながら、パイプに葉を詰める作業に集中していた。

私は、車を出した。

「ホテル・カルタヘーナは、街一番のホテルですよ。ほかに神前亭というのがありますが、和式です」

男が、パイプに火を入れた。パイプ用の、横に火が出るライターらしい。車内に、濃く甘い煙が満ちた。

「いいんですか？」

「なにが？」

「煙草」

「君に、心配される理由はない」

「それはそうですが」

私はウインカーを出し、車をトンネルの方へむけた。

「一時半、ぴったりで出てこられましたね」

「一時十五分に、終るからだ」

「診察ですか？」

「いや」

「治療？」

「それでもない」

　続けざまに、男が煙を吐いた。煙草の一本や二本では太刀打ちできそうもない。私はベンチレーターを全開にし、窓も少し開けた。

「トンネルがあるんだな？」

「それができるまでは、静かな村だったんですが」

「病院もあるな？」

「多田病院より、設備は整っていると思います」

「そんなことは、関係ない」

「でも、病院には行かれるんでしょう？」

「明後日だ。そのころ、俺の血は、手の施しようがないほど濁ってくる」

　濁るという言葉に、いまいましそうな響きがあった。

「血が、濁るんですか？」

「小便が混じってくる」

　人工透析を受けるのだ、と私ははじめて理解した。診察でも、治療でもない。男が言ったことは、間違いなかった。

「大変ですね」

「なにが?」

「腎臓《じんぞう》が二つ、駄目なんでしょう?」

「ごつい、キドニー・ブローを食らってな」

「そうなんですか」

「もう馴れてしまっている。ただ、透析の後はひどく疲れる。最近は、それがひどくなったな。多分、もうすぐ死ぬはずだ」

「まさか。透析を受けりゃ」

「死ぬさ。それで、終る」

「ずいぶんと、ひねくれたもんですね」

爺さんには、礼儀正しくしろとまでは言われていない。男は、煙を吐きながら、にやりと笑った。私も、煙草に火をつけた。忍の葉巻を、一本失敬してくればよかった、と思った。煙草ぐらいでは、煙を吸っているのかどうかわからない。

「ひねくれるのは、死んでいく人間の特権なんだ」

「死にませんよ」

「俺には、よくわかる。ここ何年も、死は古い友人のようだった」

「そばに立っているだけでしょう。それなら、俺も同じようなもんです」

「生意気な男だ。若造のくせに、俺と同じだと」

「よく、年寄りには言われます」

「ふん。俺を怒らせようと思っているのなら、見当違いだぞ。ええと」

「若月。ムーンの月です」

「俺は、おまえみたいな男を、何人も知ってるよ」

「そうですか」

「半分は、死んだ」

「死ぬ時は、死にますからね。ええと」

「俺に、名前を言わせようとでも思っているのか、若月？」

「いけませんか？」

「キドニーという綽名《あだな》がある。気に入っているが、誰にでも呼ばせるわけじゃない」

「俺にも、ソルティという綽名があります」

「つまらんな。綽名は、躰のどこかを持ってきてつけるもんだ」

「全身が、塩辛いんですよ、俺は。いや、人生そのものが」

「若月、おまえはやっぱり若造だ」

「否定はしません」

S市の街並が、後方に飛んでいく。

「トンネルを抜けるまで、俺に話しかけるな、ソルティ」

「もうすぐです」

「トンネルは？」

「俺も、綽名を呼ばせる人間は、選んでいるんですがね」

「死ぬ人間の特権がある。そう言ったろう」

トンネルの入口が見えてきた。トンネルではない、暗い穴に吸いこまれていく。ここを通る時は、よくそんな気分になる。どこまでも続く、暗い穴だ。

それでも、トンネルは抜けてしまう。そして、S市とはまるで違う光景の中に出る。

暗い穴。近づいてくる光。街に出た。リスボン・アヴェニュー。なぜ、そんな名の通りがあるのか。

「街へ、ようこそ、キドニー」

「綽名で呼んでいい、とは言ってないぜ、ソルティ。俺の名は、宇野《うの》という」

「わかりましたよ、宇野さん」

「聞いていた通りだな。この街は、芯《しん》の方から錆《さ》びかけている」

「錆びた街へ、ようこそ」

宇野の吐く濃い煙が、いきなり私の顔を覆ってきた。

# 4　会議

ホテル・カルタヘーナへ入ると、宇野はすぐにベッドに潜りこんだようだ。豪華な仕様になったヴィラで、そこに荷物ひとつ持たず入ったとしても、特に大きな不自由はないはずだ。

ガードしろ、と姫島の爺さんには言われた。ホテル・カルタヘーナにいるかぎり、セキュリティは万全で、部外者がヴィラのある区域に入るのは、まず難しい。私は、手持無沙汰《ぶさた》になり、社長室へ行った。

「キドニーは、ベッドの中か、ソルティ？」

忍は、宇野と知り合いらしい。川中《かわなか》が一度ここへ来てから、N市へしばしば出かけているので、知り合いだったとしても不思議はなかった。

「透析を受けると、疲れるんだそうです」

「まあな。透析を受けるのが長くなると、そんなもんだ」

「古いんですか、宇野さんとは？」

「川中よりずっと古い。もう、十年になるかな。そのころから、N市で弁護士だった。俺は一度、N市と関係した案件で助けられたことがあってな」

かなかった。

思わず、私は笑った。宇野とあの川中がいがみ合っている姿は、どう考えても滑稽《こっけい》でし
「そりゃ、また」

「犬猿」

「川中さんとの関係は？」

「キドニーというニックネーム、川中がつけたらしい」

「気に入ってるそうですよ、宇野さんは」

「つまりそれさ。お互いに犬猿であることを愉《たの》しんでる」

「俺は、会長から、宇野さんをガードするように言われているんですが」

「結局は、それかな。会長は、単純明快にやり方を決めたということか」

「なにがあるんです？」

「俺にも、はっきりとはわからん。だからおまえに、街の様子を調べろと言った。キドニーが来ることは、予約が入っていたのでわかっていたがな。トラブルが、キドニー絡みだとは考えていなかった」

「高岸っていう若いのが、N市から来ています。これが宇野さんとどう絡むかはわかりません。ほかにプロが二人。これと高岸は敵対と見ていいでしょう」

「誰がプロを使っているかによって、高岸というやつの立場も見えてくるな」

「高岸が、宇野さんに会おうとしていたことは、確かです。ただ、病院までは摑《つか》んでいませんでした」

忍が、腕を組んだ。私は、ヒュミドールから、葉巻を一本とり、吸口を嚙み切った。

「波崎が戻るのは、明日ですよね」

「やっぱり、二面作戦が必要か？」

姫島の爺さんが出てきたことで、ただ事ではないという判断を忍はしたようだった。

「会長は、なにが起きているか、御存じないんですかね？」

「知ってるだろう。そして、必要と考えたらわれわれに言う」

火をつけると、しばらくの間は、葉巻の香りは全身を包む。それから、喫《す》っている本人はわからなくなってくる。周囲の人間が、いい香りを愉しむだけだ。

「俺は、宇野さんを見失わないようにしておきますよ。いまのところ、それしか手はないと思います」

「わかった」

「宇野さんで、わかっていることを、教えてください」

「優秀な弁護士だが、つむじは曲がっている。俺とは、なんとなく気が合う。俺の見たところ、健康な人間を憎んでいるぐらいで、悪党ではない。会長とも、N市の案件で会っているはずだ」

「川中さんは、絡んでいますかね？」

「会長と川中の間で、なにか話があったことは考えられる」

「あの二人、どこか似てますしね」

言うと、忍は口もとだけで苦笑した。

ホテルの敷地内は、いたるところに監視カメラがある。よほど巧妙にやらないかぎり、部外者はそれに映る。有名な俳優がお忍びで来ていたり、老政治家が滞在していることなど、めずらしいことではない。

そういう有名な人間を写真に撮って売ろうとする者もいて、監視カメラはその防御のためだった。常時、モニター室には人がいて、部外者の侵入を見張っている。

「ヴィラにいるかぎり、俺の仕事はないような気がするんですがね」

「うちの監視態勢が、百パーセント完璧《かんぺき》とは言えん。なんであろうと、完璧ということはないんだ」

「わかりますがね、それ」

よほど研究しないかぎり、カメラの死角を衝《つ》くのは難しい。カメラも、巧妙に隠蔽《いんぺい》してある。私でさえ、すべてのカメラの位置は頭に入っていない。

「ま、モニター室で徹夜だな、ソルティ。会長がガードしろと言った以上、中途半端なことは許されん」

「覚悟しましたよ。だけど、宇野さんは部屋に籠《こも》らず、出歩いてくれませんかね」

「散歩が趣味って男じゃないことは、確かだな」

私は肩を竦めた。

しばらく無駄話をしていたが、秘書が入ってきて来客を告げたので、私はモニター室の方へ行った。

警備員が二人、恰好だけはモニターをウォッチするようにして、座っていた。こんなものは、漫然と見ていれば、必ず見落とすものが出る。

「どうしたんですか、若月さん？」

顔見知りのひとりが言った。

ここに常時詰めているのはひとりで、もうひとりは休憩時間に無駄話をしにきたというところだろう。

「社長命令でね。全館をひと晩見張ることになった」

「なにか、ありました？」

「いまのところ、なにも。要するに、俺が気になるものを見張れってことだからな。おまえらに代って貰って、居眠りしてるってわけにもいかないんだ」

警備に入っているのは、中堅の警備会社で、支社長は私の友人だった。警備員の質が、警報システムほど優秀とは言えない。

ヴィラの間を、移動しているカートが一台見えるだけだった。乗っているのは、ホテルの従業員だ。

「なにもありませんね。ホテル内は無事なもんです」

「そうだな」

駐車場に、おかしな車が並んでいる、ということもなかった。正門と通用門以外のところからの出入りは、警報システムにひっかかる。

「人の動きがあるのは、玄関付近だけです」

さらにそう言ってきたので、私は軽く頷いた。プロであろうと高岸であろうと、警報システムに対する注意はするはずだ。

ひとりが立ちあがり、マグカップにコーヒーを入れてきた。黒々とした、苦いコーヒーだった。私は、葉巻を喫い続けていた。ゆっくりと喫うと、二時間はもつのだ。

プライベートビーチになった海岸を見渡すカメラもあるが、散歩をしている老夫婦の姿があるだけだった。二日前の凪《なぎ》の日に、海岸線のクルーズをやった、私自身の客でもあった。

「おまえら、見回りの態勢はいつも通りか？」

「特に、警戒態勢をとれという命令は受けていません」

「この棟だ。ここに誰が出入りするかだ」

「ここですね」

ひとりが、ノートを開いた。ノートを見なければ、客がいるかどうかも把握してはいないらしい。

私は一度自分の事務所に行っただけで、夕方までの時間をモニター室で過した。二組の客が新しく入った。そのチェックぐらいはできるが、通用門では業者の車が何台も出入りしている。そこの人間までは、確実に見定めることはできない。従業員用の駐車場もそうだ。

従業員が、男二人を乗せてカートを運転していた。空はすでに暗くなりはじめている。顔は確認できないが、私の神経に強く触れるものがあった。

私はモニター室を出てカートが置いてある場所に走った。カートでは追いつかない。いつも従業員が新聞を配ったりメッセージを届けたりする自転車に、飛び乗った。カーブの多いカートの通路ではなく、芝生の上でも構わず、一直線にカートを追った。カートの速度は、せいぜい二十キロである。すぐに、追いついた。後部座席に乗っていたひとりが、気づいてふりむいた。『てまり』で会った二人。間違いなかった。

私は、カートから飛び降りた二人を無視し、宇野がいるヴィラの玄関まで走った。そこで身構える。面倒を嫌ったのか、二人は本館の建物の方へ駈《か》け去っていた。

警備員が、二人を捕える余裕などなさそうだった。二人を捕えるなら、少なくとも四人が集まるのを待つだろう。

カートを運転していた従業員の方へ、私は歩いていった。顔は知っている男だった。

「脅されたのか?」

まだ恐怖が冷めないような状態で、従業員は頷いた。

「どこで?」

「玄関を入ったすぐのところで、カートの乗り場まで案内してくれと言われました」

「そこで脅されて、無理矢理運転させられたわけだな?」

泊り客でもない男が二人でカートに乗っていれば、怪しまれる。従業員が運転しているかぎり、よくある来客の案内だった。

「怪我は?」

「背中を、刺されました」

背中を見てみたが、十円玉より小さなしみが、制服にできているだけだった。それでも、刺し殺されるかもしれない、という恐怖を与えるには充分だっただろう。

「ナイフを持っていたんだな?」

「はい、どうしようもなくて、助けを呼ぶ余裕もありませんでした」

ナイフを見せて脅すのではなく、本人からは見えない部分にちょっと傷をつけてやる。その方が、考える暇さえ与えない、効果的な方法だろう。まさしく、プロのやり方だった。

「医務室へ行って、手当てして貰え。出血はひどくないから、心配しなくていい」

ようやく、警備員が四人駈けつけてきた。私はただ、従業員を連れていけ、とだけ言った。

すでに陽《ひ》は落ちているが、適度な場所に水銀灯があり、庭が闇《やみ》に包まれることはない。

私は、宇野のヴィラに戻り、チャイムを鳴らした。

夕食の準備をしていたらしいメイドが、顔を出した。

宇野は風呂《ふろ》に入っているようで、私はリビングで待つように言われた。

しばらくして、バスローブを羽織った姿で、宇野が出てきた。

「どうした、ソルティ。忘れものか？」

「いま、宇野さんを殺しに、二人、プロが来ましてね」

「慌て者だな、その二人。殺さなくても、遠からず俺は死ぬ」

宇野は、別段、驚いた様子も見せなかった。パイプをとり、葉を詰めはじめる。

「一時間でも早く、死んで貰いたかったんでしょうね」

実のところ、二人が宇野を殺しに来たのかどうかは、わからなかった。私は、最悪はこうだっただろう、ということを宇野に告げているだけだ。

「俺は、そろそろ夕めしなんだがな、ソルティ」

「邪魔ってことですか？」

「一緒に食っていけ、ということだ」

私は、ちょっと考えた。この男と一緒に食事をし、皮肉を聞き続けるのは、どうしても快適だとは思えない。

それでも、私は頷いていた。

宇野が、メイドにもうひとり分の食事の用意を命じた。

「N市じゃ、川中さんともお知り合いらしいですね、宇野さん？」

パイプは食後のためのものなのか、葉が詰められたままテーブルに置かれた。

「その名前は、聞きたくない。いい歳をして、ガキの気分が抜けきれない、通俗的な男だ。そのくせ、金だけは人並み以上に儲《もう》けている。執着も強い」

「俺には、そんなふうには見えませんでしたがね」

「とにかく、気に入らないという意味の言葉を全部集めても、まだ表現しきれないほど、気に入らない男だ」

「また、すごい嫌い方ですね。死んでくれた方がいい、という感じですよ」

「馬鹿を言え、ソルティ」

宇野が、にやりと笑った。

「俺とあの男の共通点は、死んだ方が楽だと思っていることさ。俺は、死ねる。内臓の一部は、すでに死んでいることだし。あの男は、あさましく生き延びて、その間、苦しみ続けるわけだ」

「結構、生きることを愉しんでいるようにも見えましたがね」

言いながら、私は川中が時々見せた、はっとするような暗い笑顔を思い出していた。

「だけどあの人は、このホテルの社長の忍さんとも、どこか似ていますよ。忍さんとは、親しいんでしょう」

「忍の方が、ずっと謙虚だ。大人でもある。礼節も心得ているし、人を見る眼も確かなものを持っている。人間の格が違うな。忍は、育ちがいいのさ」

「この街にも、宇野さんと同じような喋り方をする人がいますよ」

「群秋生のことを言っているのか、おまえ？」

「御存じなんですか？」

「一緒にするなよ。確かに俺は皮肉っぽい喋り方をする。しかし、群秋生は嘘《うそ》つきだ。小説家だぞ。嘘を書いて生きているんだ。弁護士の言葉ほど、真実味があるはずがない。群の作品が、そこそこ心を動かすことは認める。つまり、嘘をつく才能はある」

あの二人の男がどうしたか、私は考えていた。周到に、逃げる準備もしていただろう。つまり、従業員がちょっと怪我をしただけで、なにも起きていないのと同じことだった。

「会長とは、どういう関係なんですか？」

「姫島の御老体のことか」

宇野の口調に、かすかだが敬意の響きがあった。

「あの人こそ、生き残ったことを深く悔んでいるタイプだな。戦争で死んでいたかった。ほかの戦友と一緒にな」

「戦友たって、あの人は軍医ですよ」

「一緒に戦争に行った人間を、戦友という。それとも、軍医は決して戦死しないとでも言うつもりか?」

「しかし、生き残ったことを、悔みますかね。人生の半分以上を悔んでるってことじゃないですか」

「人の心の奥底を、おまえは知らん。日々の喜びは、少なくなかっただろう。しかし、その日々の連なりを考えると、どうしても悔いてしまう。真剣に生きている人間ほど、そういうものだ」

話が難しくなってきた。私は、宇野をガードしろとだけ、姫島の爺さんに言われているのだった。いまのところ、ガードの役目は果している。そして明日になれば、波崎が戻ってくる。

それにしても、この宇野という男は、姫島の爺さんも忍も知っている。もしかすると、久納兄弟も知っているかもしれない。

「この街、はじめてでしたよね?」

「どうして、そう思うんだ？」

「トンネルがあるのだろうと、俺に訊いたじゃないですか」

「愚かな男だ。この街には、トンネルを通らなけりゃ、入れんのか」

「そりゃ」

船で来ることも、山越えの道を辿《たど》ってくることもできる。

宇野がこの街へ来たことがあるのかどうか、私にはどうでもよくなった。

「御老体の『ラ・メール』で、会議をやったことがある。その時、水村《みずむら》が、テンダーでこの街にも連れてきてくれた」

「会議って、なんの会議です？」

「この街を、地上から消してしまおうという会議さ」

嘘を言っている、とは思えなかった。法廷でも、こんな口調で犯罪者を無罪にすることがあるのだろう、と私は思った。

姫島の爺さんが、この街のあり方を苦々しく思っていることは確かだが、消してしまうための会議を、他人とやるとは思えない。

「姫島にも、行かれたわけですよね？」

「三泊した。それから船に一泊」

「病院は？」

「持ち運べる、透析装置がある。無論、トラックに乗せて運ぶんだが。それが、姫島に用意されていた」

宇野は、葉の詰まったパイプをいじりはじめた。しかし、火は入れない。

宇野の繊細そうな指さきに、私は眼をやっていた。

## 5 ビーチ

来客だと、メイドが知らせにきたのは、夕食を終えようとしているころだった。

「高岸だと」

宇野が、一瞬難しそうな顔をした。高岸は、どうやってここを突き止めたのか、と私は思った。病院を捜し回って、ようやく無駄骨を悟ったころだろう、と思っていたのだ。

宇野は、高岸を知らないわけではないらしい。難しそうな表情がなにを意味するかは、私にはわからなかった。

「追い返してきてくれ」

「客でしょう、その高岸ってのは？」

「招かれざる客、というやつだ。俺は、そういう人間とは会わないことにしている。ロビーで殺《や》られても面倒だから、追い返せと言っているんだ」

「ホテルの従業員に言うんですね。俺がやることじゃありません」

「いや、やっぱりおまえだ、ソルティ」

宇野が見つめてくる。

「なにがなんでも、追い返してくれ。できたら、この街から叩き出せ。おまえに、そこまでできるかな？」

「できますよ、その気になれば」

「じゃ、その気になれよ」

「理由がね。理由がないじゃないですか。宇野さんに嫌われてるから、街から追い出すなんてね」

「頼むよ。やってくれないか」

人の気持の摑み方がうまい、と私は思った。なにか、微妙なタイミングで頭を下げられたような気がした。

いやだと言い続けることができず、私は腰をあげていた。

途中で、忍の携帯に電話を入れた。

「宇野さんのヴィラを離れます。ロビーにいる男に用事ができましたんで」

「さっきの連中は？」

「プロでしょう。なにをしようとしていたかは、わかりませんが。とにかく、プロなんだから宇野さんに近づけない方がいいと思いましてね。御本人は入浴中でしたが」

「わかった。俺はまだ部屋にいる。用事が済んだら、連絡をくれ」

その間、忍は自分で宇野をガードする気かもしれない、と私は思った。やりかねないところはある。

ロビーに入ると、目立たない場所に高岸が立っていた。

「あんたか」

近づくと、低い声でそう言った。

高岸がどうやって宇野の居所を見つけたか、声を聞いた瞬間に私にはわかった。声に、凶々《まがまが》しい響きがある。ジャケットの袖口《そでぐち》に、小さなしみもある。そして全身から、思わず身構えたくなるような気配が立ちのぼっていた。

二人組のうちのひとりは、確実に高岸にやられている。どの程度かはわからないが、少なくともこのホテルの、ヴィラの番号を吐くところまでは、やられている。

「帰れ」

「はい、とは言えない事情があってね」

「それでも、帰れ。その方がいい」

「俺は、宇野さんに会わなくちゃならないんだよ」

「帰らないって言うなら、考えがある」

「なんとでも、考えろ」

「俺を突破しないかぎり、宇野さんには会えない。それは、わかるな？」

「山へでも、どこへでも行こう」

「山より、いい場所がある」

私は、高岸をカートに乗せた。

宇野がいるヴィラと反対側の通路を通り、海岸に出た。

プライベートビーチと称しているが、海岸線は国有地なので、柵などない。私は、ホテル・カルタヘーナの隣のビーチにまで、高岸を連れていった。そこからなら、塀と塀の間を通って、表の通りに出ることもできるのだ。

「俺を、ここでのすつもりかい、おっさん？」

私は、三十八歳になっていた。それでも、まともにおっさん呼ばわりされると、苦笑したくなる。

「大人のやり方を、教えてやるよ、若造」

ジャンパーを脱ぎ捨てた。高岸も、ジャケットを脱いだ。

海面が月の光を照り返すのを、私はちょっと見つめた。隙を見せてやったつもりだったが、高岸は乗ってこない。同じように、海に眼をやっている。

私が踏み出すと、高岸も一歩前へ出てきた。

宇野と食った夕めしが腹にもたれている、と私は思っていた。さらに、一歩。どちらからともなく、動いた。ぶつかる寸前に、お互いに横にかわし、擦れ違いざま、私は肘を高岸の首筋に打ちこんだ。高岸の足も、私の鳩尾《みぞおち》にめりこんでいる。砂の上を転がり、立つ瞬間に、私は胃の中のものを噴き出した。高岸も立ちあがり、二、三度首を横に振った。

腹がすっきりしていた。

むかい合う。

高岸の方が、踏み出してきていた。脇腹にきた一発を、私は肘で避《よ》けながら、右を顎《あご》に叩きこんだ。のけ反ることで、高岸はパンチを殺していた。そのまま、踏みこむ。膝《ひざ》。それは高岸の腹にめりこんだが、私も頭で弾《はじ》き飛ばされていた。同時に、立った。頭から突っこんでくる高岸の脚が不意に宙を舞い、横から私に襲いかかってきた。薙《な》ぎ倒されていた。とっさに顔の横を腕でブロックしていたが、躰は二メートルほど飛んだ。そして腕が、痺《しび》れていた。まるで他人のもののように、うまく動かなかった。高岸が蹴りつけてくる。私はそれを、転がってかわした。立ちあがった時、突っこんでくる高岸とぶつかる恰好になった。絡み合って倒れながら、私は両腕を使って体勢を入れ替えた。私が、上になって倒れていた。パンチを叩きこむ。高岸の顔が、一瞬横をむいた。二発目を打ちこもうとしたが、高岸の顔に、高岸の手が私のシャツを摑み、躰が接近していた。二発目は、砂に打ちこんだだけだ。躰を入れ替えられたが、その動きの間に、私は高岸の首に肘を押し当てていた。高岸の手が私のシャツから離れ、肘を押さえた。私は躰を捻《ひね》るようにして、もう一方の拳《こぶし》を高岸の脇腹に打ちこんだ。

躰が離れ、お互いに立ちあがった。

すぐには、踏み出せなかった。息が上がっている。吸っても吸っても、躰が空気を求めた。高岸も、口を開け、肩を上下させている。汗が、顎の先から滴っていくのを私は感じた。

高岸が、踏みこんできた。私は、その場で待った。高岸の脚が宙に舞いあがる。私はその攻撃を予測していた。脚が動くのを見た瞬間に、頭から突っこんでいた。片脚で立った高岸の顎の下に頭がぶつかった。ふっ飛んだ高岸の躰を追い、立ちあがる隙を与えず、蹴りあげた。高岸の躰が、宙に浮いたような感じになった。二度、蹴りあげた。

決まった、と私は思った。

不意に、高岸の両手がのびてきて、私の両脚を掬《すく》いあげた。倒れた私に、高岸がのしかかってくる。首にしがみつかれた。すごい力で絞めあげてきた。私は、なんとかそれをふりほどき、立ちあがった。高岸も、ふらつきながら立っている。

拳を叩きつけた。高岸はよけようとせず、受けながら自分も拳を出してきた。私の脇腹に、それは当たった。私のパンチの方が、腰が入っていた。高岸は尻餅《しりもち》をついた恰好だった。そこへ踏みこんで蹴りあげるほど、素速い動きが、私にはできなかった。

高岸が、立ちあがる。私にむかって踏み出してくる。私は、殴りつけた。高岸がのけ反る。もう一度殴りつけたが、上体をのけ反らせている分だけ、浅くしか入らなかった。気づくと、腕を絡み取られていた。殴ろうにも、躰を密着させてくる。揉《も》み合った。雄叫《おたけ》びが聞えた瞬間、私の躰は持ちあげられ、砂に叩きつけられていた。回った視界が、そのまま止まらなかった。腹を蹴りあげられ、呼吸が詰まって、やっと視界の回転は止まった。

また、足が飛んでくるのが見えた。私は全身の力をふり絞り、立ちあがった。私の腿《もも》のあたりを、高岸の足は打った。膝が折れそうになったが、耐え抜き、腰を回転させて肘を飛ばした。それが、高岸の顎に入った。高岸が、両膝を折る。うつぶせに倒れる。私も、腰を落としそうだった。

今度こそ、終りだろう。もう少し呼吸が楽になったら、念のために三、四発蹴りあげておけばいい。

高岸の、手が動いた。私は、立ち尽してそれを見ていた。信じられないような気がした。しかし、高岸は立ちあがってきた。

むかい合った。高岸の拳が、ゆっくりと弧を描いて飛んでくる。避けようと思いながら、私はそれに打たれていた。全身に、衝撃が走った。私も、高岸を殴りつけていた。腰を落とした高岸が、また立ってくる。二度、同じことをくり返した。

三度目は、私は腕を持ちあげられなかった。高岸が立ち、一歩踏み出し、そのまま片膝を折って横に倒れた。

私も腰を落としていた。

念を入れて蹴りつけておこうという気など、もうなくなっていた。

何度も、くり返し、息を大きく吸っては吐いた。

どれほどの時が経ってからなのか。ようやく、私の耳に打ち寄せる波の音が聞えてきた。

高岸は、仰《あお》むけに倒れたままだが、胸板は規則正しく上下している。

なんとか、私は立ちあがった。高岸は動かない。ジャンパーを拾いあげ、ホテル・カルタヘーナのビーチの方へ歩いた。

カートに着いた時、私はまた、しばらく動けなくなった。

ジャンパーのポケットから、携帯電話を出し、忍を呼んだ。

「終りました」

「そうか。キドニーは変りない。すぐに、ガードに戻ってくれ」

「戻りますがね。もしかすると、無理かもしれませんよ」

「なにを言ってる。一緒に酒でも飲んでりゃいいのさ。キドニーだって、少しは飲む。酔わない程度だがな」

私は、カートの電源を入れた。

「おい、聞えてるのか？」

「聞えてますよ」

私は電話を切り、カートを動かした。

なぜ自分がカートを転がしているのか、わからなくなり、しばらくして思い出した。

宇野のヴィラまで、なんとか通路をはずれずに進むことができた。

そこで、私はまたしばらくじっとしていた。

カートを降りて、宇野の顔を見るのなど沢山だ、という気分だった。別のカートが、本館の方から近づいてくるのが見えた。

「おかしなことを言うと思ったら」

忍の声がした。

「おまえ、小僧にぼろぼろにされたな」

「俺がぼろぼろなら、むこうは分解してますよ」

「ほう、じゃ明日あたり屍体《したい》があがるのか」

「殺しても、死なないやつでした。いまごろ、分解した躰を繋《つな》ぎ合わせていますよ」

忍の手が、私を支えた。私は、ようやくカートを降り、ヴィラの玄関にむかって歩いた。

忍が、右腕を支えている。

ドアが開き、セーター姿の宇野が顔を出した。なぜセーターを着ているのか、不思議で仕方がなかった。宇野は、荷物など持っていなかった。

「どうしたんです、このセーター？」

「俺のさ」

私は玄関から入り、リビングのソファに横たえられた。

「セーター、どうしたんです？」

「だから、俺のだ。あらかじめ荷物だけ送っておいた」

「ああ、それで」

「おい、ソルティ。おまえ大丈夫だろうな。高岸は、それほど手強《てごわ》かったのか？」

「相当な根性をしていました。俺がやられても、不思議はなかった。というわけで、宇野さんが望んだように、高岸を街から追い出すというのはできませんでしたよ」

ジャンパーを脱がされた。シャツも剝《は》ぎとられた。

「高岸ってのは？」

忍の声がした。私の服を剝ぎとっているのは、忍の手だった。

「川中のところの若造だ」

「おい、そいつとソルティを咬《か》み合わせたのか、キドニー？」

「高岸は、川中の命令で来たわけじゃない。自分の意思で来た。川中は、止めもしなかっただろうが。冷たいやつだよ。身を粉にして川中のために働いている若造を」

「つまり、おまえに用事があったということだな、高岸は？」

「そういうことだろう」

「どうする？」

「どうもしないさ。ソルティが、街から追い出しに行ったが、返り討ちに遭って帰ってきた。また俺と会おうとしてくるだろう」

「それで、会うのか？」

「無駄だ」

私は、二人の会話に割りこむように、ソファに身を起こした。

「返り討ちじゃありませんよ、宇野さん。高岸は、ビーチでのびてます」

「しかし、追い出せなかった。つまり、おまえは負けたってことだろう」

「強引な理屈だね、まったく」

「川中のところで、坂井《さかい》なんかに蹴っ飛ばされながら、大人になっていった。要するに、半端じゃないってところがある」

「だから、ビーチでのびてますって」

なにかが届けられたようで、忍自身が玄関に出ていった。

しばらくすると、忍は冷湿布を持って入ってきた。メイドにも、なにか頼んでいる。忍の指さきが、背中や腹を押した。痛みで、私は二、三度呻《うめ》きをあげた。

「いま、報告があった。高岸らしい男が、カローラ・レビンで駐車場から出ていった。ふらふらしてはいたらしいが、自分で歩いてきて、裏の道の方から駐車場に入ったらしい。あとのことは、わからん」

忍が、私の躰に冷湿布を貼りはじめた。メイドが、氷を持ってくる。氷嚢《ひょうのう》に入れられ、私の傷に当てられた。

高岸は、ひとりでどこかへ行ったのか、と私は思った。

## 6　アキレス腱《けん》

家に帰った私を見て、牧子《まきこ》が笑った。

心配して大騒ぎをされるよりましだが、牧子の最近の笑いには、突き放したような感じがある。

夫婦仲が、ひどく悪くなったということはなかった。ただ、少しずつ冷えている。

娘の亜美《あみ》はすでに歩き、簡単な言葉を喋る。私が戻るとまとわりついてくるが、どこか不安そうでもあった。私が、うまく受けとめきれないのだ。

「それにしても、ひどくやられたものね。久しぶりじゃない？」

「やられたわけじゃない」

私はジュースを飲みながら言った。まだ、口の中が腫《は》れている。

「食事は？」

「済ませた。といっても、豆乳を貰っただけだが」

昨夜は、なにも食べる気がしなかった。朝になって、社長室で豆乳をコップ一杯貰った。忍が、健康のために毎朝届けさせているやつだ。それから、家へ帰ってきた。

姫島から、ヘリコプターが宇野を迎えに来て、私は御役《おやく》御免になったのだ。宇野は憂鬱《ゆううつ》そうな表情をしていたが、姫島へ行くのを断りはしなかった。

宇野が、ホテル・カルタヘーナに戻ったら、私はまた呼ばれるかもしれない。

リビングの床に腰を降ろした私に、亜美が新聞を持ってきた。このところ、私に新聞を持ってくることを覚え、ほめられるのでよくそうするのだ。亜美の小さな躰を抱きあげただけで、私の全身には痛みが走った。

牧子は、十一時に『スコーピオン』を開ける。結婚する前から、やっていた店だ。そのために、十時過ぎには亜美を託児所へ連れていく。亜美が母親と一日一緒にいられるのは、日曜日だけだ。父親の方は、日曜は大抵いない。ムーン・トラベルの休日は、月曜だった。持ちあげて頭上に差しあげると、亜美が笑い声をあげて喜ぶ。全身には、痛みが走りっ放しだった。

「無理しないでよ。躰中、湿布だらけなのに」

「まあ、大丈夫だろう」

私は半分意地で、亜美の躰を上下させ続けた。

さすがに、牧子がきて亜美を抱きあげた。外に行くつもりらしい。託児所には、まだ少し早い時間だった。

私は、寝室のベッドに横たわった。それ以外の、なにをやりたいとも思わなかった。

すぐに眠ったようだ。しかし、浅い眠りだった。暑くもないのに、ひどい汗をかいている。そのたびに目覚め、私はバスタオルを一枚ベッドに持ちこんだ。

午後三時を回ったころ、携帯がふるえた。

波崎だった。

「出られるか？」

「なんとかな」

「派手にやられたそうじゃないか」

「みんなそう言うが、やられたわけじゃない。正直、きわどい勝負ではあったが」

「さっき、社長と話したところだ。宇野という弁護士は、姫島らしいな」

「ああ。朝、水村がヘリコで迎えにきた」

「今夜は姫島泊りだろう、と社長は言ってた。その間に、俺とおまえで方策を講じておけとさ」

「なんの方策だ？」

「それは、おまえに訊けと言われてる」

「宇野のガード。それがいまのところ仕事だ。きのう、プロが二人襲おうとした。その片割れを、多分、高岸が締めあげて、ホテル・カルタヘーナのことを知ったんだと思う。そのあたりの、細かい事情はわからん。高岸はホテルへ来て、堂々と面会を申しこんだ」

高岸にとっては、宇野と会うことが第一の目的だったのだろう。そしてそれは、川中に命じられたことではなく、自分の意思だという感じだった。その細かい事情も、まったくわからない。

「とにかく、どこかで会おうか。運転がつらければ、俺が迎えに行くが」

「いや、大丈夫だ。マリーナで会おう。俺は『カリーナⅡ』の船室にいる」

船の中で、もうひと眠りしたい。揺れている方が、よく眠れるかもしれないという気がする。

私は新しいシャツを着こみ、ジャンパーを羽織ると、外へ出た。エレベーターを降りて歩きはじめると、全身が軋《きし》むような気分に襲われる。いや、筋肉や骨が、実際に軋んでいる。

散々苦労して、ジープ・チェロキーの高い運転席に乗りこんだ。

マリーナへ着くと、私は真直ぐ自分の船にむかい、乗りこんでキャビンに入った。船首《バウ》のバースに横たわる。時計を見ると三時四十五分をちょっと回ったところだった。

すぐに、眠った。

汗をかいたりはしなかったようだ。不規則な船の揺れで、私は目を醒《さま》した。

「おい、明りはどうやってつけるんだ?」

波崎の声がした。外はもう薄暗い。私はバースを這《は》い出し、操縦席のキーを回して、発電機を作動させた。それから、キャビンの明りをつけた。

「とりあえず、食いものを買ってきたんだが。水とジュースもある」

コンビニの袋を、波崎はテーブルに置いた。

口の中の腫れは、かなりましになっている。私はまず、ゆっくりと水を飲んだ。それから、サンドイッチを食べはじめる。急がなかった。四つ食うと、いくらか空腹感は収ってきた。きのうから、一度も空腹感を覚えていなかったことに、はじめて気づいた。宇野と一緒にとった夕食を吐き出してからは、豆乳とジュースを飲んだぐらいだ。

「遅かったな」

「ああ。高岸を捜してみた。あんまり苦労せずに見つかった」

病院にでも転がりこんだのだろうか、と私は思った。

「カローラのナンバーもわかっていたしな。やつは、サンチャゴ通りのステーキ屋で、四百グラムのサーロインを平らげていた」

「ステーキ？」

「そうだ。俺も百五十グラムだけ付き合って、いろいろ話してきたよ。ひと晩、車の中で眠り、朝になると歩き回ったそうだ。コンビニで食いものを買い、胃に押しこんでは吐き、そして歩き続けた。昼ごろには、食ったものを吐かなくなった。そして、ステーキってわけさ。そうやって、怪我を治そうとしているんだろうな。けだものだね」

「ひたすら歩き回って、ひたすら食うか」

「けだものと言ったら、けだものの躰に、人間の心と言ったよ」

「タフなもんだ。一応、俺の方がぶちのめした恰好だったんだが、これじゃどっちが勝ったのかわからんな」

「ぶちのめされた、と言ってたよ。実際、おまえと同じような顔をしていた。ただ、若いのさ」

「若いか」

「やつはまだ二十五だそうだ。回復力は、まるで違うんだろうな」

「おっさん、と呼ばれたよ」

私は、もうひとつサンドイッチに手をのばした。ジュースも飲んだ。

「もう、そう呼ばれる歳かもな、俺たちは。若いつもりなのにな」

「考えてみりゃ、怪我も前は高岸みたいにして治してた」

私は、サンドイッチを無理矢理ジュースで胃に流しこんだ。もう、空腹感はなくなっている。ステーキだったら、ひと口食って放り出しただろう。

「おまえが考えていた通り、やつは二人があのホテルに入り、すぐに飛び出してくるのを見張っていて、隙を見てひとりを拉致《らち》したらしい。それで、宇野の居所を訊き出したんだろうな。そいつは、神前川《かんざきがわ》の河原で見つかっている」

「死んでたのか？」

「いや、病院に運びこまれてるよ。全身打撲と、両アキレス腱《けん》の切断」

「アキレス腱だと？」

「死んだ山南《やまなみ》に、そっくりの技だな」

山南はかつて殺し屋で、この街へ来てからは薔薇《ばら》の栽培をしていた。何度か、アキレス腱を切って相手の動きを封じる技を、見せたことがある。

「山南以外に、そんな技を遣う男がいたってことか」

「おまえは素手だった。だから、自分も素手でやった、と言ってた」

高岸は、どこかにナイフを持っていたということだろう。しかし、私には遣おうとしなかった。その気になれば、私はアキレス腱を切断され、ビーチに放り出されていたかもしれない。

「小狡《こずる》いところはない。卑怯《ひきよう》なところもな。そして、負けたこともはっきり認められる男だった」

「いい根性をしていた。ちょっと圧倒されるくらいだったよ」

「なにか、おまえと通じ合ったんだろうよ、ソルティ」

「その前に、ちょっとあったからな」

それがなにかを、波崎は訊こうとしてこなかった。私は、煙草をくわえて火をつけた。昨夜から、はじめて口にする煙草だった。

「宇野ってのは？」

「ひと筋縄じゃいかない男だな。つむじが曲がっているようだが、それはいい。群秋生を極端にしたようなもんだ。頭は、きわめてシャープだ。ほんとうの感情も見せない。表面に出るのは、人に見せるための感情なのだろうと俺は思った」

「なにをやろうとしている？」

「わからないんだ、それが。おかしなやつが街をうろついている。そう気づいた翌日、宇野をガードしろと、姫島の爺さんに、直々に言われた」

「ガードが必要なことを、やろうとしていたわけだな」

「多分。朝、水村がヘリコで迎えにきた。こんなことも、滅多にあることじゃない。姫島の爺さんとは旧知で、『ラ・メール』に乗ったこともあるみたいだが」

「それだけで、爺さんが水村を寄越《よこ》すことはないな」

「宇野は、藤木《ふじき》とも関係があったんだろうと思う。水村は、やけに丁寧な挨拶《あいさつ》をしていた。川中に対した時みたいな」

水村は、藤木の弟だった。異母弟なのか異父弟なのか、そのあたりのことはわからない。藤木の名は、一年ほど前にこの街にやってきた、坂井から聞いた。坂井にとっては、川中と並ぶような男だったのだろう、と私は思ったものだった。

「宇野のニックネーム、キドニーっていうそうだ。川中さんがつけたらしい。気に入った人間にしか、呼ばせないそうだ。忍さんは、キドニーと言っていた」

「なんだか、やたらにN市の雰囲気が持ちこまれているな。俺は、そんな気がする。N市は、まだ急激な膨張が止まっていない街だ。増殖を続けているという感じだな。もう人口も増えないし、多分、さびれる方向にむかうこの街とは、根本的に違うものがある。トラブルも、力ずくのものが多いんだろう。中央の権力まで絡んでる」

N市の人口は、ここ十七、八年で、三倍から四倍になっているはずだ。この国の地方都市では、めずらしいことだった。

「どこから、探っていくべきかな、ソルティ？」

「愉しんでるみたいに聞えるぞ、波崎」

「実際、こういうことが好きでね、俺は」

波崎が、煙草に火をつけた。

「ちょっと考えたことだが、宇野と高岸は敵対というわけではないのだろう?」

「高岸は、個人的な事情で動いている、と宇野は言っていた。川中さんの指示などではなくな」

「高岸と会って話して感じたことだが」

まだ長い煙草を、波崎は揉《も》み消した。

「俺たちが、高岸と組むというのはどうだ。このままじゃ、やれ姫島の指示だ、社長の指示だと、ただ振り回されるだけだ。高岸と組んで、事の本質に近づくのが、一番早いような気がする。指示は指示として、俺たちがやることは、勝手に決めよう」

「なるほど。忍さんは、頭から湯気をあげそうだがな。悪い考えじゃない」

「実は、もういくらか高岸には匂《にお》わせてある。話だけでもしてみないかとね。考えてみる、とやつは言った」

波崎が、また新しい煙草に火をつけた。

「それで、波崎?」

「なにが?」

「もう少し、詰めた話をおまえがしないわけがないだろう」

「そりゃな」

波崎が苦笑した。

「おまえは休んでろ。俺が行ってくる」

「そりゃないぜ。殴り合いをした俺の方が、話しやすいような気もするし。どこで、会うことになってる」
二、三度、続けざまに波崎は煙を吐いた。
「それも悪くないか。しかし、今度殴り合いになったら、確実におまえはやられるぞ、ソルティ」

「おっさんの技ってやつもある」

言うと、波崎は笑い声をあげた。

「今夜、九時。『てまり』だ。話をしてみる気になったら、来るそうだ」

「まだ、時間はある。付き合え、波崎。ステーキを二百グラム食いたい」

呆《あき》れたような表情で、波崎は煙草を消した。

## 7　酒場

高岸は、先に来ていた。

客はほかに群秋生がいるだけで、奥のブースで女の子たちと戯れている。群の関心が、カウンターにひとりで腰を降ろしている高岸にだけむけられているのが、私にはいやというほどわかった。

こういう場面を必ず嗅《か》ぎ当てて、姿を現わす。群の才能のひとつと言ってもいいほどだ。そして、特になにか関《かかわ》るわけでなく、ただ観察を続ける。場合によっては、皮肉のひとつや二つは飛ばすが、それは人物評のようなもので、起きていることの大筋にはなんの関係もない。

私は、群にちょっと頭を下げ、カウンターに腰を降ろした。カウンターの中の宇津木は、私と高岸をまともに見ようとしていない。

「いつもの」

私は、宇津木に言った。高岸の前にはショットグラスとチェイサーが置かれているが、口がつけられた気配はない。

「よう、若造」

高岸が、言った私にちょっと眼《め》をくれた。

「よう、おっさん」

私は、宇津木がカウンターを滑らせるようにして出してきたグラスを取り、中身を口に放《ほう》りこんだ。高岸も、同じようにした。

全身に、なにかが走り回るような感じがあった。宇津木がすぐに、二つのショットグラスにウイスキーを満たした。

二杯目を飲もうという気に、私はなれなかった。躰《からだ》の内側からパンチを受けているような、奇妙な気分だった。

高岸も、二杯目には手を出そうとしていない。

「ひとつ言っておく。おっさんと呼ぶのはやめておけ」

「俺にも、高岸という名がある」

「わかったよ、高岸」

「じゃ、話をはじめようか、若月さん」

かすかに、高岸が笑った。

宇津木は、やはりこちらを見ずに、グラスを磨きはじめている。

「理由は訊《き》かれたくない。だから、あんたの理由も訊かない」

「ふむ。俺には、隠すことはなにもないんだがな」

「隠す隠さない、ということじゃない。穿鑿《せんさく》されたくないだけだ」

「おまえのやりたいことは？」

「宇野さんに、会いたい。邪魔をしないでくれ」

「俺は、おまえも含めて、この街のおかしな気配を一掃したい」

「俺が宇野さんに会うことで、かなりの部分が解決できるね」

「宇野さんは、おまえに会いたくないらしい。この街から追い出せ、と言われてる」

「話にならないな」

「宇野さんを、狙《ねら》っている連中がいる。それは、おまえにとっても敵だろう？」

「どうして、そう思う？」

「連中、おまえを捜そうとしていたよ。ここにも現われた」

「正面の敵というわけじゃない。連中も、宇野さんを捜すために、俺に関ってきた。連中に先を越された。きのうの夜は、そういう展開になったが」

「ひとり締めあげても、もうひとり残っているだろう。次はおまえがしてやられることがあるかもしれん」

「人数は、関係ないね」

連中が、どういうタイプのプロなのか、直接やり合ってみたわけではないので、私にはわからなかった。組織の動きがあるのだとしたら、次にはもっと多人数でやってくることになるはずだ。

「当分、宇野さんには会えないと思う」

「なぜ？」

「手の届かないところにいるからさ」

「病院にいかなけりゃならないんだ、あの人は」

「透析装置がある場所だったら、別に病院である必要もない」

私が言うと、高岸はしばらく考える表情をしていた。

「姫島というところかい？」

ある程度の知識を、高岸は持っているようだった。私は、煙草《たばこ》に火をつけた。躰の中を走り回っていた酒は、ようやく大人しくなりはじめている。

「いつまでも、姫島にいるというわけじゃない。あの人は、やることがあってこの街に来たんだ」

「一日か二日か、あるいは四日か五日か、とにかく、宇野さんが姫島を出るまで、おまえと俺は敵対する理由はなにもない」

「その間だけ、手を組んでみようってわけか。悪くない気もする」

「波崎とは、会ってるな？」

「三人ひと組でやるというのは、ぞっとしないな」

「二人で、おまえをぶちのめすとでも思うか。そんな真似《まね》をしなくても、俺ひとりで充分なんだが」

「きのうの夜はな」

「どうすればいい？」

「それぞれ、別々に動く。しかし、情報は渡す。同時にやつらと遭った時は、一緒にやってもいい」

「情報か。俺の方が、情報量はずっと多い」

「なら、出すのを抑えればいいだろう。俺が渡した情報に見合う分だけ、返してくれればいい」

「なあ、高岸。俺に百の情報がある。おまえは三つとする。ひとつずつ教え合ったところで、俺の方は百一。おまえは四。つまり、割合いってやつが違う」

「算数で組もうというのかよ。百あっても役に立たない情報もあれば、ひとつが決め手になることもある」

高岸が、煙草をくわえた。私は、ジッポの火を出してやった。

「学校の成績、よかったのか、高岸？」

「高校を、中退したよ」

「得意な科目は？」

「日本史」

「ふうん。そいつはまた、ずいぶんと変ってる」

「どこが？」

「うまく言えんが、おまえの顔と歴史というのが、どうしても合わんよ」

「日本史の成績がよかったわけじゃない。好きだっただけさ」

高岸は、ゆっくりと煙を吐き、灰を灰皿に落とした。

「しばらくの間、お互いに敵じゃない。それぐらいでいいか」

私が言うと、高岸が頷《うなず》いた。

私も、煙草をくわえた。私が喫《す》い終えるまで、高岸はひと言も喋《しゃべ》らなかった。

私が煙草を消すと、宇津木が灰皿を替えた。

「なにが、おかしい？」

含み笑いを見せたので、私は言った。

「ボクシングの試合の後ですか、お二人とも」

「タフな試合だったよ」

私は返したが、高岸は無言だった。

「私は、あまりお飲みにならない方がいい、と思いますが」

「二杯目を、勝手に注《つ》いだのは、おまえだぜ」

「いつものように、しただけですよ」

私がストップをかけるまで、宇津木は酒を注ぐ。確かに、いつも通りだった。

「おい、川中はどうしてる？」

話が終ったという気配を感じて、群が話に割りこんできたのも、いつも通りだ。

「社長は、どこも変りません」

高岸が言った。

「やっぱり、川中のところにいるのか。なんとなく、そんな匂《にお》いだった」

知っていて言ったわけではないらしい、と私は思った。

「川中が変らない、というのはわかるな」

高岸は、言った群の方をみたまま、かすかに頷いた。いきなり川中の名前を出されても、動じたようではなかった。

「ただ、長生きができるタイプには見えないな、俺には」

「ずっと昔から、そう言われていたようです」

「長生きしたがってもいないんだが」

「殺そうとしたやつが、みんな失敗してますから。俺も含めて」

「いずれ、川中を殺せる男も現われるだろう。その時までは、生きるしかないってことか」

「みんなそうでしょう、群先生」

「ほう、俺を知っているのか?」

「名前を聞いたので、本を一冊読みました。群先生だろうと思っただけです」

「ふうん」

群が立ちあがってこちらへ来ると思ったが、両隣に座った女の子の肩に手をかけたまま、動こうとしなかった。

「俺にとっては、興味深い男だな。おまえのような若造が、どうしてそう大人っぽくなれる？」

「大事なものを、なくせばいいんです。なくしてから、大事だったと気がつけば」

「なるほど」

群は、私と高岸の顔の痣《あざ》には関心を示さなかった。

「それでおまえは、大事なものをなくしたってわけか。人生に大事なものがあると、俺には思えないがな。川中も、多分」

「そう思いこもうとしている。社長は、そうですよ」

「そんなもんか」

「俺には、まだ大事なものがたくさんあります。この街に来ているのも、そのためです」

「どう見える、この街は？」

「あまり、息をしてませんね」

「無機物？」

「N市は、いつも荒い息をしていますよ。たまには、血を噴き出す」

「つまり、生身だということだな」

「小説にもあるんでしょう、息をしているのとしていないのと？」

「俺の小説のように、窒息しているものもある」

「俺には、やり切れなかったですね、先生の小説は」

「読者に対して、言い訳をするつもりは、俺にはない」

「責めているわけではありませんよ」

私は、宇津木の背後の、酒棚の方を見ていた。

「ソルティ、いまなにが起きているか、俺は知らん」

いきなり、群の言葉は私にむけられてきた。

「この街で起きていることだ。どうせ、反吐《へど》が出そうなことなんだろうが、なにが起きているか、概要の説明に来い」

「反吐が出ますよ」

言うと、高岸がはじめて口もとだけで笑った。

「とにかく、説明だ」

「群先生は、物見高いふりをされる。社長は、そう言ってました。ほんとうはなんの関心もないことを、ひどく知りたがったりされる。そう言ってました。そういう時は、別の方面に関心をお持ちなんですか？」

「川中の観察か。きわめて当たり前のことしか、見えないんだな、あの男には。なんの関心もないことの中に、ほんとうは興味深いものが存在している。人生ってのは、そういうもんさ」

群は、それきり私たちに話しかけるのをやめた。

二杯目には、結局二人とも口をつけず、店を出た。

「おまえのカローラ・レビン、ずいぶんと古いな。見かけだけだが」

高岸が、車をどこに駐《と》めているかはわからなかった。

「FRでね。エンジンは何度も、分解している。足まわりも固めてあるし」

「あの車を維持していく金を考えれば、ずいぶんといい車が買えるんじゃないのか?」

「いいんだよ、若月さん。俺は、あの車に乗ってなくちゃならないんだ」

「いろいろあるってわけか」

「高《たか》が車だがね」

車そのものにも、こだわりがある。その上、別のこだわりも載せて、転がしているというわけか。

「一日に一度は、連絡をとろう」

私は言い、携帯の番号を教え合った。

# 8　バトル

高岸と別れたのを見計らったように、波崎が電話をしてきた。

「現われたぜ、うじゃうじゃと。十人はいると思う」

「それで、やっぱり宇野を狙っているのか？」

「高岸と宇野。両方だって気がするんだが。いま、宇野はいない。とすると、高岸が集中的に狙われるということだぜ、ソルティ」

「じゃ、高岸がどうするかだな」

「逃げるしかないさ」

「どんなふうに」

「車じゃ、目立ちすぎるからな。どこかに潜むとか」

そういう場合でも、車はどこかに置いておかなければならない。理由もなにもないが、高岸は車を離れたがらない、と私は思った。

「おまえの、カレラ2で来てくれ、波崎。なんとなく、高岸は車で連中とやり合おうとする、という気がする」

私は、いる場所を言った。車のバトルになれば、ジープ・チェロキーでは無理だった。

二、三分待つと、白いポルシェが私のそばに停《と》まった。
「高岸との話は？」

私が乗りこむと、静かに車を発進させて波崎が言った。普段の運転は、車をいたわるようにやさしく丁寧だった。

「お互いに敵じゃない。そういう認識を持ち合おうということになった」

「ま、そんなものかな」

波崎は、連中がどういう車に乗っているか、把握しているようだった。街の中を、数カ所回った。大排気量のメルセデスが二台、マスタングが一台。波崎が指さすたびに、私は車種やボディカラーを頭に入れた。

須佐《すさ》街道の、一の辻《つじ》の近くで待った。

「どうして、車だと思うんだ、ソルティ？」

エンジンを切り、波崎は前を見つめたまま言った。

「普通なら、廃車になってもおかしくないような車を、乗り回してる。それも、かなりチューンしてる」

「ハチロクのレビンか」

「高岸は、この街が息をしていない、などという言い方をする。つまり、そんなふうなんだ。車を生きものとして扱ってるに違いないね。だから、離れない」

「そうかどうかは、いずれわかる」

待ち続けた。

こんなふうにして待つのを、私たちはあまり苦にしなかった。片方が見張り、片方が眠る。そんなことをやって、丸二日待ったこともあった。

夜が更け、静かになり、それから何時間かして、空が白みはじめた。

「おう、来たぞ」

波崎の声で、私は眼を開いた。

白いメルセデスが、私たちのそばを走り抜けていった。

須佐街道を、西にむかっている。

波崎は、慌てていなかった。西へむかおうと東へむかおうと、街を出れば道は海沿いのワインディングが一本だった。北へむかえば、必ずトンネルを通らなければならない。

ゆっくりと、波崎はポルシェを発進させた。

街の中を走る間は、大人しかった。エンジンが吼《ほ》えはじめたのは、街を出てからだ。海沿いの道を、車を振り回しながら走る。海岸線に沿っていて、カーブが数キロ続く。

すぐに見えた。周囲は、すでに明るくなっているが、まだ車が多い時間ではなかった。先頭に、白いカローラ・レビンがいる。その後方に、ブルーのマスタング、白いメルセデスと続いている。もう一台の、濃いグリーンのメルセデスは見あたらない。

三台が、連なって走っている。一見なんでもないようだが、かなりスピードは出ていた。

「見たか、おい？」

波崎が言った。

白いカローラ・レビンは、なんでもないようにコーナーに切りこみ、たやすく曲がった。しかし、異常な速度だった。続いたマスタングが、尻《しり》を振り、カウンターを当ててなんとか立ち直ったようだった。白いメルセデスは、明らかに遅れている。

「しっかり、踏ん張っていた。それに、腕がいい」

「追う方は、数を恃《たの》んでいるな」

「だがな、ソルティ。ワインディングを抜けて直線に入れば、ものを言うのはエンジンのでかさだぞ。それは、較《くら》べものにならん」

波崎が、さらにスピードをあげる。

さすがに、うまいものだった。すぐに、白いメルセデスのテイルが近づいてきた。

「ちょっと、煽《あお》ってやろう。まだこの車のことを、連中は掴《つか》んでないだろうし」

しかし、波崎がシフトダウンをして加速する前に、かなり先のコーナーで、カローラ・レビンが横になるのが見えた。完全に横になったまま、コーナーを曲がっていく。追いついたマスタングも、尻を振った。こちらは、ドリフトのままコーナーを曲がるだけの技倆《ぎりょう》はなかったようだ。きれいに二度スピンし、防潮堤にぶつかった。

「派手にやってくれたな」

「それにしても、高岸はうまいぞ、ソルティ。プロレーサーあがりか?」

「違うだろう」

「玄人裸足《はだし》の、街道レーサーか。あんなふうに走れるやつなんか、族にもいないな」

暴走族と呼ばれている連中が、腕がいいわけではなかった。それより、ひとりで車をチューンし、山道を攻めたりしている者の方が、ずっとうまい。そしてそういう者は、車を降りると、大抵は大人しい普通の青年だった。

「おい、あれ」

こちらにむかって、カローラ・レビンが走ってきている。車を回せる場所はまだ先にしかないので、スピンターンで戻ってきたようだ。

マスタングの後ろで停ったメルセデスの脇《わき》を、カローラ・レビンが駈《か》け抜けた。そしてすぐに、私たちとも擦れ違った。

なにを思ったのか、波崎はいきなりスピンターンをし、カローラ・レビンを追いはじめた。

「おいおい」

ドリフトでコーナーから出る波崎に、私は言った。

「レースやってるんじゃねえぞ。高岸を追いかけて、どうする?」

「やつ、ちらりと俺を見やがった。挑戦されたんだよ、ソルティ」

「それならそれでいいんだが」

波崎の手足が、めまぐるしく動く。ヒール・アンド・トゥでシフトチェンジをしながら、波崎はカローラ・レビンに追いすがった。

「くそっ、うまいな」

大きなコーナーのアウトから切りこみ、インを塞《ふさ》いだ車体を見て、波崎が言った。こちらの動きを、完全に読み切った運転だった。

「あそこで、インを衝《つ》いてやる」

叫ぶように、波崎が言う。ポルシェは、波崎が持っている、唯一の財産のようなもので、それがチューンしているとはいえ、安物の国産車に負けるのは許せないのだろう。

それでも、波崎はインを衝けなかった。アウトからまくることもできない。カローラ・レビンは、完全に横になってコーナーを曲がり、二車線とも塞いだのだ。

「熱くなっちまうな、まったく。それに野郎、命知らずだ。俺がそのまま、横っ腹に突っこんだら、どうなるんだ」

波崎が、自分の車を毀《こわ》すようなことはやらないと、高岸は読んだに違いない、と私は思った。さらに二つのコーナーを高速で抜けると、街が近づいてきた。

カローラ・レビンが速度を落とした。

それでも停ることはせず、植物園の真中を通る道に車を入れた。桜や梅の木が多いところで、奥にはバラ園もある。波崎がパッシングを浴びせると、ようやくカローラ・レビンは停った。

降りてきて、高岸は煙草をくわえた。

「おまえ、海に突き出したコーナーのところ、ずっと三速で踏み続けていたな」

波崎は、抜けなかったことが、よほどくやしかったようだ。

「あそこを三速全開で回れる程度には、足まわりは固めてある」

「それを乗りこなす程度の、腕もあるってことだな」

「俺の腕なんて、どうってことないさ」

「ほう」

「いまの俺の腕じゃ、どうしたって追いつけない人がいたよ」

高岸が、煙を吐きながら言った。

「新しいやつらが来ているな。隠れてりゃいいものを、刺激のしすぎじゃないか」

私が言うと、高岸はにやりと笑った。

「宇野さんは、どうも二、三日は帰ってきそうもないぜ」

「いまのうちに、掃除をしとくのさ」

「全部掃除ができる、と考えてるのか？」

「あんたらと一緒だったらな」

「十人はいるぞ」

「若月さん、ひとりで十人の相手は無謀だと俺も思うよ。だけど、あんたらは俺と一緒にやろうとした」

「気がついてたのか？」

「いそうもないところに、ポルシェが停ってればね」

三台いた相手の車のうち、一台は大破させている。あとの二台をうまく潰《つぶ》せば、連中は足がなくなるのだ。せいぜい、レンタカーを借りるぐらいだろう。

連中を潰すのは、宇野が戻ってくる前にやっておいた方がいいかもしれない。それこそ、掃除というやつだ。

「やつらの車、四台ある」

「そうか、俺は一台見落としたのか」

「いや、違う。一台は、まだトンネルのむこうだよ、波崎さん」

「連中が何者か、おまえは知ってるんだな？」

「知らない。見当をつけているだけでね」

波崎が、考える顔をしていた。

「車の中で、怪我《けが》をするやつもいる。半分は、それで潰せる。残りの半分は、ひとりずつ追いつめるなり、まとめて片付けるなり」

私は言った。実際、宇野が狙われていない時が、チャンスと思わざるを得なかった。

「いつ、やる気だい、若月さん」

「午後だな、今日の」

高岸が、小さく頷いた。

「あと三台か。もう一台の車種はわかってるのか、高岸?」

波崎も、やる気になったようだ。

「フェアレディZだな、多分」

「ベンツ二台に、フェアレディZか」

「確実にやるためには、できればこちらも三台欲しい」

「ソルティが、ジープ・チェロキーを転がす」

「そいつはいいな。車種にバリエーションがある」

「海沿いの道は、一本だけなんだ、高岸。山の方では、林道が入り組んでいる」

「誘い出す場所は、あんたら二人に任せる。俺の最初の仕事は、囮《おとり》だろうし」

高岸が、携帯用の灰皿で煙草を消した。ほほえましいようなエチケットだった。

「この植物園には、俺たちの友だちがひとりいてな」

波崎が、バラ園の方に眼をやって言った。

「きれいな薔薇《ばら》を栽培していた。実に細やかに、面倒を看《み》てやっていた。やつの作る薔薇は、同じ品種でも、ほかのと較べると色がひと味違ったよ」

「あんたら二人と、薔薇ね」

「おまえと、同じ技を遣った。相手の足もとに転がり、立ちあがった時は、相手が倒れている。切れるナイフでアキレス腱《けん》を切るんで、血もあまり出なかった。三人までは、そうやって、一瞬のうちに倒したな」

「聞いてないな、坂井さんからも」

「坂井は会っていない」

私は口を挟んだ。

「坂井や川中さんがこの街に来た時には、死んでいた。多分死んでる」

「どういう意味だい、若月さん？」

「船に乗って、沖へ沖へと走って行っちまった。そして、帰ってこなかった」

「いろんな死に方が、あるもんだな」

「まったくだ」

「それで、栽培していた薔薇は？」

「受け継いで、育てている人がいる」

「おかしな街だよ、ここは」

「そう思うか？」

「いま、そう思ったね」

「あの技、おまえに見せたかったよ」

「俺は、自分で考えた。N市じゃ、よく暴力沙汰《ざた》も起きるんだ。一撃で相手を動けないようにするには、どうすればいいかってね」

「俺たちの友だちは、殺し屋だった」

「殺し屋と薔薇か、映画だな、まるで」

高岸が、もう一本煙草をくわえた。

「あのバラ園は、俺たちにとっても大事だ。ソルティは、そう言いたいのさ」

煙を吐きながら、高岸は二、三度小さく頷いた。

「行こうか」

私は、バラ園の方に背をむけた。

## 9 老犬

群秋生の家の今日の昼食は、イタリア風だった。

白身魚のカルパッチョ、サラダ、スパゲティのジェノベーゼ。

もう少し暖かくなると、昼食は外のプールサイドということが多い。

料理はすべて、住みこみの山瀬《やませ》夫妻の妻の方の仕事で、魚の捌《さば》きなどだけは夫の方がやるようだ。どんな料理もほぼこなすようで、味は悪くない。私は、正午寸前に行って、昼食にありつくということがよくある。群秋生は、ひとりの食事が嫌いなので、迷惑がられることはない。

この家には、別棟に山瀬夫妻がいて、昼間は村上久子《むらかみひさこ》という大学を出たばかりの秘書が通ってくる。

前の秘書は小野玲子《おのれいこ》といって、小説家志望の美人だった。才能はあったようで、一年前に雑誌の新人賞を貰《もら》い、本も出版した。いまは実家で執筆というところなのだろう。ついこの間、二冊目の本が出版されたが、私は二冊とも読んでいない。時々、『てまり』などで顔を合わせると、群秋生仕込みの皮肉を言われる。

「それで、高岸は宇野に会いたがっている、ということしかわからないんだな？」

食事の間、私はこの街で起きたことを喋っていた。群に報告に来いと言われたこともあるが、話すことで頭を整理したかった。それに、群の分析力は、どんな時にでも傾聴《けいちょう》するに値したのだ。

「それ以上のことは、言わないんですよ」

「別に、秘密ではないな。自分のことを、細かく語る習慣のない男なんだろう。つまり、自分だけには関係があることで、この街に来ているというわけだな」

「しかし、川中さんのところの人間ですよ。バーテンをしてるそうです」

「ああ、『ブラディ・ドール』のカウンターの中だな」

「行ったことあるんですか、先生?」

「一度だけ、通りがかりに。その時、高岸はいなかった」

「どんな店なんです?」

「ちょっとシックで、外国のような気配もあり、いかしたピアニストがいる」

「はあ」

「N市じゃ、浮いている。あの店を見ていると、川中というのが、N市にとっては異物だというのがわかる」

群秋生が、葉巻をくわえた。私のまわりで、食後にこれをやるのは、姫島の久納義正《よしまさ》と、忍と群ぐらいのものだ。チャンスがあれば、私も貰う。

「川中は、何軒も酒場を経営しているようだが、『ブラディ・ドール』だけは特別らしい。スタッフも、高岸のようなのが多い。その上にいるのが、坂井だな」

「事業家だって話は、聞きましたよ」

「ホテル、レストランなんかを経営している。しかしN市でいいのは、『キーラーゴ』というホテルだ。秋山安見《あきやまやすみ》の母親が経営者さ。川中も、こっちが気に入っているようだ」

「川中さんになにか命じられたとしたら、なにをやる気かも探り出せるんですが」

「自分だけのことだ。間違いない」

群が、こんなふうに断言するのは、めずらしいことだった。

「川中や坂井は、高岸が宇野を追ってきたことを知ってはいるだろうが」

「宇野と川中さんの関係も、微妙なもののようです」

「微妙に見えるだけさ。あるいは当人たちがそう言っているとか。人と人の間で、ほんとうに微妙な関係というのは、そう長く続くもんじゃない」

「そんなもんですか」

秘書の村上久子が、食後のコーヒーを運んできた。小野玲子は、いかにもお嬢様という感じだったが、ショートヘアの村上久子は、まだ活発な学生のままという感じだった。

「高岸と宇野の問題か。こいつは、探りにくいですよ」

「高岸と、誰かの関係だ。宇野は弁護士だぞ。つまり、誰かの代理人と考えるのが、一番適当だろう」

「そういうことですか」

「かなりの問題を抱えているな、宇野は。姫島の御老体まで出てくるんだから」

「それは、俺も思います」

「まあ、遠からず見えてくるだろう」

群が、コーヒーを啜《すす》った。

「めずらしいですね。高岸のことが気になるんですか、先生?」

「なにか、ちょっと脆《もろ》い視線だ。強くはあるが、脆いな」

「俺は、ふてぶてしいところがある、と思っているんですが」

「ひたむきなものが見えないのか、ソルティ。ちょっと、はっとするほどなんだがな」

ひたむきというのは、およそ的はずれな言葉に思えた。しかし、言っているのが群である。

関心は持つが、遠くから眺めている。それが、群のいつものやり方だった。高岸に対しては、どこか踏みこんでいる。

「脆いというのは、死ぬかもしれないという意味ですよね」

「さてな。心が死ぬ場合もあれば、躰が死ぬこともある」

「難しい言い方ですよ。俺は、ものごとはもっと単純なんだろうと思っているんですが」

「おまえは、それでいいさ」

葉巻の煙を吐き、群が眼を閉じた。

「ジープ・チェロキー、ちょっと傷がつくかもしれません」

「潰してもいい」

「潰すって、そんな」

「思い切ってやれよ、なにかやるなら。車は、いくらでも取り替えがきく」

「わかりました」

私が期待したほど、群は分析力を見せようとしない。しかし、余計なことを訊こうとも思わなかった。手厳しい皮肉が返ってくるのを、無意識に警戒していて、そういう時は、出かかった言葉を呑《の》みこむ習慣が、群との会話ではついていた。

「じゃ、俺はこれで」

「俺が、機嫌が悪そうに見えるか？」

「いや、特にそうとは」

「隠すな。おまえが、コーヒーも飲まずに帰ろうという時は、大抵そうだ」

「じゃ、そういうことにしておきます」

「俺はただ、滅多に見かけない、視線のひたむきさが、息苦しいだけだよ」

「そうなんですか」

「だから、機嫌が悪いわけじゃない。あの小僧が、やりたいことをやり遂げるなり、死ぬなりしてくれたら、ずいぶんと楽になるだろうと思っているだけだ」

「苦しいんですか？」

「息苦しいと言ったろう」

「そうですね」

それ以上は言わず、私は腰をあげた。

外に出ると、黄金丸《こがねまる》が近づいてきた。いつ死んでもおかしくない、老いぼれである。私とこの柴犬《しばいぬ》は、友情のようなもので結ばれていた。黄金丸だけが、私を追い越して老いていった。

「コー、先生のそばにいてやれ」

黄金丸が、わずかに尻尾《しっぽ》を動かした。

「なにか、思い出してでもいるようなんだ」

群には、自虐的な飲酒の傾向がある。一週間とか十日とか、とにかく死すれすれのところまで、酒を飲み続けたりするのだ。実際、誰かが見つけて連れ戻さないかぎり、死んでいてもおかしくない、という気がする。捜し出すのは、大抵は、私か波崎の仕事だった。この街の外で、飲んでいることが多かった。S市のどこかなら、まだいい方だ。

群がなぜそんな飲み方をするのか、いまでは私は考えるのをやめてしまっている。そう頻繁《ひんぱん》に起きないことを、願うだけだ。

普段も、群は酒をいくらか口にしたりするが、酔いには遠かった。

「おまえにだったら、先生もなにか喋ってくれるだろう、いままでだって、そうだったみたいだし。おまえの頭の中には、群秋生の過去が詰まってるんだよな」

黄金丸が、また尻尾を動かす。

もう、じゃれたりすることは、なくなった。そばに来て、座る。あるいは、寝そべる。私が立ち去る時も、ちょっと頭を持ちあげたりするだけだった。

「ほんとに、先生のそばにいろよ、コー」

私は、ジープ・チェロキーの方へ歩いていった。ふり返ると、黄金丸は座ったまま私の方を見ていた。

一の辻で、落ち合った。

須佐街道とリスボン・アヴェニューが交差するところである。

波崎のポルシェがいて、高岸のカローラ・レビンは少し離れたところだった。

高岸が、街を走り回って、連中を引っ張り出すことになっていた。

「あの車、圧縮比まであげてる。ハイオクを食わせて、突っ走るってわけだ」

「直線じゃ、ポルシェの方が速いだろう」

「おい、ソルティ。それはほめてることにゃならないぞ。俺の腕が劣る、と言ってるようなもんだ」

「ほんとのところ、どうなんだ？」

「いろんな覚悟をすれば、勝てる」

「どんな覚悟を？」

「車を毀してもいい。死んでもいい」

「高岸も、同じ覚悟をしていたら」

「そこが問題だな。その時は、運が左右するのかな」

「ポルシェとカローラでか、おい?」

「あれは、カローラ・レビンじゃない。恰好《かっこう》は、二十年前のそれだが、エンジンはほとんど別物だ。足まわりも。俺は、さっきちょっと見せて貰ったが、スピードメーターは動かない。回転計《レブカウンター》だけは、動くようだが。それだって、やつは見ていないな。車が、躰のようになっちまってる」

クラッチも、強化してあるのだろう。部品を違うものにし、車体だけがカローラ・レビンというわけだ。

「連中、武器ぐらい持ってるぞ」

「こっちもさ。高岸のナイフ。俺の」

リボルバー。いつも波崎は、俺の、でやめる。コルト社製の、いいリボルバーだ。手入れも行き届いている。

私は、武器を持っていなかった。持っていれば、相手も殺すような遣い方をする。

波崎は、実に効果的に拳銃《けんじゅう》を遣う。高岸のナイフも、殺すためではない。

私の武器は、それほど惜しくもない命とでもいうところか。

「そろそろかな」

波崎が、時計に眼をやった。

一時にはじめる。そう決めてあった。もう一台の車も、確認している。ベージュのフェアレディZだった。

カローラ・レビンの、エンジンがかかるのがわかった。

一時ぴったりに、カローラ・レビンが走り出した。なんでもない車のように、大人しく走っていた。

「手強《てごわ》いのは、フェアレディZか」

確認したかぎりでは、足まわりを固めている。そして、もともと速い車だ。

「頑丈なのは、ベンツだ」

「白いメルセデスは、俺が引き受けるよ、波崎」

「わかった。とにかく。俺は自分の車を毀したくない。高岸もそうだろう」

「ジープ・チェロキーは、潰してもいいとさ。群先生はそう言った」

「一万キロも走ってないのに」

「三台も、車を持っている方がおかしいんだ。車庫で眠りっ放しで、いずれ腐る。どこかで車を減らしてやった方がいいんだ」

ほとんど乗らない車を、群は三台所有している。三台とも、高級車だ。この街で暮しているかぎり、車がなくても困りはしない。

群は、むしろ船の方に神経を遣っている。トローリングのシーズンには、しばしば船を出すのだ。

「行くか、俺たちも」

「林道に引っ張りこむのは、おまえの役目だぞ、ソルティ」

「三台とも、というのは無理だ」

「わかっている。一台でいい」

私は、ジープ・チェロキーに戻った。

波崎のポルシェが走り去っても、私はしばらく車の中で煙草を喫《す》っていた。

なんとなく、群が言ったことが気になっていた。

脆いような、ひたむきさ。いまのところ、私には感じられない。

灰皿に吸殻を突っこみ、ようやく私は車を出した。須佐街道から、ドミンゴ・アヴェニューへ出る。街は、平穏そのものだった。

日向見《ひなたみ》通りを、端から端まで走り、山際《やまぎわ》新道に出たところで、白いメルセデスに追われるようにして走っている、カローラ・レビンの姿を、私は視界に捉《とら》えた。

そのまま、先回りしてトンネルにむかった。

三台は、携帯電話などで、連絡を取り合っているはずだ。

トンネルを抜けると、小さな脇道に、私はジープ・チェロキーを尻から突っこんだ。

## 10　バレンシアホテル

白いメルセデスが眼の前を突っ走っていった時、私は煙草をくわえていた。灰皿で、丁寧に消した。

白いメルセデスは、私の担当である。波崎との間では、一応そういうことになっていた。波崎のポルシェは、フェアレディZ。すると高岸の担当は消去法で、濃緑のメルセデスということになる。

それはあくまでも私と波崎の間だけで決めたことで、高岸は三台が相手と思っているだろう。ちょっとだけ狡《ずる》い、大人。それに振り回される少年。人生では、よくあることだ。私も波崎も、高岸に悪意を持っているわけではなかった。できることなら、立派な大人に成長して欲しい。そして立派ではない大人は、いつも楽をすることを考える。

私は、ゆっくり車を出した。もう一台のメルセデスも、フェアレディZも、そして波崎も高岸も、まだ現われていない。

白いメルセデスは、私が見た時は、高岸のカローラ・レビンを追い回していた。一台だけで、S市方面に現われたところをみると、シフトを変更したのかもしれない。トンネルのむこうでは、波崎と高岸が散々苦労していることも考えられる。

とにかく、私は白いメルセデスだった。トンネルのこちら側の道路をいくら突っ走ったところで、この先の交差点で必ず三分は停められる。街へ通じるトンネルと道の造り方が不自然で無理があり、そうなってしまうのだ。

私が白いメルセデスに追いついた時、間には軽トラックが一台で、いつものように信号で停められていた。信号まで、五十メートルというところか。

青二回で、S市に入れる、と私は見当をつけた。四分待ちというところだ。

思った通りだった。

白いメルセデスは、S市の目抜き通りにはむかわず、郊外の広い道路から、片側一車線の山道に入った。

ここまでくると、そのまま尾行《つけ》るのは難しい。私は林道へ入り、迂回《うかい》するようなルートでいくつか道を変えた。すべて林道で、地図ではただ線が書いてある。大雑把な道路地図には、載ってさえいない。

相当の遠回りになり、悪路だが、街道を見降ろせる場所がところどころにあるというのが、利点だった。

私はしばらく走り、街道を見降ろせる場所で車を停めた。ここは、携帯の電波も入る。

白いメルセデスは、停ったりしていないかぎり、当然通り過ぎている。ほかの車は、わからない。

三十分ほど、私はそこで待った。

下の道を、カローラ・レビンが、すごい速さで突っ走っていった。見ていて、気持がよくなるような走り方だ。かなり遅れて、フェアレディZが走ってくる。スピードは出しているが、なにかしなやかさのようなものに欠ける。登りで、車の性能はかなり違うのに、こんなものなのだ。

私は車を少し走らせ、街道へ出る細い道に入り、枯葉の上を踏んで進んだ。両側は木立である。この道を知っている人間は少なく、地図にもない。誰かが勝手に作ってしまった道、という感じもあった。

一時、オフロードの車がこのあたりを踏み荒らし、問題になったことがある。

待った。いまのところ、私がトンネルのこちら側で確認しているのは、白いメルセデスとフェアレディZ、そして高岸だった。濃緑のメルセデスと波崎は、見ていない。

爆音がした。爆音というのがぴったりで、シフトチェンジの中ぶかしの音は、レース場にでもいるようだった。ウインドは抜道に入った時点で降ろしてある。

カローラ・レビンが、幻のように眼の前を駈け抜けた。次にやってきたのはフェアレディZだった。順番からいうと高岸は挟み撃ちに遭ったはずだが、どこかでフェアレディZをかわしたのだろう。

もうひとつ、音が聞えてきた。

メルセデス。間違いはない。私は、タイミングを測った。ローのレンジで、ブレーキを離し、アクセルを踏みこんだ。メルセデスが、すぐ左側にいた。運転している男の、口を開けた表情もはっきり見えた。

かわしようがあろうとなかろうと、とっさの場合、人間は大抵ブレーキを踏む。そこそこの腕のドライバーでもそうだ。

思い通りにブレーキを踏んでくれた。そんなことを頭に浮かべている時、メルセデスのテイルがミラーの中に迫ってきた。私は、ちょっとスロットルを開いた。

スピンしたメルセデスは、木立の脇の土に落ちこみ、傾いて停った。

ジープ・チェロキーは、無傷である。

私が車を降りると、メルセデスからも二人這《は》い出してきた。

「なんだよ、おまえは」

運転していた若い方は、かなり興奮していた。もうひとりは、大人しそうな中年男だ。

「いきなり飛び出してきやがって、きっちりして貰うからな。わかってんな」

「おたくこそ、こんな山道を、さっきのスピードはないだろう」

「なんだと、てめえ。第一、そんなとこから車が飛び出してくると思うかよ」

「俺は、ゆっくり出たよ。ただ、道に登る時は、アクセル踏まなきゃどうにもならないけど」

「飛び出してきたんだよ。あっと思ったら、眼の前にいたんだよ。わかってんのか、このボケが」

「でも、ぶつかっちゃいない」

「ぶつからなきゃ、それでいいってのか。おまえ、ここで殺すぞ」

「ねえ。もう少し冷静に喋りたいんですがね。この人、興奮してて、どうにもならない。事故なんだから、警察呼びますか？」

私は、中年の男に近づいた。

「警察呼んでも、自損事故ってことになると思うんですがね」

「飛び出してきた責任ってのは、あるよ」

「だけど、スピードの出しすぎだな」

腰に、私はレンチを一本差していた。それを引き抜きざまに振り、下から男の顎《あご》を打った。弾《はじ》かれたように、男の躰が飛んだ。倒れた男に馬乗りになり、首筋にレンチを叩《たた》きこむ。男の眼が、一瞬白くなった。

若い男は、口を開け、立ち竦《すく》んでいた。

「次は、おまえだな」

私は、若い方に近づいた。どう見ても、中年の男の方が手強そうだったのだ。

二人とも、私の顔は知らないはずだ。いまだに、なにが起きているか、認識をしていないだろう。私は、男に三歩近づいた。

「こいつは、しばらく眼を醒《さま》さん。おまえも、同じように眠りたいか？」

「なに言ってやがんだよ。おまえ、もしかすると、バレンシアホテルの者《もん》か？」

バレンシアホテル。ホテル・カルタヘーナほど大きくはないが、しっかりしたいいホテルだ。そこが、この件になにか関係しているということなのか。

「バレンシアホテルの人間だったら、なんだというんだ？」

「あそこは、もう買収されてんだよ。じたばたしたって、仕方ねえだろうが」

買収という話など、耳にしたことはなかった。もしそうなら、街の噂《うわさ》にならないところで、なにかが行われているということだろう。なにかあれば、私はともかく、波崎が知らないはずはない。

「買収の仕方ってのが、問題だろう」

「知るか、そんなこと。三ツ巴《みどもえ》になってんだからよ」

私は、もう一歩、男に近づいた。男が、跳び退《しさ》った。その間に私は二歩近づき、男の腰を蹴《け》りつけていた。男が、うずくまる。後頭部にレンチを叩きこむのは、造作のないことだった。

私は、男の躰をジープ・チェロキーの後部座席に放りこんだ。それから、中年の男をメルセデスのそばに引っ張った。額に、もう一発レンチを食らわせる。

　ポケットの中のものを、確認した。

　財布の中の十数枚の名刺。運転免許証はない。ほかに、小さなフォールディングナイフを二本持っていた。林檎《りんご》を剝《む》くため、というわけではなさそうだった。

　警察に、電話を入れた。山の街道で、自損事故。通りがかりの人間の通報である。

　それから、私はジープ・チェロキーをバックさせ、飛び出してきた林道に再び入った。

　この山の林道では、さまざまなことが起きた。私があの街へ戻ってからだけでも、何人か死んでいる。

　木立に囲まれた場所で、私は車を停め、男の躰を引き摺《ず》り出した。

　頰《ほお》を叩き続けていると、男が眼を開いた。

「ここが、どこだかわかるか？」

　男が不安そうに周囲を見回す。

「ちゃんと喋ったら、連れて帰ってやる。喋らなきゃ、脚を叩き折って、置いていくだけさ。大した動物はいない。でかいのは熊《くま》ぐらいで、あとは狸《たぬき》とかそんなもんだ」

「なんなんだよ？」

「喋ればいいのさ」

「俺が、なんで？」

「ベンツなんか乗り回すからだ。不動産屋だな。企業舎弟というやつか？」

「おまえ、俺らに手を出して、ただで済むと思うなよ」

「ただで済まないのか？」

「当たりめえだろう」

「じゃ、おまえを殺すよ。屍体《したい》は動物が食ってくれるし、素っ裸にして置いておきゃ、骨だけしか残らん」

「おまえ、うちの兄貴は？」

「死んだ。車と一緒に、焼死体になった」

「嘘《うそ》だよな」

「嘘さ。嘘で人をびっくりさせるのが、俺は好きなんだよ」

男の腹を、蹴りつけた。うずくまると、脇腹のあたりを、転がると腹の真中を、場所がどこであれ、蹴ることをやめなかった。男の躰が、だらりと動かなくなった。額に汗の粒が浮いている。

「知ってること、言えるよな。黙っていると、腹の中のものを蹴り出すぞ」

男が、力なく頷いた。

## 11　権利証

「片付いたか？」

「いま、高岸と一緒だ。俺は、あやうく横っ腹を擦《こす》られるところだった。高岸の車も、傷はついていない。チェロキーは、潰れちまったのか？」

「どうして、そう思う？」

「来ないからさ」

「傷ひとつ、ついていない」

「じゃ、来いよ。四時の約束だったろう」

「無駄足になるかもしれないと思って、一応電話した」

「また皮肉か。とにかく、ここへ揃《そろ》ってから、街へ帰る約束じゃないか」

私は、泣いている男にちょっと眼をくれ、ジープ・チェロキーに乗ってエンジンをかけた。待ってくれとは、さすがに男は言わない。ひどい傷を負ったわけではないが、ずいぶんと苦しい思いをした。

私は、男を残して車を出した。男も、一時間もすれば、自分で歩けるだろう。その間に、ここが街道に近く、車の音がしばしば聞えていることにも気づくはずだ。

携帯が鳴った。

約束した駐車場は、すぐそこだった。

「なんだ。有料駐車場だから、俺は入らなくていいってか?」

「バレンシアホテルを調べる。街へ帰ったら、俺は単独行動にしてくれ」

「俺は、高岸と話してみるよ。その方が早道とも思えんが。高岸は、そこにいないのか?」

「いま、車を降りて、どこかへ行った。多分、煙草でも買おうってところだ」

駐車場に到着していた。ここの無料駐車券を、波崎はいつも三十枚ほど持っている。こういうところを三、四カ所知っていたら、車で動く時には便利なのだ。

カローラ・レビンのそばに車を滑りこませた時、高岸も戻ってきた。

「何人だった?」

私が言うと、高岸は指を二本出した。波崎もだ。一台に二人ずつ乗っていたということだった。企業舎弟の不動産屋というのも、同じだ。

高岸が、ジープ・チェロキーの周囲を一周した。傷はない。潰してもいいと群は言ったが、それは、そういう気持でやっていいということで、私には潰すつもりなどなかった。

「行こうか。とにかく、三人とも無事だった。これでチームワークさえよくなりゃ、結構強力なんだが」

波崎が、私を見て言った。

「俺は、俺のやり方を変える気はない」

「おまえに、やり方なんてあったか、ソルティ?」

「その時やりたいと思ったことが、俺のやり方さ」

私が言うと、高岸が口もとを歪《ゆが》めて笑った。それぞれ車に戻り、波崎を先頭にして駐車場を出た。波崎が、無料駐車券を出すからだ。

トンネルの手前で、私は高岸の携帯を呼んだ。

「おまえに話があるんだ、高岸」

「電話でかい?」

「いや、街へ入ったら、そのまま俺についてきてくれるか?」

「わかった」

しばらくして、トンネルに入った。贅沢《ぜいたく》にも、上下二本穿《うが》ってあるトンネルだった。この贅沢なトンネルが、私が生まれた土地を、まるで違う街に変えた。

トンネルを出ると、波崎は左折し、山際新道に入っていった。私はそのまま直進してリスボン・アヴェニューに入り、一の辻の手前の『スコーピオン』の前で車を停めた。

どうしたの、という表情で、牧子は私を見た。高岸と殴り合った顔の痣《あざ》は、まだ消えていない。痣まみれの男が二人。それは牧子を驚かすことはなく、ただ吹き出させただけだった。

「女房だよ」

奥のブースに腰を降ろした私たちのところに、注文を取りにきたのは店の女の子ではなく、牧子自身だった。

高岸は驚きを隠そうとはせず、私と牧子に交互に視線をむけた。

「コーヒーを二つ」

私は、ただそう言った。牧子が頷いて戻っていく。

「女房って、若月さんの奥さんって意味だよな?」

「ほかに、誰の女房だって言うんだよ」

「たまげたな」

「娘がいる。結構、おませなことを言ったりする娘だ。亜美という名前だがね」

「娘。奥さんと娘。およそ、若月さんにゃ似合わないね。こんなことを言って、悪いとは思うけど。世の中には、家庭ってやつを持っていい人間と、持っちゃならない人間がいると思う」

「俺は、持ってはいかんというわけだ」

「あんただけじゃなく、波崎さんも、そして俺も」

「川中さんや坂井は?」

「論外だね」

確かに、あの二人と家庭というのは、どう考えても想像がつかない。家庭を持っていい人間といけない人間がいる、という高岸の考えは、間違いではないという気がした。私は、多分どこかで間違えたのだ。

「いい女だ。あんたの奥さんじゃなかったら、俺はそう思うだろう。あんたの奥さんと知った瞬間に、違う関心を持ったね」

「どういう？」

「なんで、あんたのような男と結婚したのか。あんたは、昔は違う男だったのか」

「昔と言ったって、せいぜい数年前だ」

「それじゃ、あんたの奥さんは、やっぱり変っている」

確かにそうだ、と私は思った。自分がボロ布のようにくたばり、誰にも見むきもされないだろうということを、私はほとんど確信していたのだ。だから、結婚の資格など、あるとも思わなかった。

しかし、牧子も相当なものではあったのだ。あのころの牧子には、そういう私がお似合いでもあった。亜美を生んでから、牧子は変った。私もいくらか変り、そんなことで変っていく自分がいやだと、心の底で思っているところはあるかもしれない。

「たとえば、川中さんとか坂井が結婚していたとしたら？」

「考えられないよ。俺には、想像もできない。あの二人だけは、絶対にないね」

「しかし、わからんぜ」

「いや、ない。適性の問題とかなんとか言うよりも、してはならないと思っているんだからな。家庭を持つ資格はないというより、持っちゃならないと考えてる」

「資格がないから、持っちゃならないんだろうが」

「少し違うね」

高岸が煙草をくわえた。ジッポで火をつけている。

「なんていうか、やっぱりどこか違う。死んだ人間になんと言うのか。あの二人の頭の中には、いつもそれがある」

「ふうん」

「だから、男なんだよ、あの二人は」

高岸が言う意味が、わかるような気もした。しかし、高岸の子供っぽさもどこかに覗《のぞ》いて見える、と私は思った。

牧子が、コーヒーを運んできた。

高岸は、カップを持ちあげ、確かめるように鼻を近づけた。それから、ひと口啜った。

「うまいな、これ」

「わかるのか、おまえに？」

「ほんとうにうまいコーヒーと、信じられないぐらいまずいものは、わかるよ」

「このコーヒーは、女房が手をかけて淹《い》れてる」

「だろうな。『レナ』と似た味と香りだ。N市にある店でね、ホテル・キーラーゴの経営だよ。安見のおふくろさんが、淹れ方を研究したらしい。なんだか、コーヒー豆の薄皮みたいなもんを、ピンセットで取り除くらしい。それから、はじめるんだよ」

牧子がやっているのも、同じようなことだった。そして私は、以前からこのコーヒーが好きだった。私にとっては、こういうものはうまい、まずいではなく、好きか嫌いかだった。

「それでな、高岸。バレンシアホテルについて、訊きたいんだが」

「やっぱりね」

「あの連中が、喋ると思ったんだな」

「最初はわからなかったが、俺が追い込んだ二人は、腑《ふぬ》抜けだったね。あんたらの方も同じようなものだろうと思った」

「バレンシアホテルは、規模こそ大きくないが、経営、サービス、立地はこの街で一流ということになっているんだ」

「だろうな」

「知ってるのか、中本佐知子《なかもとさちこ》を？」

「名前だけな」

「おかしなやつだな。おまえの関りは、バレンシアホテルじゃなく、宇野弁護士なのか？」

「いや、宇野さんには、直接会って頼みたいだけだよ」

「わかるように説明しろよ、高岸。俺たちは、バレンシアホテルのことを、もう知っちまったんだ。おまえの口からも、一応の説明を聞いておこう、としているだけなんだぜ」

「俺のことは、勘弁して貰いたい。バレンシアホテルのことだけにしてくれ」

「おまえがそう言うんなら、いいよ」

高岸が、煙草を揉《も》み消した。代りに、私が煙草に火をつける。

「バレンシアホテルの権利証を、いま持っている人間がいる。つまり、経営者じゃなくね。どうも、博奕《ばくち》のカタらしい。その人間の代理人が、宇野弁護士さ。ところが、宇野さんが代理人をしている男と、同じ権利を主張している男がいる。そこが、話し合いじゃなく、力押しでくるんで、厄介になってる」

私は、頭の中で図を描いた。

「要するに、博奕をやったのが、その中本佐知子か？」

「ほんとうにやったのは、亭主の英三《えいぞう》ってやつだそうだ。イタリア料理のシェフで、腕はいいらしい」

バレンシアホテルのイタリア料理は、確かに定評はあった。この街は、ホテルも通りもスペイン語のものが多いのに、洋食の主流はフランス料理とイタリア料理だった。

「つまり、英三が、一方じゃ権利証をカタに博奕をやり、もう一方じゃ、それを担保のようにして、金でも借りたのか？」

「まあ、そうだね」

「おまえは、どうしてそれを知った？」

「権利証を握っている人間が、N市在住で、俺も少しは知っている。わかりやすく言えば、『ブラディ・ドール』の客だった」

それで、ようやく宇野弁護士とも繋《つな》がることになった。

「博奕は、N市でやったのか？」

「東京だよ。しかし、N市に逃げこんできた。知り合いだったらしい、宇野さんに泣きついてきたわけさ」

「宇野さんがここまでやるってことは、かなり深い知り合いなんだろう？」

「わからないな、それは。あの人は、人が口にもしない、まずいコーヒーだから」

「なんだ、それは？」

「うまいものは、まずいものによって引き立つ。宇野さんの哲学だよ。そして、世の中のまずいものに、自分がなろうとしている、と言っているわけさ」

「わかるな。俺は、あの人としばらく喋ってみたがね。おまえが言ってる意味は、よくわかる。そういう、臍曲《へそま》がりだな」

高岸が、新しい煙草に火をつけた。

「しかし、中本英三は、金を払わんわけにはいかないだろう」

「払うものは、払うさ」

高岸の口調で、中本側に立っていることがはっきりした。見当はつけていたが、高岸の口からはっきり聞きたかった。それで、こちらのスタンスも決められる。

「単純な話だと思うがな。権利証の分、借金の分、それを中本が払えばいい」

「石塚《いしづか》興産、つまり企業舎弟ってやつだが、そこが二つとも手にしようとしている」

「誰が手にしようと、借金は二つ。それを返せばいい」

「ひとつなんだ。中本佐知子さんは、そう言ってる」

「どういうことだ？」

「宇野さんが代理人をしている男、大野《おおの》というんだが、大野はその権利証で石塚から借金した。つまり、中本英三は、石塚からは借金していない。そう言ってる」

「じゃ、権利証は、石塚か？」

「大野だよ。借用証が、石塚」

「ほんとうだとしたら、馬鹿げた話だ。警察に駈けこめば済む問題だ」

「いま言ったのは、表面だけの話だ。博奕だって、怪しい。普通、五億も負けるか。中本英三が金を借りたのは間違いないだろうが、事業資金かなにかだった、と俺は思ってる。

東京に、レストランを出したがっていた、という話だし」

「結局、借金の真相はわからん。五億という金が、いつの間にか二倍に増えてる。そういうことなのか?」

「俺は、そうだと思ってる」

「中本は自分のものをなくすんだ。まあ、自業自得ってやつだろう」

「中本に、自分のものは、なにひとつないね。全部、中本佐知子さんのものだ」

「法律で、そんなことが通用するのか」

「夫婦だが、籍は入っていないらしい」

「内縁関係でも、夫婦と認められたりすることもある。相手が、夫婦だと思いこむ要件があればだが」

「面倒臭いことを言うね、若月さん。あんた弁護士かい?」

「いや、小さなツアー会社をやってる。それだけさ」

高岸の口調は、中本側というより、中本佐知子側と言った方がいいのかもしれない。

それ以後もいろいろ喋ったが、高岸は自分がどういうふうに関っているかは、一切言おうとしなかった。

## 12　エイトボール

波崎が調べてきたのは、バレンシアホテルの経営状態だった。

規模がそれほど大きくないだけに、黒字体質で、きわめて健全だった。ただ、十億はおろか、五億の借金を払う能力も怪しい。

「時間をかけりゃ、なんとかなると思うんだがな。五年で返済とか」

水割りを舐《な》めながら、波崎が言った。

五億の借金が二重になっているという話は、波崎も得心《とくしん》がいかないようだった。

「借金の存在そのものも、俺は首を傾《かし》げるね。博奕で五億と言ったら、完全に資産を見られたということだろう。事業資金とかなんとかの詐欺だとしたら、まずは警察に駈けこむ」

「そういう様子はないんだな?」

「借金そのものが、あるようには思えない。中本佐知子の、肚《はら》が据っているということかもしれないが」

「英三との仲は?」

「それは、まだ調べていないよ、ソルティ」

「調べてくれ。大野とか石塚とかの調べはつくか？」

「石塚に関しては、いま調査中だ。大野は、いまはじめて耳にする名だからな」

私は、ショットグラスにウイスキーを注いだ。『てまり』の奥のブースで、女の子たちも遠ざけてある。自分で、酒を注ぐしかないのだ。

「高岸みたいな若造が、五億、十億の金に絡んで、なにかやろうとしているのか？」

「金絡みではないな。絡んだところに、金の問題があった。そういうことだろう」

「ま、当然か。しかし、あの川中のところにいるやつだからな」

「俺は、中本夫妻というのではなく、中本佐知子との絡みだ、という気がするがね。どうもそんな感じだよ、波崎」

「わかった。それならいいんだが」

私は、中本佐知子のことを、ほとんど知らない。ムーン・トラベルで、バレンシアホテルの客のツアーも扱うので、どこかで挨拶《あいさつ》されたことがあるぐらいだ。波崎は、私よりは詳しいらしい。

「これは、一軒のホテルの、借金の問題というふうになってきたんだが、ソルティ」

忍に報告するのは、少し待とう、と波崎は言っている。借金などより、高岸という男に関心を持ったのだろう。私も、同じようなところがある。姫島へ行った宇野が戻るまで、忍への報告はのばしてもいい。

「まだ、報告するようなことは、あまりない。宇野弁護士もいないことだし」

「俺たちは、あまり身を入れなかった。それでいいな、ソルティ？」

「いいよ」

忍に怒鳴られる時は、二人で怒鳴られよう、ということで合意した。忍の説教は肚にこたえるところがあり、実質は恫喝《どうかつ》も入っているので、ひとりでは避けたいところだ。

「それでもうひとつの問題だが、姫島の爺《じい》さんは、どれぐらい絡んでると思う？」

「そこだな、わからんのは。もしかすると、爺さんと宇野の個人的な関係だけで、ヘリコを迎えに寄越《よこ》したのかもしれない」

「絡んでいれば、頭に入れておかないと、厄介なことになるぜ、波崎」

「まあな。おまえは、あの爺さんを気にしすぎるところがあると思うが」

「こわいんだよ、俺は」

私が言うと、波崎は口もとだけで笑った。

無視したくない。そういう思いが、久納義正に対してはある。無視させないという雰囲気が、むこうにもある。

「とにかく、爺さんに対する注意は、怠らないようにしておこう、ソルティ」

群秋生が姿を現わすかもしれないと思ったが、今日は執筆の日なのだろう。現われるなら、もうそのあたりで女の子をからかっているころだ。

「さてと、一番厄介な問題だが」

「石塚興産はな、ソルティ、表でも結構いい商売をしている。裏じゃ、相当なところとくっついている。この街に現われた連中は、下っ端というところだろう。そういう連中で、事が進まないとわかったら、それこそすごいのを送ってきかねない」

「忍さんの頭から、湯気が出るな」

「とにかく、来た連中はみんな撃退しちまった。むこうも、腰を入れてくる」

「高岸を、ひとりにしておかない方がいいな、波崎」

「それは、おまえが話をつけてくれ、ソルティ」

「宇野をガードしろとも、爺さんに言われているんだが」

「そっちは、姫島から帰ってきてからだ。とりあえずは、石塚興産の出方をしっかり見なきゃならない」

「大野というのがどういう人物かは、これからだ」

「よりによって、あの宇野を頼った。このあたりに、なにかあるかもしれん。一応、坂井に訊いてみようと思う」

「高岸の情報もな、波崎」

「それについちゃ、川中さんも坂井も、喋りはしないだろう。高岸が自分で言わないかぎり、わからないと思う」

それ以上の、話はなかった。

この街でなにか起きようとしている。この街の、ホテルのひとつが、事件の中心になりつつある。私と波崎は、やはり無縁ではいられなかったということだ。

いや、この街で起きることに無縁でいることが、私や波崎には許せない。この街を大事に思うというのとも、いくらか違っていた。私の感情は、愛憎という言葉に近いかもしれない。そして波崎には、好奇心という言葉が加わる。

それぞれ、一杯ずつ新しい酒を空けると、店を出た。客が立てこみはじめていたし、波崎はまだやることを抱えているという様子だった。なにか、小さな結果でも出ないかぎり、波崎は自分のやったことを口にしない。

店を出ると、私はすぐに高岸の携帯を呼んだ。

「夜まで、あんたらと付き合わなきゃならないのか?」

「そう言うな。石塚興産は、甘い相手じゃない。おまえが自分のことを喋りたくないならそれでいい。しかし、石塚にどう対するかは話し合っておこうじゃないか」

「わかった。どこに行けばいい」

私の声の響きの中に、真剣なものを感じとったのだろう。高岸は率直だった。

「マリーナ。『カリーナII』という船がある」

「船種を言ってくれ。そっちの方が早い」

「ルアーズ・トーナメント・38。ツナタワーを立てたバートラム37の隣だ」

「わかった」

高岸は、船を見ることはできるらしい。

私は、車をマリーナにむけた。すぐに電話が鳴った。群秋生だった。

「今日の執筆が終った」

「それはよかったですね」

「いまから、ビリヤードの勝負に来い」

「ちょっと、人に会わなきゃならないんですよ」

「都合がいいな。高岸だろう。連れてこいよ。エイトボールの勝負をしたいと言えば、いやとは言わないはずだ」

高岸に会うというのは、また群の鼻が働いて言ったことだろう。エイトボールというゲームを、高岸が知っているかどうかはわからない。

船に着くと、私は明りをつけた。陸電を取ってあるので、ほとんどマンションの一室のように電気は使える。

私は、バレンシアホテルが抱えているという、二重の借金について考えた。どう考えても、おかしい。権利証を大野が持ち、借用証を石塚興産が持っているというのは、どこから見ても不自然すぎる。どれかが、いかさまだ。あるいは全部が、いかさまなのかもしれない。その場合、いかさま師が誰なのか、まずは見きわめることだろう。

中本佐知子というのは、どういう女なのか。私が知るかぎり、三十五、六の、見た感じは平凡な女だった。

高岸の声がした。入ってくれ、と私は言った。

「いい船だね」

キャビンを見回し、高岸が言った。

「おまえ、船がわかるみたいだな」

「うちの社長が、フルツナタワーのブラックフィン38なんだよ。これでも、船舶免許は持ってる。ま、取らされたようなもんだがね。トローリングの時の操縦だよ。こんな街にも、バートラムの所有者がいるんだな」

「その所有者が、ちょっと顔を出せと言ってる。俺は、そのつもりじゃなかったんだが」

「なんだ、群先生か」

「エイトボールをやろうと言ったら、断るはずはない、と言ってた」

「得意だよ、俺は。スリークッションより、ゲームとしては好きだ」

「なるほど。どこかで、おまえのビリヤード好きの情報を聞きこんだんだな」

スリークッションなど、ビリヤードの初心者ができるゲームではなかった。

「じゃ、行くか。話して、損はない相手だと思う。俺のキューも、群さんところのゲーム室に置いてある」

高岸が頷き、しかしすぐに眼はあげずに、煙草に火をつけた。

「石塚興産は、三人でかかりゃなんとかなるというような、甘い相手ではなかった。おまえ、はじめからそれを知ってたろう？」

「俺にとって、相手が誰かなんて、どうでもいいことでね」

煙を吐きながら、高岸が言った。

「やりたいことは、ひとつだけなんだ」

私は、冷蔵庫からビールをひと缶出してやった。私もひとつとり、プルトップを引いた。高岸は、ヘルムステーションのあたりに眼をやり、それからビールの缶をテーブルに置いた。

「行くか、飲みながら」

「警察が喜びそうなことだ」

それでも、高岸は缶を持って立ちあがった。

片手にビールを持った二人が、マリーナから車を連ねて出た。

群邸の門は開けられていた。

黄金丸が、立ちあがって迎える。昔のように、喜んで哮《ほ》えたりはしない。二、三度尻尾を振り、あとは状況を見定めようとするように、周囲に眼を配る。

「先生に呼ばれたんだよ、コー。ビリヤードの勝負がしたいんだそうだ」

言って、私は玄関のドアを開けた。

村上久子はもう帰っていて、山瀬の妻が笑いながら出迎えた。

群秋生はすでにゲーム室にいて、玉を撞《つ》いていた。象牙《ぞうげ》の玉がぶつかる、冴《さ》えた音がしている。

「よう、キューを選べ、高岸」

ストロークの姿勢をとったまま、群が言った。

「九番を第三コーナー」

群が言う。キューが突き出される。二度音がして、九番の玉がコーナーポケットに落ちた。高岸は、群の撞き方など気にならないらしく、キューを一本選ぶと、タップにチョークを擦りつけはじめた。

「審判は、ソルティ、おまえだ。なにを賭《か》けるかは、高岸がよくわかっている」

私は、高岸の方を見た。高岸は無表情で、チョークを使い続けている。

私は、十五個のボールを集め、三角の枠の中に入れた。

「ブレイクショットは、コインだ。おまえが投げろ」

群が指さしたところに、いくらか大きめのケネディコインがあった。それを、高岸は鮮やかに宙に弾きあげ、掌で摑んだ。

「裏だな」

手の甲に置いたコインを、高岸が見せる。暗殺されたアメリカの大統領の横顔だった。

「おまえだ」

頷き、高岸は軽く手玉を撞いた。その割りにはよく響く音がし、十五個の玉が鮮やかに散った。ひとつ、コーナーに落ちた。三番だった。

「一番から七番までが、高岸ボール」

私は言った。

高岸はそれから、四番と七番を続けざまに落とし、二番でマッセーを試みたが、一枚足りないという感じで失敗した。

群が、いつになく真剣だった。

キューを構えると、大抵はすぐに撞くのに、一度構えを解き、あれかこれかと考えている。そして、十一番をサイドに落とした。次に、十二番、十四番と続き、十五番で失敗した。

高岸が構える。六番、五番を落とした。一番で失敗した。しかし、うまい。失敗したショットも、一枚足りないという感じだ。

群が、自分の持ち玉をすべて落とした。こんな群を見たのは、私ははじめてだった。

「エイトボールを、第三コーナーに」

盤面を見つめ、角度を測るようにキューを立てたりしながら、群が言った。ワンクッションでは無理だろう。ツークッションでうまく通れば、高岸の玉は邪魔にならない。

群は一度キューを置き、喫《す》いかけの葉巻にまた火をつけた。

葉巻の濃い煙が、一度盤上でわだかまるように揺れ、散った。

葉巻を置いた群が、キューを執る。構える。意外に無造作だった。

鋭角的に二度クッションし、エイトボールは第三コーナーに落ちた。

高岸が、ちょっとうつむいた。

私は、軽く群の方へ手をあげた。

「座れ、高岸」

「先生、このコインはいかさまですよ」

ケネディコインは、どうやって作ったのか両面とも元大統領の横顔だった。

「いかさまなものか。はじめに確かめなかった、おまえが悪い。俺は、どんなコインだか言いはしなかったが、コインはおまえの手にあったんだ」

高岸が、肩を竦める。

暖炉の前に、腰を降ろした。インターホンで、群がグラスと水を頼んだ。すぐに、山瀬夫人が、ブランデーグラスとチェイサー用の水の入ったタンブラーを運んできた。

「負けたよな、高岸」

「負けました」

「よし。飲もう。それから話だ」

コニャックの香りが、葉巻の香りと入り混じった。

## 13 炎

ちろちろと燃えていた暖炉に、私は新しい薪《まき》を放《ほう》りこんだ。

群は、セーターに合わせた柄の、アスコットタイを解いた。そういう恰好《かっこう》をしていたのを見ても、群は高岸と真剣に勝負をしたのだ。高岸が、慣れた手つきでコニャックを注ぎ、チェイサーを作った。

「座れ」

どちらにともなく、群が言った。

私と高岸は、並んで革張りのソファに腰を降ろした。

「ソルティが把握している程度の話は、俺も知っている。それとも、また事態が動いたのか？」

群は、私の方を見ていた。

「絡みがどういうものか、見えました」

「よし、おまえが把握していることを話せ、ソルティ」

群は、ブランデーグラスを掌《てのひら》で包んだ。

「N市在住で『ブラディ・ドール』の客である、大野という男がいます。これが、バレンシアホテルの権利証をカタに、中本英三に五億円貸しています。宇野さんが、顧問弁護士ですよ。五億は、中本の博奕《ばくち》で消えています。同時に、東京の石塚興産が、大野に五億貸しつけています。大野はバレンシアホテルの権利証を持ち、石塚興産は大野の借用証を持っている。そしてその二つの取立てが、バレンシアホテルに来ている、ということのようです。石塚興産というのは、結構な企業舎弟で、表も裏も、かなりの仕事をしているそうです。俺がわかっているのは、いまのところそこまでで」

群は、掌の中でブランデーグラスを回していた。私は、上品な酒を口に放りこみ、新しく注いだ。チェイサーで、ちょっとだけ口の中を洗う。

「つまり、バレンシアホテルにとっては、五億の借金が二倍になったということだな」

「いまの状況を見て、単純に考えれば」

「単純ではなさそうだな」

群が、葉巻をくわえ、にやりと笑った。私も立ちあがり、ヒュミドールの中に手を突っこんで、一本失敬した。

「負けたんだ、高岸」

「わかってます」

「喋《しゃべ》りたくないところまで、喋るしかないな。それが全部ではないにしろ、俺を納得させる話は必要だよ」

「その前に、ひとつだけ訊《き》いてもいいですか？」

「なんだ？」

「群先生は、起きていることに関《かかわ》ろうとして、俺に喋らせるんですか？」

「それは、一切ない。俺は知りたいだけで、それ以上でも以下でもない」

実際、群はそうだった。こちらから頼めば、なにかやってはくれる。たとえば人を預かったり、知っていることを教えてくれたりは、したことがあった。あくまで、こちらから頼みこめばだ。

「わかりました」

高岸は、コニャックに少し口をつけ、グラスをテーブルに置いた。

「俺が思っているだけのことですが、借金などどこにもありません」

「ほう」

「もともとは、中本英三と大野正《ただし》が共謀して、バレンシアホテルを乗っ取ろうとしたのだ、と思いますね。すでに、乗っ取りかかっている。権利証は、大野の手にあるんですから」

「証拠は？」

「ありません。どうにかして、中本英三が権利証を持ち出した、と思っています。それをカタにしたと、中本佐知子さんに言ったんでしょう。すぐに乗っ取れるはずだったのが、石塚興産が入ってきて、ちょっと面倒になった。だから大野は、宇野さんのところに駈《か》けこんだのだと思います」

「一介の弁護士が、なにかできるのかな？」

「そこが宇野さんのこわいところです。石塚興産と話し合う前に、その弱味をかなり摑《つか》んだと思いますね。だから石塚興産は、表ではなく、裏の顔でしか対処できなくなっているんです」

「すべて、推測だな」

「はい、すべて」

「おまえはなぜ、宇野さんを追いかけ、石塚興産に狙《ねら》われるんだよ」

長いマッチで葉巻に火をつけ、私は口を挟んだ。私の質問には答える気がないらしく、高岸は群の方を見た。群が、静かに頷《うなず》いた。

「俺は、大野がいかさまをやっているだろうと思っています。それをあばくまで、宇野さんに動かないで欲しい、と頼みたいんですよ。大野の借金についての代理人と同時に、権利証の行使についての代理人も、あの人は引き受けていますから」

「なるほど。石塚興産の方は？」

「N市に現われた連中を、俺が追っ払いました。それから宇野さんを追ってこの街に来たんで、宇野さんのもとで働いている、と思われているかもしれません」

「辻褄《つじつま》は合うな」

煙を吐きながら、私は言った。

確かに、石塚興産の人間は、高岸を狙うと同時に、宇野も狙っていたのだ。

「はじめの動機は？」

群が言う。

「は？」

「この件に関る、最初の動機を、おまえは喋っていない。まさか、川中さんの代りをやっているわけじゃあるまい」

「社長には、なんの関係もありません」

「じゃ、なんだ？」

「言わなくちゃならないんですか？」

「負けたんだよ、おまえは」

群が、低い声で笑った。

高岸が、眼《め》を閉じた。考えているのだろう、と私は思った。

「俺の方から質問しよう。中本佐知子と関係あるのか？」

「ないわけではありません。あちらは、俺のことなど知らないでしょうが」

「一方的な関係なんだな」

「まったく、一方的です」

「一方的だが、関係しようと思った理由は、高岸?」

「俺の知るある人なら、多分、そうしただろうと思えることを、俺はやっているだけなんです」

「なぜ、その人がやらない」

「もう、いませんから」

「そうか。死んだ人間のために、おまえはこれに関っているのか」

「そうです」

「死んだ人間との関係は?」

「それこそ、いま起きていることとなんの関りもありません」

「おまえが、動いていなければな」

「俺が動いていてもです。動いているのは、俺の意思ですから」

高岸が、口を閉じた。群は、二、三度、続けざまに濃い煙を吐いた。

「おまえ」

私が口を開いた。思い当たることがあったからだ。

「いま乗っている、カローラ・レビン、もともとはその男のものだな?」

高岸は、さらに強く唇を引き結んだ。群の表情が、ちょっと動いた。

「カローラ・レビン?」

「そうです。FRで、ハチロク・レビンと呼ばれていました。サスやブレーキのチューンどころか、エンジンの圧縮比まであげてあって、そこらのスポーツカーなら、腕によってはぶっちぎれますよ、先生」

「ほう」

「あの車、高岸がガキのころに販売は終ってます。自分で買ったとは思えませんね」

「そうなのか、高岸?」

「そこまで、喋らなきゃならないんですか?」

「俺が納得するところまでな」

「確かに、あの車は、いなくなった人から受け継いだものです」

「その人は?」

「高校の、歴史の先生でした」

「教師だって?」

「家は、大金持ちだったんですよ。真面目《まじめ》で大人しい先生で、失踪《しっそう》した俺を捜しに来るなんて思いもしなかった。そして俺のために、闘って死んだんです」

「おまえのためにか」

「だから俺は、その人の代りに、闘わなければならないんです」

「わかった。最後にもうひとつだ」

「なんですか？」

「その人と、中本佐知子の関係は？」

「腹違いの妹。そういう妹がいるとは、先生も言っていました。葬儀の時に、一度だけ見ました。バレンシアホテルは、先生のお父さんが、財産分けのつもりで、十年ほど前に買ってやったものだそうです。この街の生まれだったみたいで」

「そうか」

群が、コニャックを呷《あお》った。私は、それに新しく注《つ》ぎ足した。

「お父さんという人は？」

「先年、亡くなっています。お母さんの方が、所有していた会社の実権などすべて持っておられるようで、中本佐知子さんとの縁は切れたようです」

「それでも、おまえは」

「先生は、ただひとりの妹と思っておられました。先生なら、助けるための手を出されたはずです。不良の俺のためにさえ、命を懸けるような人だったんですから」

「わかった」

「これで、俺はほとんどのことを喋りましたよ。いいですか？」

「話については、納得した。しかし、中本佐知子に、ほんとうに借金の責任があったら？」

「それでも、やります。借金などもともとない、ということを、あばいてみせます」

「だからよ、高岸。群先生は、ほんとうに借金があったら、と訊いてるんだよ」

「それでも、やります」

「ひとりだけでか？」

「生きているかぎり、やりますよ」

「極端な男だな、おまえ」

「俺の先生に対する思いは、社長だけは知っています。だから、休暇をくださいと言っても、なにも言わなかった」

「その思いだけなら、おまえのやることは犯罪にもなりかねないぜ」

「構いませんよ。どうせ、高校生のころに人を殺して、それから殺されるという人生だったはずなんです。それを、なんの関係もない先生が、代ってくれたんです」

「もういい」

言ったのは、群だった。

「飲めよ、高岸」

「はい」

「川中さんや坂井ほどではないとしても、この街にも、そこそこの男たちはいる、と俺は思ってる。バレンシアホテルが乗っ取られることなど、ないさ」

なにも言わず、高岸はグラスを呷った。私はそれに、新しいコニャックを注いだ。

「姫島の爺《じい》さんが、この街には馬鹿が集まると言っていたことがあるが、ほんとうだな。それも、きわめつけの馬鹿だ」

群はそう言ったが、口調はなぜか静かなものだった。

暖炉で火が燃えている。私は立ちあがり、新しい薪を一本足した。かさっと、熾《おき》が崩れる音がした。一度消えた炎が、すぐにまた燃えあがってくる。

「これから、なにが起きるか、俺は知らん。馬鹿げたことであることは、確かだな」

群が言った。高岸は、コニャックを舐《な》めていた。

私は、大野正という男について考えた。すぐに、波崎が調べあげるはずだ。

それから、宇野がいつ姫島から戻るのか、考えた。姫島の爺さんが、どういうふうに関っているのかも、気になる。

そんなことを、暖炉の炎を見ながら、ぼんやり考え続けた。

## 14　会見

宇野が、姫島から戻ったのは、翌日だった。

水村が操縦するヘリコで、ホテル・カルタヘーナのポートに降りたらしい。忍からの電話で、わかったことだ。

私は、すぐに波崎と連絡をとった。

「俺は、いま出られない。大野正について、情報を分析しているところでね」

「逃げを打ってるのか、おい」

「しばらく、宇野という男の相手は頼む、ソルティ。ところで、高岸はまだ群先生の家なのか？」

「駐車場に、カローラ・レビンを突っこんだままな。群さんも、面白がっているのかもしれん。高岸も、開き直っている」

きのうの、群の家でのやり取りは、すでに電話で波崎には入れてあった。群はあの後、よかったら泊っていけ、と言ったのだ。高岸も、それを拒まなかった。

「宇野と高岸を会わせてみるのも、手だぜ、ソルティ」

「それも、俺にやれと？」

「こっちは、大野正の分析で精一杯なんだ」

「隠すなよ、波崎。おまえが、男ひとりにてこずるとは考えられんよ」

「ついでに、石塚興産についても、調べている。こっちが、ちょっとなにか出てきそうな予感があってな。ただ、手間は半端じゃない。裏に隠れてるものを、覗《のぞ》こうってんだから。それで、手一杯さ」

「わかった」

そういう調査は、私にむいていなかった。というより、人の繋《つな》がりもない。

私は、赤いジープ・チェロキーで、群の家へ行った。

二人は、ブランチをとっているところだった。あまり話がはずんでいるようには見えない。それでいて、気まずそうな雰囲気も漂っていなかった。

「おまえも食うか、ソルティ」

「いや、俺は水だけで」

村上久子の姿は見当たらなかった。作家志望の秘書ではないので、余計な世話を焼くこともないらしい。

「車、戻しときました。結構なキロ数を回したんで」

「じゃ、マセラーティの方を頼む」

十二気筒のジャガーだけは、群自身が時々転がしている。

「わかりました」

マセラーティは、スパイダー・ザガートと呼ばれるオープンで、この季節には気持のいい車だった。

「宇野さんが、姫島から戻りましてね」

私がそう言うと、はじめて高岸が反応を示した。

「姫島で、どんな話が交わされたかわかりませんが」

「ほかの動きは、なにかないのか？」

「ありません」

「波崎は？」

「いま、石塚興産について調べてます。鼻を利かせるタイプですから」

山瀬夫人が入ってきて、三人分のコーヒーを淹《い》れた。

「奥様のコーヒーと較《くら》べると、どうしようもないものですけど」

「あのコーヒーは、ほとんど趣味でしてね」

山瀬夫妻が、時々『スコーピオン』でコーヒーを飲むことは、牧子から聞いて知っていた。買出しのついでなどに、寄るのかもしれない。私は、店で顔を合わせたことはなかった。

「きのうは、あれから飲んだんですか？」

「高岸は、酒を過そうとしない。バーテンの習性だろう。ビリヤードを、もうひと勝負しただけだ」

「どちらが勝ったんです？」

「五ゲームの勝負で、俺の五敗だった」

「集中力が途切れると、群先生はいつもそうだ。俺に九連敗した時のこと、憶《おぼ》えているでしょう?」

「忘れた」

「あの時は、キューを折っちまいそうに頭に血が昇ったのに、肝心な時に失敗してましたよ。ストロークが強すぎて」

「おまえの、言葉の攻撃にやられたのさ」

「そんな玉じゃないでしょう。言葉でやられるのは、むしろ俺の方です」

「高岸は、確かにうまい」

「先生もね。きのうの勝負、ちょっと見られるものじゃありませんでしたよ」

確かに、プロの勝負を見ているような感じだった。群があれだけの集中力を示したのを、私は見たことがない。

私はヒュミドールを勝手に開け、葉巻を一本くわえた。ここと忍の部屋で、手に入れようと思えばかなりの葉巻が手に入る。姫島の爺さんも喫《す》っているし、私の周囲の葉巻人口は少なくない。それも、ハバナ産の高級品ばかりだ。

「俺は、これで」

コーヒーを飲み終えると、高岸が腰をあげた。

「待てよ。俺に付き合え、高岸。そのためにここへ来たんだ」

「悪いが、やることがあるんだ、若月さん」

「宇野さんに会おうってんだろう」

高岸は、なにも言わない。

「おまえひとりじゃ、会えないぞ。ホテル・カルタヘーナは、かなりの警備態勢をとってる。まして、宇野さんが帰ってきたんならな。部外者は、一切入れん」

「なんとかなりますよ」

「なるさ、俺と一緒なら」

「若月さんが、会わせてくれるということですか？」

「社長の忍さんに会うと、なにを言われるかわからん。おまえを宇野さんに会わせてから、社長室に行くことにする」

私がカートを転がしていれば、警備室で怪しむこともない。

「助かります」

高岸が、ちょっと頭を下げた。

「話によっては、おまえと手を組めなくなるかもしれん。まあ、それはそれだ。とにかく、会った方がいいという気がする」

「連れてって貰《もら》いたい。恩に着る」

「それほど大袈裟《おおげさ》なもんじゃない」

私はコーヒーを飲み干した。

「車は、マセラーティにしろよ、ソルティ」

群は、それだけを言った。

私は外に出て、ガレージのマセラーティ・スパイダー・ザガートを、ジープ・チェロキーと入れ替えた。スパイダーは、必ず幌《ほろ》を開けて乗れ。群は、いつもそう言う。オープンタイプの車は、幌を開けた時が、一番美しく見えるように設計されている、と言うのだ。そのくせ、自分で乗ることは滅多にない。

高岸が、黄金丸のそばにしゃがみこんでいた。最近ではすっかり頑固になり、知らない人間に親愛の情を示すことはない。老いのせいだろう、と私は思っていた。しかし黄金丸の眼は、しっかり高岸を見つめている。時々、測るように尻尾《しっぽ》も動かす。

「コー、俺は行くぞ」

言うと、黄金丸は私のそばに来て、お義理で二、三度尻尾を振った。高岸は、カローラ・レビンに乗りこんだ。

ホテル・カルタヘーナまで、大して時間はかからない。須佐街道に出て、真直《まっす》ぐ走った。須佐街道は、街をはずれると、西も東も海沿いになる。かつてここが村だったころ、外に出る道はこの街道だけだった。あとは、歩いて山越えをするしかなかったのだ。

通用門からホテル・カルタヘーナに入り、従業員用の駐車場に車を入れた。そこにもひとり警備員がいるが、私の顔を見ると高岸にもなにも言わなかった。

そのままロビーを通り抜け、洒落《しゃれ》たペインティングがしてあるカートに乗りこんだ。

「顔ですね、若月さん」

「そういうことじゃない。俺のツアー会社は、このホテルの中にあってな。つまり、ここは職場ってわけだ」

「そうか、社長なんだな、若月さん」

「本物の社長は、このホテルの社長室にいる。食えない男さ」

「忍信行《のぶゆき》さん」

ある程度のことは、坂井などから聞いて把握している。しかし、その血の底に潜むものまでは知らないだろう。

「川中さんに、似ていなくもない。あんなふうな叩《たた》きあげじゃないが」

「うちの社長は、最初はトラックの運転手からはじめたらしいですよ」

カートは、宇野がいるヴィラに到着した。

私は、エントランスのチャイムを鳴らした。係のメイドが出てくる。

「宇野さんに呼ばれてきた」

「はい」

メイドが、奥へ行こうとした。

「呼んじゃいないな、ソルティ」

居間から声がした。

「来たんなら仕方がない。入れよ」

「高岸も一緒ですが？」

「カートに、恋人みたいに並んで乗ってくるところが、見えていた」

私は苦笑し、居間に入った。高岸を追い返そうとしないところをみると、姫島でなにか変化があったのかもしれない。

宇野は、ソファでパイプをくわえていた。甘い香りがたちこめている。私は、群のところから失敬してきた葉巻に火をつけた。

「こんなところまで、追ってきまして」

立ったまま、高岸が挨拶《あいさつ》した。宇野は、横をむいている。

「おまえの葉巻、パイプを台無しにするな。品もない」

「姫島の久納さんも、喫っていたでしょう？」

「似合うかどうか、品性の問題だと言っているのさ」

「貫禄《かんろく》はありますが」

姫島の爺さんに、品性という言葉が当て嵌《はま》るかどうか、私には疑問だった。

「とにかく、人生の年季が足りん。消せ」

私は、葉巻を灰皿に置いた。

「消せと言ったろう、ソルティ」

「パイプもそうでしょうが、置いておくと自然に消える。それが、葉巻です」

「生意気なことを」

「揉《も》み消したら、決闘の申しこみとも言いますしね」

パイプをくわえた宇野が、私の言葉に肩を竦《すく》めて反応した。

「座れ、高岸」

「おまえが言うことじゃあるまい、ソルティ」

「宇野さんが追い返せと言ったんで、俺と高岸は、滅多にやらないような殴り合いをしたんです。腰を降ろす権利ぐらいはあると思いますね」

「その権利を認めてやるのは、おまえじゃなく、俺さ。いいぞ、高岸。座れ」

「はい」

高岸は、私のそばの椅子《いす》に腰を降ろした。

「おまえが言いたいことは、わかっている。大野の代理人を降りろ、だな？」

「はい。どういう男かは、宇野先生も御存じのはずです」

「ああいう男を助けるのが、俺の趣味さ。趣味なんだ。仕事よりも大事だ。仕事なら話し合いで降りたりもするが、趣味となれば他人に譲れんな」

「どうしても、大野の弁護士をやって、バレンシアホテルを乗っ取るんですか？」

「そう思いたければ、思えばいい。法律的にどれほどの正当性があるか説明してやってもいいが、おまえに聞く耳はないだろう」

「宇野さん、高岸はですね」

「黙ってろ、ソルティ。俺は西尾正人《にしおまさと》という男を知っている。バレンシアホテルの中本佐知子とどういう関係かもな。西尾は、川中なんかに近づくから、死ぬことになった」

「俺は、宇野先生に降りて貰いたいです」

「俺が降りても、次々に新しい弁護士が来るぞ、高岸。まあ、俺ほど強引なことはやらんだろうが、その分、狡猾《こうかつ》になる」

「宇野先生に、降りていただきたいんです」

「なぜ、俺なんだ」

「それは」

「俺を殺すことになりかねない。そう思ってるんじゃないのか」

高岸は、なにも答えなかった。

メイドが、紅茶を運んできた。その間、宇野はただ口から煙を吐いていた。

「俺を殺したところで、すべては終るな。しかも俺は、いつも誰か殺してくれないかと思っている人間だ。川中のところの若い者が俺を殺す。考えただけでも、快感だよ。川中は、一生罪の意識を捨てきれないだろうし。もっとも、あいつの罪の意識は、両手の指でも数えられない」

ちょっと聞くとひどいことを言っているようだが、川中のことも考えろ、と宇野は高岸に伝えているように、私には思えた。

高岸が、唇を嚙《か》んでいる。

「事態は、俺が裁判所に強制執行を求めるとか、そんなことではなくなっている」

「石塚興産ですね」

「気軽に言うなよ。普通の弁護士なら、大野の借金と、権利証で相殺ということを考える。大野を守るためだけならな。それで、石塚興産に権利証は移る。石塚興産は、表の仕事として、バレンシアホテルを手に入れることになる。しかし、そうせずに大野に追いこみをかけた。借用証も権利証も有効に生かして、まず手はじめに十億手に入れようとしているのさ」

「手はじめ？」

私が言ったことに宇野は答えず、ただ一瞥《いちべつ》をくれただけだった。

深いところで、もっと別の動きがあるのかもしれない、と私は思った。それで、姫島の爺さんは、宇野を呼んだのではないのか。

いまのところ、なにも見えなかった。宇野も、すべてを語るつもりはないだろう。

「ひとつだけ言えるのは、石塚興産がそういう動きをしている以上、すぐにバレンシアホテルがどうこうということにはならない、という現状の俺の認識だな」

「権利証が、石塚興産に渡ったら、どういうことになります?」

「それはな、高岸。負けということだ。借用証と権利証で相殺が行われてもだ」

「宇野先生は」

「俺はあくまでも、大野の代理人だ。借用証の方はチャラにし、バレンシアホテルは大野のものになる。そこを目指してる。成功報酬も、それで厖大《ぼうだい》なものになる」

「大野がどういう男か、宇野先生はよく御存じでしょう」

「弁護士にとって、依頼人の人格ではなく、案件の内容の方が重要なんだ」

宇野が、また濃い煙を吐いた。

「とにかく、二、三日は事態は動かん。その間に、おまえはじっくりと考えろ」

宇野の言葉そのものについて、高岸はあまり疑わないようだ。二、三日というのが、猶予期間である、と受け取った気配があった。

「あの権利証は、中本佐知子さんのもののはずです。そして、中本英三は、籍は入っていないから、他人です」

「西尾の親父が、養子に入ることも認めなかったそうだな。亡くなってからも、特に入籍するということはなかった。しかしな、内縁関係も、夫婦関係に準ずると扱われるんだよ、その期間によっては」

「大野と英三が組んで、バレンシアホテルを乗っ取ろうとしていたら？」

「高岸、世の中にゃ通用するものとしないものがある。権利証ってのは、どこまでも通用する。おまえの思いは、おまえだけのものさ。わかるか？」

高岸が、また唇を嚙んでうつむいた。

「それに、乗っ取りなんてもんは、どこでも起きてる。もっと馬鹿げたことで、乗っ取られるやつもいる。めずらしいことでもなんでもないんだ」

「俺は、承服《しょうふく》できません」

「しかし、世間には通用せんさ」

「俺が、通用させますよ」

「もう行け。俺は今朝、透析を受けたんで、疲労している。頭がクリアになるのは、夕方からだ。心配しなくても、おまえにもう会わんということはない」

やはり、私の知らないところで、事態は動いている。宇野にとって、高岸と会う会わないは、どうでもいいことになっているようだ。

「失礼します。また、来ます」

高岸が立ちあがったので、私も腰をあげた。

# 15　ピラフ

ヘリポートに、ヘリコが置かれたままであることに、私は気づいた。

ということは、水村がこのホテルか、街の中にいるはずだ。そう思っていると、不意に木立のかげから水村が現われた。

「そんなところに隠れていて、よく警備員に咎《とが》められなかったな、水村さん」

「忍さんに、話は通してある」

「ふうん」

水村は、そういうことをやるタイプではない。大きなところはすべて姫島の爺さんの意思に従い、それに沿って細かいところは自分で判断する。ただ、いつもひとりで動く男だった。

「その坊やが高岸かい、ソルティ？」

「そうだよ」

水村が高岸を知っているということは、姫島の爺さんが知っているのと同じだった。

「我の強そうな顔をしてる」

「確かに、我は強いな」

水村が、高岸に歩み寄った。高岸が、さりげなく身構えるのがわかった。

「藤木年男《としお》の弟で、水村って者《もん》だ」

藤木という名前を聞いた瞬間、高岸はなにかに弾《はじ》かれたような反応を示した。

「坂井の小僧は、生きてるのか？」

「はい」

「おまえ、坊やだったころの坂井にそっくりなんだそうだな、高岸。川中さんが、そう言われていたことがある」

「俺は、坂井さんの足もとにも及びません」

「そんなこたあないさ。ここへひとりで来るというのは、いい度胸だ」

「度胸だけじゃ、なにもできませんからね」

「まったくだ。死んだ兄貴に、ガキのころよくそう言われたもんだよ」

藤木の弟が姫島にいる、ということぐらい、高岸は知っていたのだろう。その名が水村ということは、知らなかったようだ。

「兄貴のこと、おまえは知らねえな？」

「知りません。いろいろと、話に聞いているだけです」

「川中さんのそばにいられて、兄貴はいい人生だった」

高岸は、もう身構えてはいなかった。じっと、水村に眼を注いでいるだけだ。

「俺は、しばらくここにいる。ヘリコも置いておく」

水村が、私の方を見て言った。

「しばらくって？」

「数日。十日になることはないだろう」

「なぜ、と訊いても答えないんだろうな」

「会長の命令さ」

姫島の爺さんがなぜそういう命令を出したのか、ということを私は訊き、水村もそれはわかっていて、そういう答え方しかしない。それは、いつもの水村だった。

「ホテルの部屋に泊るのかい？」

「まさか。従業員の仮眠室を使っていい、と忍さんから許可を貰った」

「わかった。俺も、社長室に出頭するところだよ」

「出頭か。忍さんの頭の中は、それどころじゃないだろうが」

水村の言い方は、思わせぶりに聞える。しかし、これでも精一杯、私に情報を伝えようとしているのだ。

「昼めしは、水村さん？」

「街へ出ようと思ってる」

「俺の女房のところで、正午に」

「悪くないな。おまえんとこの奥さんは、絶品のピラフを作る」

私は、ちょっと片手を挙げた。高岸は、礼儀正しく頭を下げている。

社長室のドアをノックして開け、秘書に眼くばせをした。秘書が頷き、忍にインターホンで私の名前を言った。

奥のドアを入ると、忍がデスクに両手を突いて立っていた。

「高岸を、連れてきました」

「そうか」

「報告が遅れましたが、どうもホテル一軒の乗っ取り騒ぎのようです。法的な話になれば、どうにもならないと思います」

「座れ、二人とも」

忍が、ネクタイを緩めている。昼間、滅多にそういうことはしない。

「波崎は、どうした？」

「もう少し、調査することがあって」

「そうか」

「電話連絡なら、つきますが」

「必要ない」

忍は、頭から湯気をあげているわけではなかった。むしろ、どこか沈んでいた。声にも、いつもの張りがない。

「高岸と言ったな」

「ソルティにくっついてろ。単独では、絶対に行動するな」

「はい」

「なぜですか？」

「理由を知る必要はない」

「俺は、ここの社長の部下ではありません。若月さんのように、仕事の関係もない」

「御託を並べるな。なんなら、川中からそう言わせようか」

川中の名を聞くと、高岸は黙った。

「ソルティ、おまえも波崎とそこそこ調べたんだろう。しかし、事態はおまえらが摑んでいるようなもんじゃない、という可能性が強くなった。とんでもない事態になるかもしれん」

「とんでもない、と言っても、ちょっとばかり石塚興産と揉めるだけのことでしょう」

「そんなことを、俺がとんでもないと表現すると思うか？」

「確かに」

忍がとんでもないと言えば、私の想像の及ばないようなことなのだろう。

私は、忍の次の言葉を待ったが、なにも出てこなかった。

「俺は、なにをすればいいんでしょうか、社長？」

「なにもするな。いまに、眠る時間もなくなるさ。それまで、高岸や波崎と水村と一緒にいろ。単独行動はやめだ」

「ホテルの乗っ取りどころではない問題が、起きているということですね」

「可能性としてだ。いま、俺は俺で確認している」

「波崎は、石塚興産のことを調べているんですが、続けさせますか？」

「できるところまでは、やらせろ。無理はさせるな」

「わかりました」

「行っていいぞ、もう」

私は立ちあがり、高岸を促して社長室を出た。

高岸を助手席に乗せ、マセラーティ・スパイダー・ザガートで『スコーピオン』まで行った。

水村は、まだ来ていない。正午まで、十分近くあった。

「俺は、コーヒーを」

註文《ちゆうもん》を取りに来た女の子に、高岸が言った。私は、あとで註文する、と言った。

「なにが、起きているんだろう？」

「わからんが、少々のことであの社長が落ちこんだりはしない。それに、起きているのじゃなく、可能性と言ってた。まだ起きちゃいないんだろう」

「単独で動くなと言われたけど、俺は言うことを聞く筋合いじゃない」

「大人しく、言うことを聞いてろ。あの社長が、そんなことを言うことは滅多にない。川中さんから言わせる、と言ってたぞ」

「そうですね」

「だから、じっとしてろ。そのうち、眠る時間もなくなる、と言ってた」

カウンターの中にいる牧子は、私の方をあまり見ようとはしなかった。私は、完全にトラブルにのめりこんでいる表情をしているのだろう。亜美が生まれてから、牧子はトラブルに首を突っこむ私を、嫌うようになった。普通の女になった、ということだ。

正午ぴったりに、水村が入ってきた。

さすがに、註文を取りに来たのは牧子自身だった。

「エビのピラフ。それからコーヒーをいただきたい」

「亜美の父親を、生きて返してくださいますよね、水村さん？」

「それは」

「いっそのこと、動けなくなればいい、と思うことがありますわ、水村さんか誰かにぶちのめされて」

「おいおい」

私が言うと、水村は苦笑した。

「とにかく、この街で起きることは、低級すぎますよ。もともと、高級な保養地を売りものにしていたのに」

「いや、奥さん。それは若月が低級ということじゃなく、低級な連中が、のべつここへ入ってこようとしてるってことです」

「そうかしら。なにか、呼んでません」

「やめろ、牧子」

「そうね。あたしだって、人のこと低級と言えるような女じゃないし。それで、あなたも食事するの？」

「ああ、ピラフ」

「高岸君だけ、コーヒーね」

「こいつは、群先生のところで、うまいブランチにありついた」

「そう。よかった。大人が二人で、若い男の子を苛《いじ》めてると思ったわ」

私がなにか言おうとした時、牧子はもう背をむけていた。

「相変らず、気が強いな」

水村が、小声で言った。

「おまえがああやってやられてるかと思うと、ひとり者でよかったと思うよ」

「あんたに、言われたくないな、水村さん」

水村も、最近ではこの程度の軽口を、私や波崎には利くようになっていた。

「ところで、社長はどうだった？」

「なにか、思い悩んでるな」

「そう感じたか」

「ああ」

「実は、うちの会長も、憂鬱《ゆううつ》そうなんだ」

「まさか、また」

この街のトラブルの大半は、久納一族の、特に満《みつる》と均《ひとし》の兄弟喧嘩《げんか》だった。姫島の爺さんの甥《おい》に当たり、それぞれが神前亭とホテル・カルタヘーナのオーナーである。それだけではなく、S市周辺まで含む、大地主でもあった。

忍信行は、久納兄弟の異母弟に当たる。

「まさか、とは思う。しかしな」

「どっちが仕掛けてる？」

「さあ。岬の方かな」

「岬の方は、川中さんに締めあげられて、懲りたはずだがな」

「動けないんだ。女遊びもできん。車椅子で敷地の中だけ動き回り、頭で妄想を膨らませる。そして情報は、インターネットとかいうやつで、いくらでも集められる」

「確かにな」

岬というのは、久納均の屋敷があるところで、小さな半島全部を敷地にしている。

「とにかく、爺さんと忍さんが、ともに考えこんでいるとしたら、その線がないわけじゃないな」

「バレンシアホテルの中本佐知子は、会長がかわいがっておられた。亡くなった父親という人と、親しかったらしい。中本佐知子から、会長になにか訴えてきたというわけじゃないんだが」

「宇野さんとの話は？」

「それは、まったくわからん」

「様子だけでも」

「わからん」

宇野は、心の中を表情に表わすタイプの男ではなさそうだった。それでも、爺さんと結構長い間喋っていた、ということになる。それに、宇野をガードしろというのは、爺さんの一方的な私への命令だった。

情報を、最も摑んでいるのは、姫島の爺さんかもしれない。少なくとものうまで、忍も私以上の情報を摑んでいたとは思えない。

「単独行動はするな、と忍さんに強く言われてる。あんたは、いつも単独だがな」

「俺は、なにかやれと言われてるわけじゃない。ホテル・カルタヘーナにいろ、と言われてるだけだ」

「わかった。とにかくあんたとも、連絡は取り合いたい」

高岸は、通りの方をガラス越しに眺め、私たちの話だけ耳に入れているようだった。

ピラフを、牧子自身が運んできた。

## 16　連帯保証人

ポルシェのエンジン音だった。

私は、『カリーナII』のバウバースから這《は》い出した。高岸は、キャビンのソファをバースにして寝ている。

午前二時を回ったところだ。

「波崎さんかい？」

高岸も、ポルシェのエンジン音は聞き分けられたようだ。ポンツーンを歩いてくる足音がひとつであることを確認し、私はキャビンの明りをつけた。陸電を取ってあるので、発電機を回さなくても、船内のすべての電気系統は作動する。

「やつは、ポンツーンゲイトの合鍵《あいかぎ》を持っているからな」

私が言っても、高岸は警戒の構えを崩さなかった。

「乗るぜ」

波崎の声が聞こえてきた。甲板に降りる足音がしただけで、船はほとんど揺れない。

「なにが起きてるか、およその見当はついてきた」

入ってくると、高岸に眼をくれ、波崎は言った。この時間にやってくるというのは、相当遠くまで行ったのかもしれない。

「俺にゃ、信じられんがね」

波崎が、煙草《たばこ》をくわえた。私は、冷蔵庫から、冷えた缶ビールを三本出した。

「ビールって季節でもないし、時間でもないな」

言いながら、波崎がプルトップを引く。

「バレンシアホテルが、二重の取立てを受けて乗っ取られる。そういうことだけじゃないってことか？」

「それは、序の口ってやつだろう」

「それから？」

「この街全部を、乗っ取る」

「ほう、大きく出たもんだ」

「冗談だとばかり言えないんだな、これが」

波崎が、ビールを呷った。高岸は、ソファでじっとして、ビールのプルトップも抜かずにいる。

「ということは、岬が絡んでいるのか？」

「多分、はじめはそうだ」

「じゃ、それから」

「その先が見えない」

「じゃ、岬が絡んでいるって根拠は？」

「それもない」

「つまり、おまえの勘《かん》だけか」

「勘を働かせるだけの調べはつけたんだ、ソルティ」

「街全体を、どうやって乗っ取る？」

「それより、岬ってのはなんだい？」

「岬は、岬さ」

私はそう言ったが、波崎は久納満と均のことを説明した。

「じゃ、兄弟喧嘩が、これに絡んでるってことかい。およそ、常人では考えつかない規模の喧嘩が」

「金の規模はそうでも、動機はちゃちなもんさ」

私が言っても、高岸は表情を変えなかった。

「どんな小さな動機でも、人が死ぬこともあれば、何人もの人生が駄目になることもある。俺は社長のもとで、そういうことをいやになるほど見てきたんだよ、若月さん」

「俺はふざけて言ってるんだ、高岸。そんな言い方でもしなけりゃ、やっていられん。それほどのことなんだよ」

「まったくだ」

波崎がビールを呷った。

「俺が摑んだのは、連帯保証人らしいということだけなんだが、ソルティ」

「つまり、中本英三の連帯保証人か、波崎？」

「そうとしか考えられないが、岬のあの男が連帯保証人を引き受ける玉か？」

「そこだな、からくりは」

「姫島の爺さんも、忍さんも、なにか感じているな。もしかすると、具体的な情報を摑んでいると思う」

「俺もそう思うよ、波崎」

私も煙草をくわえて、火をつけた。高岸がビールのプルトップを抜く音がした。キャビンの中に、煙が満ちてくる。

「とにかく、ひとりになるなというのが、忍さんの厳命だ。俺とおまえ、高岸、それに水村」

「水村もか？」

「ヘリコもホテル・カルタヘーナに置いたままさ」

「姫島の爺さんも、かなり重大なことだと考えている、ということになるな。水村を寄越《よこ》しているのなら。俺が摑んだことは、間違いではないよ、ソルティ」

久納均の資産は、半端なものではなかった。久納満もそうだ。ただ、ホテル・カルタヘーナに関しては、いろいろとあって姫島の爺さんがすべて預かる、というかたちになっている。異母弟の忍が、押しつけられるのを頑強に拒絶して、そうなったのだという。

ただ、均が自由にできる資産は相当なものだと言っていいのだろう。

そして久納均は、その資産の使い道をなにも持っていない。兄の満に対する憎悪があり、それに駆られるように資産を使っているだけだ。ホテル・カルタヘーナも、満がやっている神前亭に対抗するために均が作った。この街の開発を、競うように兄弟がやってきた。

こういう街は地上から消えてしまえ、と姫島の爺さんは口では言っている。しかし、兄弟喧嘩に最も心を痛めているのも、また爺さんだった。

「久納均が、石塚興産と組んだ、と考えていいのかな、波崎」

「そういうことだと思う。どういう組み方かわからないが、石塚興産が均にただ利用されるとも思えないんだ」

「それで、石塚興産がこの街の乗っ取りにかかっている、と思うわけか」

「均が、いいようにされる玉でもない。つまり俺は、均と石塚興産の、街の乗っ取り計画じゃないか、と思うんだ。もっとはっきり言ってしまえば、久納満の全財産を乗っ取ろうということさ、ソルティ」

そう考えると、確かにこの街でずっと続いてきたトラブルに、底流で繋がっていく。

「バレンシアホテルの乗っ取りが、序の口だとすると」

高岸が、口を挟んだ。

「バレンシアホテルを乗っ取るぐらい、石塚興産にとって大したことではない、ということかよ」

「最初の段階で、いろいろと試してみる。それが、高岸やソルティや俺が、相手にした連中がやろうとしていたことだ、と思う」

「なるほど」

「じゃ、小波のあとに、津波みたいにでかいのが来るってことかい、波崎さん？」

「まさしく、津波だな、高岸」

「津波が来ようが、別のなにかが来ようが、俺には関係ないね。俺はただ、バレンシアホテルと中本佐知子さんを守りたい。守り抜く。それだけのことだね」

「若いくせに、頑固だな、高岸。全体の流れが見えねえのかよ」

「見えてるよ、若月さん」

「なら」

「俺ができるのは、自分ひとりの命まで。それ以上のことはできないし、やれるとも思ってない」

「おい、聞いたかよ」

私が言うと、波崎が肩を竦めた。

「みんな、誰だって、自分の命以上のことはできはしない」

「確かにな、高岸。おまえの言ってることは、泣きたくなるほど正しいよ」

「馬鹿にしてんのかい、若月さん？」

「俺が、ここでおまえを殺す。どこからか鉄砲玉が飛んできて、おまえが死ぬ。石塚興産のひとりと抱き合い心中みたいにして、おまえが死ぬ。このトラブルの中心の部分と一緒に、おまえが死ぬ。どれも、おまえの命じゃないか、と言ってるんだよ」

「命は使い方だ、とひと言でいい、若月さん」

「わかってるのに、なぜ意地を張る？」

「なにが起きようとしているのか、よく呑《の》みこめないんだと思う。五億、十億の話だって、俺には縁のないことなんだから」

「とにかく、ひとりで突っ走るみたいなことを言うな、高岸。ソルティも、気の長い方じゃない。俺たちのことを、もっと信用しろ」

「付き合って間がないしね」

「長さがすべてじゃないだろう。おまえ、ソルティともぎりぎりの殴り合いをやった。連中の車を相手に、俺と一緒にバトルもやった。それでも、信用できないのか」

高岸が、私と波崎を見つめた。

「わかった。信用する」

「俺たちも、おまえを信用するよ」

波崎が言った。こういうことの表現については、波崎は私よりずっと率直だった。

「水村をひとりにしておくわけにはいかない、と思うんだが、ソルティ？」

「それはな。四人でいた方がずっといい。ただ、水村がどう言うかだ」

「姫島の爺さんの命令次第だな、ほんとのところ」

「俺が、話をしてみようか。ホテル・カルタヘーナの仮眠室だろう？」

高岸が言った。

「正直に言え、おまえ。藤木という男の弟と、喋ってみたいと思ってるんだろう？」

「いや、いいかもしれないぜ、ソルティ」

私たちと付き合うには、いままでのやり方が水村にはある。必ずしも、友好的というわけではなかったのだ。高岸と話す方が、水村にはやりやすいだろう。

「おまえの話し方によるな、高岸。それに、連絡は取り合うことにはなってるんだ」

「わかってるよ、若月さん。それでも、なにも喋らないよりましだろう?」

「行けよ、朝になったら。だけど、戻ってこいよ。水村と組んで俺たちと離れるというのは、やめておけ」

「わかった。水村という人は、姫島の久納義正という人が第一なんだろうから」

「おまえが水村に会っている間に、俺たちは宇野と話してみる。いま全体的なものを摑んでいるのは、多分、姫島の爺さんと忍さんと、それから宇野だろう」

波崎が、冷蔵庫から新しいビールを出しながら言った。

「連帯保証人か」

私は声に出して呟《つぶや》いた。久納均のやることには、裏があるに決まっている。人をどうやって嵌めるか。もっと極端に言えば、自分の兄をどうやって陥れるか。そればかりを、ずっと考え続けてきた男なのだ。連帯保証人も、人を馬鹿にしたまやかしかもしれない。

「正常なやつには、思いつかないようなことを考えているよ、岬は。ホテル・カルタへーナは、姫島の爺さんの預かりだといっても、資産は有り余っているんだ。俺はいくつか仮説を立てながら運転してきたんだが、どれもしっくりこない」

「石塚興産と組んで、街そのものを乗っ取るというのが、やっぱり一番ありそうなことなのかな、波崎？」

「それもわからないが、石塚興産とはまともにぶつからざるを得ないと、姫島や忍さんは思っているのかもしれないな」

「それは、わかるが」

高岸が、後部甲板《アフトデッキ》に出てビールを呷りはじめた。

「若いな、あいつ」

「俺たちが、くどくどと喋りすぎている、と思っているんだろう。いまは、喋ることしかないんだが。俺は、しばらく眠りたい。バウバースを借りるぞ、ソルティ」

波崎が、バウのベッドに潜りこんでいった。

私は、新しい缶ビールを持って、高岸のところに行った。

「月も星も出ていないな、高岸」

「雨も降っていない。中途半端な夜だよ」

高岸の言い方がおかしくて、私は声を出さずに笑った。

## 17　煙

朝から、おかしな雰囲気が街のそこここに漂いはじめていた。

具体的に、なにがどうとは言えない。わけのわからない緊迫感に似たものが、街全体を覆っているのだった。車を二台連ねてホテル・カルタヘーナへ行く時も、私は肌にひりひりとそれを感じた。ホテルの中にでさえ、その感じは霧のようにたちこめていた。

高岸は水村に会いに行き、私と波崎は宇野の部屋に電話を入れ、朝食を一緒にとるということにした。

私は、波崎をカートに乗せ、宇野のヴィラまで行った。

「忍は来てるのか、もう？」

透析を受けた翌日だからなのか、宇野の体調は悪くなさそうだった。

「まだでしょう。社長室に現われるのは、十時というところです。駐車場に、ベントレーもなかった」

朝食は和食スタイルで、宇野が食ったのはわずかなものだった。私と波崎は、出たものは全部平らげた。

「けだものみたいに食うな、おまえら」

「人間だったら、これぐらい普通ですよ」

波崎が言った。

宇野はすぐにパイプをくわえ、火を入れた。濃い煙が、部屋に充満してくる。私や波崎の紙巻きでは、ほとんど対抗できなかった。

「あの小僧はどうした？」

「ホテルの中にいますよ」

「おまえら二人で、除け者《もの》にしてるってことか」

「水村のところですよ」

私が言うと、宇野はちょっと肩を竦めた。それについての感想は、留保したという感じだ。口からは、煙だけを吐き出している。

「ところで、バレンシアホテルの件ですが、宇野先生」

波崎が言いはじめた。

「権利証の所在はどこなんです？」

「それは、大野だろう。俺は、その件についても担当しているんだし」

「大野が持っているのを、見たんですか？」

「波崎とかいったな。なにを言いたい？」

「中本英三は、ほんとうは権利証なんか持ち出せなかった。したがって、大野の手もとにあるのは、五億の借用証だけではないのか、と俺は思っているんですよ。その借用証について、久納均が連帯保証人になっている」

「そうすると、俺の立場は？」

「バレンシアホテルに対する、債権の存在を主張している弁護士、ということです」

「仮にそうだとしても、債権の存在を主張しているわけではない。債権はすでに存在していて、こちらは権利を行使しようとしているだけだ、と言えないか？」

「確かに」

「権利証があろうがなかろうが、同じことだ。だが、俺は、権利証があると言っている大野の言葉を信じてるよ」

「見たわけじゃないんですね」

宇野は、煙を吐きながら、にやりと笑っただけだった。

「そうすると、バレンシアホテルへの債権の存在ではなく、中本英三への債権が存在している、ということになりますが」

「俺は、権利証を見たとも見ていないとも、言っていない。それに、借用証はバレンシアホテルの正式な役員のものだぜ」

「代表権は？」

「ない」

「じゃ、中本英三個人とも考えられる」

「しかしオーナー社長と、内縁関係が続いていた。夫婦に準ずる程度に」

「微妙ですね。バレンシアホテルじゃ、すでに法的な対抗手段を取っているかもしれない。とすると、借用証のむく先は、連帯保証人ってことになる」

「取ればいいんだ、俺は」

「久納均ってのは、連帯保証人をやって、黙って金を出すような男じゃありませんよ」

「それでも、取るべきものは取るさ」

「大野って男のためにですか？」

「弁護士が、依頼人のために働くのは当たり前だろう、波崎」

私は、宇野と波崎のやり取りを、黙って聞いていた。権利証を大野が持っていない。借用証は中本英三個人のものである可能性がある。そういうことを、宇野との話の中で波崎は確かめようとしていたのだろう。

「ただの弁護士なら、それでいいんですがね」

「俺は、ただの弁護士さ」

「面白いことにだけ、首を突っこむ弁護士、というふうに俺には思えます」

「俺の仕事も知らないくせに」

「N市で、情報をくれる人間がいないわけではありません」

「坂井か。やつの情報なら、眉唾《まゆつば》だな。なにしろ、川中という男の片腕だから」

「弁護士としては優秀だが、つまらないことに首を突っこむ癖がある。そう言っていましたよ」

「今回のことは、つまらんとは思っていない」

「ですよね」

「川中の片腕だけあって、俺への中傷は熱心だな」

「もうひとつ、言っていました。必ずしも依頼人の味方とはかぎらない、危険な弁護士だって」

黙って聞いていたが、私は思わず笑い声をあげた。宇野が、ちらりと眼をくれてくる。

「必ずしも、依頼人の味方ではないか」

「今回の場合は、大野の味方とはかぎらないということになりますね。弁護士の倫理なんてものは、腎臓《じんぞう》と一緒に殺してしまったんだ、と言ってましたよ」

「うまいことを言うな、坂井は。確かに、俺は弁護士の倫理なんてもんは屁《へ》みたいなものだと思ってるよ。しかし、大野の代理人であることも確かさ」

「今回の、バレンシアホテルへの取立ての法的根拠はあるんですか？」

「中本英三が、バレンシアホテルの現役の役員であり、かつまた、十年以上オーナーと内縁関係にあった」

「やっぱり、微妙だ」

「そういう事情があったから、久納均は連帯保証人を引き受けた」

「会ったんですか、久納均と？」

「いや。大野も中本も、そう言っている。それじゃ不足か？」

「俺は、もうちょっと突っこんだ話をしたいんですよ、宇野先生。なぜ、この案件を引き受けられたか、ということも含めて」

「やってみたくなった。着手金も貰ったことだし」

「どこまでもとぼけるんですね」

「弁護士のテクニックのひとつだぜ」

宇野の吐く煙は、部屋に充満している。

私は耐えられなくなり、立ちあがって窓を少し開けた。

「俺からも、訊いていいですか、宇野さん？」

「なんだ、ソルティ？」

「西尾正人は、御存じだったんですよね？」

「いやな男じゃなかったよ」

「バレンシアホテルのオーナーが、西尾正人の腹違いの妹だったってことは？」

「知ってた。バレンシアホテルの名前と一緒にな」

「それでも、大野の代理人を引き受けたんですか？」

「それとこれは、別の問題だ、ソルティ。人がどう絡もうと、やりたいと思ったことはやるよ」

「なぜやりたくなったか、訊いてもいいですか？」

「俺は時々、刑事事件を引き受けるんだ、ソルティ。有罪とわかってるやつを無罪にするのが快感でな。大野の代理人を引き受けたのも、いかにも胡散臭《うさんくさ》かったからだ」

「理由になってますよね、宇野さんらしい理由に」

「皮肉か」

「感心したんですよ」

「そこらあたりまで把握して、この案件を引き受けられたわけですね」

波崎が、口を挟んできた。

「すべてを把握しているわけじゃないが、ある程度のことはわかっている、と俺たちは考えているんですが」

私も、波崎に続いて言った。

「そのある程度がどの程度なのか、おまえらと話し合う気はない。いまのところな」

「敵対する可能性がある、ということですか?」

「さあな」

石塚興産の連中は、高岸を追うという構えだったが、それによって宇野も追おうとしていた。石塚興産が大野や中本とどこかで繋がっているとしても、宇野とは繋がっていないはずだ。それでも、宇野は大野の代理人である。

そのあたりも、複雑だった。

窓から、カートが一台近づいてくるのが見えた。部屋のほんの一角からだが、かなり広い範囲で外が見渡せるように設計してある。

「高岸が来ました」

「あの小僧は、諦《あきら》めてないのか？」

「なにをです？」

「俺が、大野の代理人として動くのを、阻止することをだ」

「さあ。動いた方がいい、という結論を出すかもしれません」

「バレンシアホテルがなくなってもか、ソルティ？」

「なくならないように、宇野さんは動く。そんな気が、俺はしてるんですよ」

「俺はダーツの矢みたいなもんさ。どこに突き立つかはわからん」

「腕はいいでしょう。狙い通りに刺されば、情況はひっくり返るかもしれない」

「なぜ、そう思う、ソルティ？」

「姫島の爺さんが、宇野さんに自由にやらせようとしてる。水村まで付けてね。これは、一応は姫島の爺さんの意に沿ってるということですよ」

「沿わなかったら？」

「姫島から、戻ってきてませんよ」

「久納義正は、おまえらよりずっと紳士だ。なにしろヘリコプターで送り迎えだからな。

俺が、高所恐怖症気味だということは、知らなかったようだが」

高岸が乗ったカートが、ヴィラの前に停《とま》った。運転していたのはボーイだ。

しばらくして、高岸が部屋に入ってきた。宇野にむかって、一度頭を下げる。

「どうしていた、水村は？」

「別に、なにも。眠ったのかどうかわからないぐらい、普通だったよ、若月さん」

「ま、そういう男さ」

言ったついでに、私はさらに大きく窓を開けた。

「俺にまだなにか言いたいことがあるのか、小僧？」

宇野が、パイプの煙を吐きながら言った。

「別に、なにも」

「俺は、大野の代理人として、そろそろ強制取立てをはじめようと思っている」

「宇野先生がやらなくても、誰かがやることだ、と水村さんは言っていました。なら、宇野先生の方がましだろうと」

「ほう、水村がそう言ったのか？」

「ましだろうというのは、俺の考えです」

「どういうふうに、ましなんだ？」

「最後の最後には、人間的な判断をする。そんなふうに、うちの坂井が言っていたことがありますす。俺も、そうだろうと思っています」

「ふん。坂井なんていう若造は、すべてが川中の考え通りに動き、生きてるんだ。自分というものがない。そして川中は、座る場所を多く持ちすぎる。人生そのものが、さもしいのさ」

「わかりません、俺には」

「人生には、座る場所はひとつあればいいんだ。俺は、座って海を眺めるための岩を持ってるよ。それ一カ所があれば、充分なんだ。川中は、腰が落ち着かないね。もっと座り心地のいい場所はないか、とさもしく捜し続けている」

「俺には、逆に思えます、宇野先生。社長は、座った場所が居心地がよくなると、どこかへ行こうとするんですよ。そこにいたくない、と思うようなんです」

「と、まわりの人間に見せているだけさ。すべてを捨てて、海際に腰掛ける岩をひとつ持てばいい。そんなふうに思いきれないんだ。五十を過ぎて、自分の人生の可能性をまだ信じている」

宇野の吐く煙が、窓の外へ流れていく。私は、ぼんやりとそれに眼をやった。五十歳になった自分など、私には想像することができない。

「取立てをはじめると言っても、バレンシアホテルでは、それなりの法的な対抗措置を考えていると思いますが」

波崎が言った。

「そんなことは、織りこみ済みだ。法的な根拠で、こちらが負けることはない」

「俺には、そうは思えないんですが」

「むこうがどういう手段を取るか。それを予測して動くのが、弁護士というものだぜ、波崎」

「どういうふうにやるんです？」

「それを、おまえらに言う気はない。俺は、大野から話を持ちこまれた時に、すぐにいくつかの手を打った。それを覆すには、むこうは訴訟を起こさざるを得ない。勿論《もちろん》、バレンシアホテルについての権利の確認も、その中に入っている」

波崎が、肩を竦めた。

宇野の話の、どこまでが正確なのかどうかは、私には読めなかった。虚実というより、喋り方そのものが変幻《へんげん》という感じがある。そして宇野自身が、それを愉《たの》しんでいるとしか私には思えなかった。

「ところで宇野さん」

私は、宇野の脇に腰を降ろした。

「大野と中本英三は、どこにいるんですか？」

この二人は、石塚興産と組んでいるのか、とほんとうは訊きたいところだった。

「東京にでも、いるんじゃないのか？」

「知らないんですね」

「知ってることに、なにか意味があるのか、ソルティ？」

「弁護士、解任されているかもしれませんよ」

「俺にそれが伝えられるまで、俺の立場は有効なんだ」

「二人は、潜伏ですか？」

「どうして？」

「連絡ぐらいは、いくらなんでもあるんでしょう？」

「おまえの質問、少しはずしながら、ほんとうは別な狙いがある。法廷じゃいやがられるタイプだよ、ソルティ」

「宇野さんも、少しずつ答えをはずすんですね。やっぱり、検事にはいやがられるんでしょう？」

「裁判じゃ、俺はみんなに愛されるよ」

「それは、憎まれてるってことでしょう。憎まれるぐらい、気を入れてやるんだ」

「ソルティ、おまえは人生だけでなく、考え方も塩辛いんだな」

「なんせ、ソルティですもん」

「俺の考え方には、なにか欠けているんだ。キドニーがないのさ。だから、どこかで、人と合わなくなる」

「まあ、仲よくしましょう。せっかくこの街へ来て、ホテル・カルタヘーナに泊っているんですから」

「それもいいと思ってる。おまえらのような、うるさいのが現われなきゃな」

宇野は、それ以上なにも言おうとしなかった。ただ、口から吐き出される濃い煙が、窓の外に流れ出していくだけだ。

## 18 ピアニスト

街に漂っている剣呑《けんのん》な気配とはまた別な、不穏な雰囲気がホテルへやってきた。

駐車場に、フェラーリと黒いスカイラインGTRが並んでいるのを見て、私は社長室へ行った。

そこにいたのは、川中と坂井と、どこかで会ったような気がする白髪の老人だった。

「これはまた、川中さんが直々に高岸を迎えに来てくださったんですか？」

「皮肉を言ってないで、座れ、ソルティ」

川中の口調はどこか乱暴で、それでいて暖かさが滲《にじ》み出している、と私は感じた。川中を見たとたん、私の気持は弾んだ。それは正直なことで、自分でそれをどう受けとめていいかはわからなかった。

　忍も、座れと眼で合図してきた。

「ここにいるのは、沢村明敏《さわむらあきとし》というピアニストでね。このホテルのバーで弾かせてくれ、と忍に頼んでいたところだ」

　名前は知っていた。なにかで写真を見たこともあるのかもしれない。どこかで会ったような気がするという疑問は、それできれいに解けた。

「ここのバーのピアノはいい。調律もしっかりしてある。俺は、この人のピアノが似合うと思う」

「しかし、どういうことですか？」

　私は、忍の方へ眼をやった。

「まったく、一番現われて欲しくない顔が、現われた。ま、沢村明敏氏については、歓迎だがな。これで川中が帰ってくれるわけでもないだろうし」

「キドニーはどうしてる、ソルティ？」

「部屋で、ブリッジをやってます、忍さん。水村も入れた四人で」

「ほう、ブリッジね」

「川中さんも、やるんですか？」

「好きというわけじゃない。キドニーとは、テーブルを囲まないことにしているし」

「群先生に、声をかけようかと思っていたところです。波崎が音をあげているし」

水村は、姫島の爺さんの相手で、かなりの腕のようだった。高岸も、N市ではよくやるのかもしれない。手馴《てな》れたものだった。

「俺はちょっと、群秋生に会いたい。俺が連れてくるから、それまでおまえが波崎の代りをやれ」

「はい」

坂井が腰をあげた。

「キドニーに、あまり勝たせるなよ。やつは、勝負事で自分がやろうとしていることを、占ったりすることがある」

「わかっています」

坂井が、直立してから部屋を出ていった。

「川中さんは、なんのためにこの街に？」

「落とし前をつけなけりゃならんことが、ひとつできた」

「なんです、川中さんの落とし前って？」

「カーペット一枚とベッドがひとつ」

「この街でなけりゃ、手に入らないんですか？」

「そうなんだよ」

川中が笑った。勿論、私は言葉通りに受けとめてはいなかった。

「中本英三が、殺されたそうだ」

忍が言った。

「それも、川中の経営する、シティホテルの一室で。カーペットとベッドが、血で汚れたってわけさ」

私は眼を閉じた。この街だけで、なにか起きているわけではない。多分、じわじわと波が押し寄せるように、この街にむかってなにかが押し寄せているのだろう。

「そうですか。中本が殺されましたか」

「大野の居所は、わからんそうだ」

「川中さんも、もの好きですよね」

「人生の塩辛いところにばかり首を突っこむ、おまえに言われたくないな」

言って、川中が白い歯を見せた。

「宇野さんは、知ってるんですか？」

「知っていると思う」

私が部屋にいる間に、二度電話がかかってきた。わかったと、二度とも宇野は短く言っただけだった。

「川中さんと坂井が来るということは」

「俺が本気だってことさ、ソルティ」

「じゃ、沢村先生は」

「私は」

沢村が、はじめて口を開いた。

「西尾正人といくらか縁があってね。彼の父親と昵懇《じっこん》だった。娘の佐知子についても、その母親についても、よく知っている。それから、高岸はフロアのマネージャーとして、ピアニストの私によくしてくれた」

「それだけで？」

「私にとっては、みんな大事な人間になっている」

「で、なにをやるんです」

「私には、ピアノしか弾けない。だから、ここのホテルのバーで、ピアノを弾かせて貰う。それだけだよ」

「わかるような、わからないような」

「よせ、ソルティ。沢村先生がピアノを弾きたいと言った。だから連れてきた。それ以上のことを、つべこべ言うな」

「わかりました」

私は、煙草をくわえた。川中も忍も、葉巻をくわえてはいない。

「ソルティ、ひとつだけ教えておいてやろう。沢村先生のピアノに感動したからといって、客はたやすく一杯奢《おご》ることはできん。うちの店では、それなりの資格がある。暗黙に誰もが認める資格がな」

「それが、俺にはないんですか？」

「わからん。それは沢村先生とまわりが決めることだ。ただその時、奢っていい酒が決まっている。ソルティ・ドッグ。いいだろう。おまえが奢りたくなるような酒だ」

「俺もいつか、一杯いかがですか、と言ってみたいですよ」

「俺だって、『ブラディ・ドール』で飲んだ時、遠慮したんだぞ、ソルティ。ニックネームだけで、奢る資格があると誤解するなよ」

忍が言った。眼の下に隈《くま》が浮き出て、疲れたような顔だった。

「私は、ピアノを弾くだけだよ。いろいろなものを思い出して弾くこともあれば、なにか思いをこめて弾くこともある。そして、誰からでも一杯奢られたい」

沢村が笑いながら言った。

私は、自己紹介していなかったことに気づき、立ちあがって名乗った。

「とにかく、俺は群秋生のところへ行ってみる」

川中が、忍に言った。

「一年に一冊しか書かん男だ。執筆の邪魔になる、ということはないだろう」

「それに、おまえのことが好きだよ、川中」

「俺は、あの先生の小説は好かんね。どれを読んでも、生きているより死んだ方がましだ、という気分にしかならん」

「それが、群秋生さ。生きることを否定しているようで、実はそうではない。生きろ、と読者にむかって言っている。本人がどうかは知らんがね」

「わかるよ」

「川中、ひとり歩きは、できるだけやめておけ。おまえのことも、当然むこうは摑んでいるだろうし」

「俺を殺せるやつを捜す人生だった。現われたら、礼でも言ってやる」

忍が、肩を竦めた。川中は、ひとりで部屋を出ていった。

「あいつを見ていると、いつも死にたがっているように思えますよ、沢村先生」

「ピアノが弾ける」

「え？」

「ぽつぽつと弾くんだがね。『赤とんぼ』。それに、不思議な情感が籠《こも》っていてね。大抵の人間は、思わず聴き入ってしまう。涙を流す者もいる」

「ほう」

「滅多なことでは、弾かない。客がいる時は勿論、坂井でさえ聴いたのは一度か二度だろう。深夜、店がはねてから、ひとりで弾いていることがある。私は、何度も聴いた。聴くたびに、涙が溢《あふ》れ出してきたね」

「それはまた、沢村先生のピアノとは別に、聴いてみたいものですな。ぽつぽつと弾く、『赤とんぼ』か」

「音楽は、技術ではない」

「そうなんでしょうね、私などにはわかりませんが」

「心だよ。月並みな言い方だが。そして川中さんは、悔いながら、しかし自分の人生を受け入れている」

「死にたがっているわけではないと」

「死んでも構わない。そういう心情は、いつもあるんだろうがね」

「厄介な男が、やってきたものです。若い女性でも連れて保養に来てくれれば、大歓迎なんですが」

忍が、ようやく葉巻に手をのばした。私が欲しがっていたのがわかったのか、一本投げて寄越す。私はそれを、ジャケットの胸のポケットに入れた。忍が、また肩を竦める。

「ソルティ、沢村先生をバーに御案内しろ。ピアノを試していただくんだ。問題があったら、すぐに解決しろ。おまえに任せる。バーのチーフには、話してある」

「わかりました」

沢村が、なにか註文《ちゅうもん》を出したら聞いてやれ、ということだと私は解釈した。

私は先に立って社長室を出、一階の目立たない場所にあるバーに案内した。

ピアノは黒でも白でもなく、木目の出た古く渋いものだ。このあたりのセンスは、忍はやはり一流だった。

「ほう」

ピアノを撫《な》で、沢村が声をあげた。

「なんか、いいピアノなんだそうです。俺には、グランドピアノというぐらいしかわかりませんが」

「いいものだ。どんな音が出るか、見ただけでもわかる」

「そんなもんですか？」

「人と同じさ」

沢村が、椅子の高さを調整して腰を降ろした。

「ところで若月さん、あなたのニックネームの由来は？」

「人生の塩辛いところにばかり、首を突っこみたがる。命名は、群秋生という小説家で、気取ってるようですが簡単には呼ばせません。沢村先生は別ですよ。坂井が呼んでも、まあいいかという程度で、高岸などには十年早いと言います」

「いいね、ソルティか」

沢村の指が、鍵盤《けんばん》を撫でた。ぞくりとするような音が、私の耳に飛びこんできた。

はじめは、曲にならない音だった。

それから、曲になった。『秋』という曲だ。なにか、はじめから身を切られるような旋律だった。私は、バーのカウンターに腰を降ろして、じっと耳を傾けた。ほかにいるのは、バーのチーフだけだ。

不意に、いたたまれないような気分が襲ってきた。泣くわけがない。自分にそう言い聞かせた。しかし、くり返しこみあげる涙を、とうとう抑えきれなくなった。頬《ほお》に、熱いものが流れた。過ぎた時。いなくなった友人。かつて愛した女。次々に、思い浮かんでくる。涙は、止まらなかった。

カウンターの中に立っている、初老のチーフも涙を浮かべている。

「ジョージ・ウィンストンという人が弾いている。そのものまねだが」

沢村は、腰を降ろしたまま言った。私は、慌てて涙を拭《ぬぐ》った。

「女房が、よく聴いています。こんなにいい曲だとは、いままで思っていませんでした」

「私は、枯れてるんだよ。枯れた秋だな。半分、冬に足を突っこんでる。そんな弾き方をしてしまうのだろう」

「いいもんです。ひどく塩辛い」

「ソルティ・ドッグを、そのうち奢ってくれ、ソルティ」

「俺でよければ」

「君に奢られたい気分だ」

沢村は、軽い曲を弾きはじめた。躰《からだ》が、自然に動きそうだった。それは『秋』ほど長くなく、数分で終った。

沢村が、ピアノの蓋《ふた》を閉じた。

「なにか問題はありませんか、ピアノに」

「立派なものだよ」

忍の愛人は、シャンソンのクラブ歌手だった。音については、もともとうるさいのだ。

「このピアノが、この街にいる間の、私の友だちだな。それから、ソルティも」

「ありがとうございます」

「高岸を、死なせたくないんだ」

立ちあがり、沢村が言った。

私は、ただ頷いた。

## 19　客

ブリッジが終ると、宇野は昼寝をすると言って、全員を部屋から追い出したようだ。

私は、坂井と波崎と高岸との四人で、サンチャゴ通りにできたイタリアン・レストランに昼めしを食いに行った。

　坂井が、赤ワインを一本註文《ちゅうもん》した。緊張感は、まったく見えない。高岸も、肩から力が抜けたようだった。これが、仲間というやつなのか。

「水村さんは、食事どうするんでしょう?」

　高岸が、坂井に言った。

「あの人は、人とめしを食うのなんか、好きじゃないさ」

「そうなんですか」

「藤木さんは、そうだった。社長や俺たち以外とは、あまり食事をしたがらなかった。部屋へ帰って、自分で作ったりしてな」

「坂井さんは、それを食ったことがあるんですか?」

「何度か。手早くて、うまいもんだった」

「俺は、坂井さんの料理は、二度食わせて貰《もら》いましたよ」

「そうだったかな」

「やっぱり、手早くてうまいもんでした」

　テイスティングをするような、上等のワインではないらしい。栓を抜いたボトルが、テーブルに置かれた。それを、高岸が注《つ》ぎ分ける。坂井がいなければ、多分こんなことはしないのだろう。それだけ、肩に力が入っていたということか。

「社長は、群先生のところで昼食ですかね？」

「そうだろう」

「群先生の、小説が好きなんですか？」

「ああいう小説を書く、群秋生という男が好きなのさ」

「なるほどね」

私と波崎は、黙ってワインを飲んでいた。肩肘《かたひじ》を張っていた高岸が、坂井の前ではまるで小僧だった。

「ソルティ、高岸が世話になったんだろうが、俺たち二人は、社長が動けと言う通りに動くことになる」

「わかってる。川中さんの顔を見た時から、そう思ってた」

「社長がなにをする気なのか、俺にも読めてないんだ」

坂井はワインを口に含むと、ちょっと音をさせた。

「こんなふうにしろと教えてくれたのは、群先生だ」

「ま、わかる気がする」

波崎が言った。

サラダとスパゲティ。ほとんど同時に運ばれてきた。

「スパゲティの茹《ゆ》で方に、俺はうるさくてね。俺流のやり方もある」

フォークを遣いながら、坂井が言った。

「まあ、めずらしくはないが」

「俺はただ、なにかを茹でたかっただけだ。それも俺流で」

「なんでもいいのか？」

「蕎麦《そば》以外ならな、ソルティ」

「当たるのか、蕎麦に？」

「いや、藤木さんが、蕎麦の茹で方に凝っていた。だから俺は、蕎麦だけは茹でられない。スパゲティにしたわけさ」

藤木が凝っていたら、蕎麦に手を出せない。坂井がなんとなくそう思うのが、わかるような気がした。藤木には、そうさせないような雰囲気があったのだろう。

「俺流の茹で方ね」

「おかしいだろうがね、ソルティ」

「いや、おかしくはない」

「藤木さんは、結局俺のスパゲティは食わなかったが」

「おまえは、藤木さんの蕎麦は食ったのか、坂井？」

「二度」

「ふうん」

「ほかの料理が、四度ぐらいかな」

「どんな？」

「カレーとシチュー」

「独身の男が作りそうなもんだ」

スパゲティは、まあまあの味だった。サラダは、ちょっと変っている。

「俺は、サラダにでも凝ってみるかな」

「おまえには、料理のうまい女房がいるんだろう、ソルティ」

「なにか、ひとつぐらいは凝りたいね」

「塩辛いサラダも、悪くないかもな」

波崎が、声をあげて笑った。

「高岸」

不意に、坂井の口調が変った。

「おまえ、昼めしを食ったら、なにかやろうと思ってるな」

「それは」

「言ってみろ」

「ちょっと、バレンシアホテルを訪ねて、中本佐知子さんに会ってこよう、と思いました。

会うだけですよ。一緒に暮してた人が死んだわけだし」

「余計なことはするな」

「はい」

「なにをやるかは、社長が考える。おまえの頭で考えるな。俺が言っている意味が、わかるな」

「社長の命令は、絶対です」

「そんなことじゃない」

坂井は、グラスに残ったワインを飲み干した。

「社長は、おまえのことも考えている。一番先に、おまえのことを考えているかもしれん。だから、おまえが自分で考えて動くと、まずいことになりかねん」

「俺のことをったたって、どうってこともない若い者《もん》じゃないですか」

「自分がそんな男だと、本気で思ってるのか。おまえは、社長にとっても、そして俺にとっても、大事な人間だ。いつの間にか、そうなった。そして社長が一番こわがっているのは、大事な人間をなくすことなんだ」

「俺なんか」

「俺も、自分なんか死ぬしか能がない、とずっと思い続けていたよ。やっと、社長の気持がわかったというところかな。ほんとうには、心の底のつらさはわかっていない、という気はするが」

「俺は、せめて弾避《たまよ》けぐらいにはなりたいですよ」

「それが、余計なことだ」

「でも」

「社長が、なんで沢村先生を連れてきたと思ってる。先生は、おまえをかわいがってた。そして、西尾正人の親父《おやじ》と親しかった。おまえを、西尾みたいに死なせたくないのさ」

高岸がうつむいた。

私は、空になった波崎と私のグラスに、ワインを注いだ。

「荒っぽいことはなにもできないが、それで沢村先生を連れてきた」

「はい」

「俺の言うことは、それだけだ」

「坂井さん」

高岸が、顔をあげた。

「死ぬ時は死にますよ。じっとしていても、動いていても」

「そうだ、高岸。死ぬ時は、死ぬ。そして、一緒に死ぬんだ」

「そんなことを、俺に言われても」

「おまえは、西尾の死を背負ってるから、ここまで来たんだろう。社長は、もっと多くの人間の死を背負ってる。その中には、当然西尾もいるんだ」

「歴史の教師ねえ」

私が言うと、坂井はちょっと眼《め》をくれてきた。しかし、なにも言わない。

「カローラ・レビンの走り屋か」

「これは、こっちの問題だ、ソルティ」

「だけど、この街で起きてることだ」

「そうだな。だから、いろいろと頼むことも出てくる。とにかく、社長が来ているんだ。社長はあまり喋《しゃべ》りたがらないと思うが、気持は汲《く》んでくれ」

「俺と波崎は、川中エンタープライズの社員じゃない」

「わかってるよ。おまえらが、自分のやり方を変えようとしないだろうってこともな。ただ、もう少し情況をはっきりさせてくれ。相手が石塚興産ってことになれば、それはそれで肚《はら》をくくらなきゃならんわけだ」

「こっちだって、おまえらと別に突っ走りたくない」

波崎が言う。

「一緒に動くのは、高岸とも合意していることだ。ただ、俺たちが知らなくて、おまえらが知ってる。そういう状態で動きたくはないんだよ」

「情報は隠すな、ということだな。それは、俺が約束する」

「いいだろう、坂井が言うなら」

私が言った。

伝票には、坂井が手をのばした。

「今度、おまえの女房の店で、奢《おご》ってくれりゃいい、ソルティ」

坂井が、にやりと笑った。

遅い昼食だったので、店を出た時は三時を回っていた。

「行くぜ」

坂井が言った。

「どこへ？」

「バレンシアホテルだ、ソルティ」

「おい、待てよ」

「営業はしている。俺は、きちんと予約を入れておいた。波崎と高岸は、ホテル・カルタヘーナで待っててくれ」

「坂井さん、それは」

「はじめから、決まってることだ。俺みたいなのが、ホテル・カルタヘーナに泊るわけにはいかんだろう」

「坂井さん」

「とりあえず、俺に任せろ、高岸。いいな、勝手に動くなよ。それを、俺と約束しろ」

高岸は、しばらく坂井を見つめていた。それから、低く、はいと答えた。

私は、マセラーティに坂井を乗せ、バレンシアホテルにむかった。

「ちょっとばかり、反則じゃないか、坂井？」

「怒るなよ、ソルティ」

「ま、俺たちが客になるってわけにもいかんだろうが」

「ひとつ教えておくが、社長はN市へ来た中本英三と喋っている。その内容がどういうものかは知らんが。中本が殺されるところまで、社長は読みきれていなかった。知らせを受けた時、めずらしくしまったという顔をしていたからな」

「わかった」

坂井は、情報を隠すつもりはないらしい。

「群先生が、関係ある」

「それで川中さんは一番に群先生に会いに行ったわけか。しかし、一体、群先生がどういう？」

「それを、社長は確かめに行ったんだろうと思う。そうとしか思えない、ということだな」

高岸との、ビリヤードの勝負。あれほど真剣な群秋生を見たのは、はじめてと言っていい。

「とにかく、いろんなことが絡み合っている。それをひとつずつ解きほぐしていこう、と社長は考えていると思う」

「西尾正人とおまえらの関係は、言った通りなのか？」

「やつは、俺たちの心になにか残した。高岸の心には、もっと強烈なものを残した。それだけしか言えないがな」

「わかったよ。もういい。それで、俺はどうすればいい」

「夜、ホテル・カルタヘーナのバーに来い、と社長に言われている。それまでは、俺はなにも聞いていない。八時と言われたよ」

私は頷《うなず》いた。

バレンシアホテルは、サンチャゴ通りからそれほど遠くなかった。

小砂利を敷いたアプローチに車を入れ、玄関で坂井を降ろした。

## 20　ハードパンチ

波崎と高岸との三人でバーへ行くと、群秋生が来ていた。

水村は、ホテルの従業員用の仮眠室だ。聞いたことはないし、一緒に飲みたい相手でもないが、バーなどは嫌いなのかもしれない。誘っても、なにかあったら携帯に連絡をくれと言っただけだった。

「めずらしいですね、こんなところで」

「川中は、来るなと言った。私が勝手に来て座っているだけだ」

群は、私と俺を微妙に使い分ける。私、と言った時は、あまり喋りたがっていない時だった。

ピアノにはライトが当たっているが、ピアニストの姿はない。

私たちは、小さなテーブルのある席に座った。

しばらくして、宇野が現われ、群秋生とむき合った席についた。言葉を交わしているが、なんでもない気候の話だ。宇野は客だから、大きなテーブルのある席で堂々としている。

BGMが低く流れていた。

八時を回ったところで、坂井が女を連れて入ってきた。立ちあがろうとした群を、宇野が押しとどめている。女は、中本佐知子だった。私は、ちょっと首を傾《かし》げた。中本佐知子が現われたことより、群の動きが不可解だったのだ。

高岸が、立ちあがった。

中本佐知子の前に立ち、頭を下げている。初対面ではないようだ。お久しぶり、と中本佐知子が小さな声で言うのが聞えた。

川中が、沢村と二人で入ってきた。沢村はひとりだけカウンターへ行き、川中は私たちを席に呼んだ。バーの隅の一角を占領する恰好《かっこう》になった。

「中本英三が殺されたことについては、俺にも責任がある。話を聞いてやった時に、ほかの可能性も、つまり殺されるかもしれないという可能性も、考えるべきだった」

「死ねばいいと思っていた。違うか、川中？」

「こういうやつに、生きている資格はない、と思ったことは確かだよ、キドニー」

「殺されるのを黙認した、と言った方がいいんじゃないのか？」

「皮肉はよせ、キドニー。殺されたのは、うちのホテルの部屋だぞ」

「じゃ、自分で殺したか。マスターキーなど、おまえにはどうにでもなるだろうからな」

「あたしのせいです」

中本佐知子が、小さな声で言った。

「そんなことはない」

言ったのは、群だった。こういう場面では、大抵黙って観察している。発言すること自体が、めずらしかった。

「なにがあったわけでもない。中本氏が話を大きくしただけだ」

さらに言い続けようとする群を、川中が手で制した。

「誰が悪いというわけでもない。群先生だって、上田《うえだ》佐知子に結婚を申しこんだだけだ。

以前同棲《どうせい》していたと言っても、すでに中本との関係は切れていた。中本が、つべこべ言う筋合いでもなかった」

「結婚？」

私は、思わず声をあげていた。群にはもっとも似つかわしくない言葉だ。宇野も、ちょっと驚いたような表情をしている。

「中本が俺のところにこぼしに来たのは、群先生が返事を貰《もら》う前だった。それから返事どころではなくなり、いまに到《いた》っている」

「そうだったんですか」

「ただ、ここまで大事だとは思っていなかった。中本が、五億の借金を作った。それも、上田佐知子に対する腹癒《はらい》せのようにだ」

「川中さんは、中本英三を前から知っていたんですか？」

「うちのホテルのレストランで、働きたいと言ってきた。大野の紹介でな。ホテル・キーラーゴがシェフを捜してたんで、そっちで面接を受けさせた。秋山菜摘《なつみ》は人を見る眼がある。面接直後に、俺のところへ断りの電話が入ってきた。ま、ほかにもあるが、そういうことで中本を知っていた」

酒が運ばれてきた。

私や波崎がこのバーで飲むことは、滅多にない。二人とも、水割りを頼んでいた。

「私は、半端な気持でプロポーズしたわけではない。本気だった。返事を貰えなかったのを、いまでも残念だと思っている。いや、まだ返事を待つつもりでいる」

「群先生が」

「そういうこともあるんだ、ソルティ。私は、半年ほど前、例によって酒に溺《おぼ》れた。堕《お》ちたという方が、私の場合は適当かな」

群が、四日ほど姿を消したのは知っていた。戻ってきた時のやつれようで、酒に浸っていたのだということもわかった。

「大抵は、老いた娼婦《しょうふ》の部屋に転がりこむことが多い。なぜか、やさしい女が多いからだ。しかしそこでも酒を飲み続けるから、死ぬ可能性もある」

「死にかかっているところを、見つけたことがありますよ」

「そうだったな。死んでいても、不思議はなかった。そして半年前、私はなぜかバレンシアホテルに転がりこんだ。というより、上田佐知子さんのもとに転がりこんだ、ということになるかな。酒は、飲ませて貰えなかった。部屋をひとつ滅茶苦茶《めちゃくちゃ》にしたが、四日目には正気に戻って、ひとりで家へ帰った」

四日、酒に浸り続けていれば、もう暴れる体力もなく、それから先はただ眠り続けるだけだ。医者も、点滴で眠れる薬を入れているという。一度は、一週間、眠らずに酒を飲み続け、それから病院のベッドで四日眠っていたこともある。

私には、群が自殺しようとしている、としか思えなかった。それも、一年か二年に一度は襲ってくる、絶望的な衝動のような気がしていた。群と会うたびに、容子《ようす》を見るのが習慣のようになった。それを群は、痛烈な皮肉でからかってくる。余計なお世話ということなのだ。


「それで、中本、いや上田佐知子さんにプロポーズしたんですか？」

「短絡としか思えないだろうが、実際、出かけていって結婚を申し込んだ」

「やっぱり、あんたは非凡だよ、先生」

宇野が言った。

群がなぜバレンシアホテルに転がりこんだのか、いまひとつ見えないところはあった。それでも、群が踏み出す足を生きるという方へむけようとしたのだ、ということはわかった。

「断られたんですか？」

「当然だろう、ソルティ」

「しかし、一度で諦《あきら》めなかった」

「それも、当然だ」

「つまり、押しまくったんですね」

「考える時間をくれ、という返事が返ってくるところまでいった。そこまでやれたのが、信じられないぐらいだったがね」

「そんなことがあったなんて、俺は気づきもしませんでしたよ。しょっちゅう会っていたというのに」

「ソルティに気づかれないぐらいの芸は、私にもあるさ」

中本がこの街から姿を消したのは、三カ月ほど前だという。バレンシアホテルには、新しいシェフが入り、中本はただ役員として籍が残っていただけなのだ。それよりだいぶ前から、内縁関係も切れていただろうというのは、波崎の調査だった。

「御迷惑をおかけしました」

誰にともなく、上田佐知子が言った。

「五億の借金については、裁判所の判断を仰ぐつもりです。借用証があるとわかった時から、その準備はしてきました。中本の背任《はいにん》についても」

「金など動かず、借用証だけが動いた。その可能性が強いと俺は思っていた」

川中が言った。

「中本と大野の共謀《きょうぼう》だとな。中本は、どこかでレストランを開く資金ぐらいは取るつもりだったんだろう。大野も、小悪党だ」

「おい、俺の依頼人について、中傷するような言い方はやめろ、川中。それに、共謀というのも推測にすぎん。ここで会ったのがいい機会だ。俺は、返済を要求する」

宇野が言った。上田佐知子は、なにも答えようとしない。

「石塚興産が、大野に対して五億の債権を有していますよ、宇野先生。一応、ですがね。いくら取り立てても、金は石塚興産に流れるだけではないんですか？」

波崎が口を開いた。

「ひどく無駄なことって気がしますが」

「取り立てた金がどこへ流れようと、俺の知ったことではないな」

「では、本気で取り立てますか？」

「待てよ、波崎」

川中が遮った。

「キドニーは、もともと取り立てる気などない。自分がやらなきゃ、石塚興産がバレンシアホテルから取り立てる、と考えてるのさ。大野の頭越しにな」

「買い被《かぶ》ってくれるじゃないか、川中」

「俺はですね、宇野先生」

「もういい。波崎も黙れ」

川中の声は低く、憂鬱《ゆううつ》そうだった。

「目的も方法も違う人間が、ここに集まっている。群先生には、お引き取り願いたいが、あとは敵として石塚興産を見ながら、こちら側でいがみ合っている者ばかりだ」

「川中、俺は石塚興産と組んでもいいんだ。バレンシアホテルから、とにかく五億を取り立てる。俺を通って、石塚興産に流れる。俺のところには、交渉次第では、かなりの金が落ちる」

「やればいいさ、キドニー」

「本気で言ってないな」

「俺たちも、もういい歳《とし》だろう。ガキみたいにいがみ合いを続けるのか、キドニー。石塚興産が、強大で危険な敵だという認識は、おまえにもあるはずだ」

「俺は、弁護士として当然の立場を主張しているだけだぜ」

宇野が、持っていたパイプをくわえ、火を入れた。甘い香りが、バーの中に漂いはじめる。

「時間がない。もう、石塚興産の裏の連中が街に入っていると思う」

裏は、そのまま暴力を意味していた。しかも、これまで入ってきていた連中のように、甘くはないはずだ。

「どういう方法で来るか読めないが、全員の力を合わせても、勝ち目はない。ただ、石塚興産も、損になることはやらんよ。利益がないということをわからせれば、この件からは手を引くだろう。いがみ合うのは、それからでも遅くない」

「中学生みたいなことを考えるな、川中。まるで学級委員みたいな口調だぜ」

「川中の言うことを、最後まで聞くぞ、キドニー」

「おや、先生はまだいたのか。川中は、お引き取り願いたいと言わなかったか？」

「それだけは、聞けない」

「上田佐知子の気持を掴《つか》む、いいチャンスだと考えてるのか、先生？」

「率直である自分を、私は恥じないよ、キドニー。男は、時として愚直であってさえいい。私はここに残るし、これからのことにも参加する」

「先生、どうかお引き取りください。あたしのような者のために、先生に怪我《けが》でもされたら、世間に申し訳が立ちません」

「世間ね。佐知子さん、私は世間というものを信用などしていない。信用できるのは、人と人だ。それだけだ。あなたのために残るように思われるだろうが、私は、自分が自分であるために残る」

「おやおや、学級委員がもうひとりか」

「うるさいんだよ、腎臓《じんぞう》のおっさん」

私の中で、なにかが弾《はじ》けかけていた。

「黙るか出て行くか、どっちか選べ」

「どっちを選ぶ気もないな、塩漬の坊や」

宇野が、ゆっくりと立ちあがった。

「出て行ってくれるのかい。出て行って、石塚興産に尻尾《しっぽ》でも振れよ」

「出て行ってもいい」

不意に、顔にグラスのウイスキーをかけられた。しみた眼を閉じた瞬間、顎《あご》に一発食らった。なかなかの、パンチ力とスピードだった。

私が立ちあがった時、宇野はもう腰を降ろし、パイプの煙を吐いていた。

「殴られると、俺は即死だな、多分。こんな世の中で、生きたいとも思わん。存分にお返しをしてくれ」

どこを殴っても、毀《こわ》れそうな男だった。

「座れ、ソルティ。役者が違うぞ」

言ったのは坂井だった。私は、黙って腰を降ろした。宇野が、私を見てにやりと笑った。

## 21　乾杯

ピアノが流れてきた。

沢村が演奏をはじめていた。バーの中が、不意に静寂に包まれたようになった。

ほかに三組の客がいるが、私が殴られたのを見た者はいないのだろう。それだけさりげなく、宇野はパンチを出したのだ。

　みんなが、ピアノに耳を傾けはじめた。

　なんという曲かは知らない。知る必要もない。心に食いこんでくるような音色だけで、充分だった。

　一曲終ると、拍手が起きた。二曲目は、よく知っていた。軽快な曲だ。やはり、言葉を発する者はいない。終ると、拍手に送られながら、沢村はカウンターに戻った。

「沢村先生に、ソルティ・ドッグを一杯」

　ボーイを呼んで、私は言った。その勘定として、千円札を二枚渡した。

　しばらくして、カウンターの沢村が私の方を見て、ちょっと親指を立てた。奢られた、ということなのだろう。私は、笑みを返した。すぐに、沢村は背をむけた。

「連合できないものか、と俺は考えたんだがな」

　川中が、ぽつりと言った。

「というよりも、お互いに守り合うということかな」

「俺はもともと、そのつもりです」

　高岸が言った。

「おまえが考えているような意味じゃない、社長が言われてるのは」

　坂井が遮った。

「じゃ、どういう」

「これはつまり、貸借関係が入り組んでおかしくなってるわけだろう。だから、それを整理して、石塚興産につけ入る隙《すき》を与えないということだ」

「そういうことですか」

入り組んでいると坂井は言ったが、そういうわけでもなかった。ここにいる人間で一応貸借関係に絡んでいるのは、上田佐知子と宇野ということになる。それだけなのだ。

「キドニーは、バレンシアホテルから取り立ててくれ。高岸は、坂井とそれを防御する。ソルティと波崎は静観。そういうかたちを取り続ける。そうやって、石塚興産の出方を探る」

つまり、こちら側をすべて出来レースにしてしまうというわけだ。

それで問題になるのは、取り立てると言い続けている宇野の存在だった。

「おまえはいつも、ものごとを単純にしたがるな、川中」

「それが悪いのか?」

「らしいな、と思っただけだ」

宇野が、濃い煙を吐いた。

「俺は、なんでも単純にして生きてきた。器用なことは、性に合わんのさ」

「頭が悪い、と言えよ」

「もうちょっと頭が悪いことを言わせて貰うと、おまえはすべての債権を取り立てちまうんだよ、キドニー」

「ほんとうに、頭が悪い。もしそういうことをやるなら、見せ金であろうと現金が必要になる。そうしないかぎり、大野は借用証を離さんさ」

「そこだな。俺は、五億の現金《ナマ》を揃《そろ》えられない。なんとか、誤魔化せないか？」

「小悪党ほど、そういうことには慎重になる。きっちり、五億あるかどうか確認するさ」

「俺が用意できるのは、三億というところだな。それ以上の現金《ナマ》になると、処分しなければならないものが出てくる。それには時間がかかる」

「ほう、三億も用意できるのか。貯《た》めこんだもんだ。老後の心配でもしたか」

「そんなところだ」

「二億は、私が用意できる」

群が言った。

「それこそ、老後のためかと言われても仕方がないが、口座に振込まれてくるものが、それぐらいにはなっている」

「群先生、お願いですから、おやめください。うちでも、弁護士を立てて争おうと思っているんですから」

上田佐知子が言った。

宇野の吐く濃い煙が、一瞬、テーブルの上でかたまりのようにわだかまり、薄らいで流れていった。

「どうせ、使うあてもない金です、佐知子さん。それに、見せ金なら返ってくるのだろうし」

「決まったな、キドニー。明後日までに、五億用意しよう。大野を呼べるな？」

「もの好きな連中だよ、まったく」

「おまえも、もの好きさ。大野の代理人をやることで、この件に首を突っこんできたんだからな。いつもなら、中本と大野のいかさまをあばいて、笑っていたはずだろう。大野の代理人と聞いた時に、おまえらしい関《かか》わり方ではあると思ったがな、キドニー」

「俺は、億という金を危険に晒《さら》すような、馬鹿な真似《まね》はしない」

「とにかく、五億が揃う。ソルティと波崎、それに水村は、その五億の監視役ということにしようか」

借金を返済したというかたちを取れば、連帯保証人から久納均がはずれることになる。はっきりはわからないが、石塚興産は駒《こま》を一枚落とすことになるかもしれないのだ。

「バレンシアホテルが、いきなり五億を用意したとなると、やはり怪しまれる。姫島の久納御老人が融通した、ということにしておこうか。姫島には、俺が話しておく」

「それでも、甘いと思う」

「もう言うな、キドニー。やってみる価値はある」

「度胸がいいことは、認めてもいい。クソ度胸は、馬鹿と同義じゃあるがね」

宇野が腰をあげ、バーを出ていった。

後姿が消えてから、私は宇野にパンチ一発の貸しがあることを思い出した。しかし、どう取り立てていいかわからない。バーでも、結局宇野は酒も水も口にしなかった。殴ると、やっぱり毀れそうだ。

「川中さん、あたしはまだ、承知したわけではありませんよ。いざとなれば、ホテルを手放す覚悟もできているんですから」

「上田さん、これはバレンシアホテルだけの問題じゃないんだよ」

川中が、葉巻に火をつけた。パイプ煙草《たばこ》の甘い匂《にお》いが、それでようやく消えそうだった。

私は、薄い水割りを口に流し込んだ。

「この街全体の問題に、発展しかねない。そういう危険を孕《はら》んでいてね」

「でも、うちに借金があるということが、すべてなんでしょう？」

「それぐらいで、中本を殺すかな」

「場合によっては」

「石塚興産は、日商いくらか知らないが、裏ではたえずそれぐらいの金は動いている。そのたびに誰か殺していたら、やはりとんでもない問題になるな。いまは、そういう組織への締めつけは厳しいし」

「でも、みんなが、なぜ?」

「この街の二人は、トラブル処理が仕事みたいなものだ。高岸は、西尾正人の異母妹であるあなたのことを、心配している。俺と坂井は、その高岸のことも心配だ。西尾も、大事な友人だったがね」

パイプの煙草の匂いが、葉巻に少しずつ消されていっている。

「俺は、ちょっと用事を思い出した」

波崎は腰をあげた。

「上田さんを送るぞ、高岸」

坂井も立ちあがった。

バーに残ったのは、川中と群と私だけになった。ほかの席は埋まりつつあるが、ざわついた雰囲気はない。黒服のボーイの動きが、いくらか目立つだけだ。

「一発食らったな、ソルティ」

ショットグラスのウイスキーを口に放《ほう》りこみながら、川中が言った。

「結構なパンチでしたよ」

「久しぶりだ、俺があれを見たのは」

「いつも、ああなんですか。つまり、相手の眼を潰《つぶ》したりしてから、一発食らわせる」

「もっと速かった、昔は」

「そうなんですか」

「岩に腰を降ろして、海を眺める時間が多すぎた。その分、丸くなりはしたが」

「川中さんもですよ。まさか、合議で方針が出るとは思いませんでした」

「たまには、ああいうのもいいさ。決めたら押し通す。そんなことばかりしていると、あとが空しくなっていかん」

沢村が、ピアノにむかって歩いていくのが見えた。タータンチェックの茶系の上着。いま時めずらしいアスコット。ズボンは無地のベージュだった。

洒落《しやれ》た靴を履いていたな、と私はぼんやり考えていた。ちらりと覗《のぞ》いている靴下も、ちょっと小意気な柄物だった。

ピアノがはじまると、バーの中は束《つか》の間《ま》、水を打ったようになった。

静かな曲だった。

私も、昼間忍に貰った葉巻に火をつけた。

沢村は眼を閉じ、かすかに首を振りながら鍵盤《けんばん》を叩《たた》いていた。

切なさのようなものが、こみあげてくる。さすがに涙は出てこなかったが、私はじっと眼を閉じていた。

グラスの中で、氷が解けて動く音がした。新しい水割りは運ばれてきたばかりだ。

ふと眼を開くと、うつむいた群の顔が見えた。頰《ほお》が涙で濡《ぬ》れている。見てはならないものを見たような気分になり、私はまた眼を閉じた。

上田佐知子の顔を、眼を閉じたまま思い浮かべた。ふくよかな感じがあった。目鼻立ちはしっかりしていて、きりりとした印象もある。それ以上は、思い浮かばなかった。爪《つめ》は、それほど長くない。指は、根元がいくらか太くなっている。膝《ひざ》から下の足は、どちらかというと太かったような気がする。ただ、足首は小気味がいいほど締っていて、アキレス腱《けん》がくっきり浮き出していた。

全体的に見ると、小肥《こぶと》りと言うのだろうか、豊満だったという印象がある。

二曲目に入った。眼を開けると、群が掌《てのひら》で頬を拭《ぬぐ》っているところだった。私は、見ないふりをしていた。

「いいな、この曲は」

川中が言った。髪に白いものがかなり混じっていることに、私は気づいた。照明の加減なのだろう。同じ年齢だという宇野の髪は、半分は白くなっている。

人は生きて、老い、そして死んでいく。単純なことが、沢村のピアノの音の中では、ひどく複雑で、難しいことのように思えた。

二曲目が終ると、客からのリクエストが入った。季節はずれの『サマータイム』。それでも、悪くなかった。

結局、それから続けざまにリクエストを受け、沢村は十曲近く弾いてカウンターに戻った。

「先生が、奢ってくださいよ、ソルティ・ドッグ」

「百杯でも、二百杯でも」

私はボーイを呼び、一杯だけソルティ・ドッグを沢村に届けるように言った。群秋生からである。それも伝えた。群には、間違いなく奢る資格がある。

「なぜ、沢村ほどの者が、俺の店なんかで弾いているんだろうと、しばしば思う」

川中が言った。川中がいるからだろう、という言葉を私は呑《の》みこんだ。『赤とんぼ』を弾いてくれとも、勿論《もちろん》言わなかった。

ソルティ・ドッグが出されると、沢村がふり返った。私は、群秋生を指さした。沢村が、かすかに頷き、グラスを翳《かざ》す仕草をした。

「恋の曲が多かったな。リクエストだから仕方ないけど」

「どうして仕方がないんだ、ソルティ？」

「リクエストなんか。どう考えても、通俗的すぎるでしょう、川中さん」

「それが、なぜ悪い？」

「群先生の恋なのに」

私は、葉巻の灰を灰皿に落とした。

「少年のような恋なのに」

「いいんだ、ソルティ。嗤《わら》いたいだけ、私を嗤え」

「笑えるわけないでしょう」

「嗤われたいんだよ、私は」

「俺は、いままでよりもっと、群秋生という人を好きになりましたよ」

水割りを飲み干した。水との区別がつかないほどだ。男が飲むものではない、と私は思った。ストレート。近づいてきたボーイに、私は言った。

「そうだ、ソルティ」

川中が言う。

「乾杯しましょうよ、先生」

「なんに？」

「先生の、少年のような恋に」

「おまえの皮肉に」

「皮肉じゃありません。正直、俺は感動しましたよ」

なんとなく、三人でグラスを触れ合わせた。それも悪くなかった。

沢村が、グラスを持って私たちの席にやってきた。

「また、乾杯かな、ソルティ？」

「少年か」

「音楽家に」

「愚かなる、男たちに」

## 22　成人病

平凡な朝だった。

そう思ったのは束の間で、すぐに私の携帯がふるえた。

「高岸のやつが、いない」

波崎だった。私の頭に最初に浮かんだのは、高岸がひとりで勝手な真似をした、ということだった。しかし、それはやはりおかしい。

「昨夜、坂井と一緒に、上田さんをバレンシアホテルまで送ったんだろう？」

「坂井はそのままホテルの部屋へ入り、高岸はホテル・カルタヘーナの従業員用仮眠室に戻ってきている。夜中に、トイレにでも行くように、高岸は出ていっている」

「わからんな。やつの車は？」

「ハチロク・レビンは駐車場だ。ホテル・カルタヘーナには、夜中まで客の出入りはあったらしいが、いずれも泊り客だ」

「消えたってことか。おまえは、どこにいたんだ、波崎？」

「宇野さんの部屋の、客用の寝室」

私は、群秋生を自宅まで送り、その足でマリーナの『カリーナⅡ』にやってきた。バウバースで寝ていたのだ。

「川中さんも坂井も部屋だし、変ったことと言えば、高岸が消えたことだけだな」

「いないのに、最初に気づいたのは？」

「水村だ。トイレに立って、二十分経《た》っても戻らないところで、俺を携帯で呼んだ。一応、調べられるところは二人で調べた」

「消えたのか」

「消えたな。痕跡《こんせき》がない」

ホテル・カルタヘーナは、人の出入りの監視が、非常に厳重だった。名の知れた客も少なくなく、それを狙《ねら》った盗撮屋などもいるからだ。

「いまから行くよ」

「気をつけろ。どういう狙い方をされるかわからん」

「この街は、鼠《ねずみ》の穴まで知ってる。その気になって移動して、俺を尾行《つけ》られるやつなんかいないさ」

「そうだな」

私は、『カリーナⅡ』のキャビンのドアをロックすると、駐車場へ行き、ごく普通にマセラーティを発進させた。

十五分後には、ホテル・カルタヘーナに到着した。

警備室へ行くと、モニターを覗《のぞ》きこんでいた波崎が言った。水村もそばにいる。

「尾行られてるな」

「白いセドリック。東京だな、品川ナンバーだったから」

「気づいてたのか？」

「襲ってくる気配はないので、放っておいた。あんまりとんがらない方がいいと思ってな」

水村は、黙って腕を組んでいる。

「俺は運転しながら考えたんだがな、水村さん。トイレに立つように仮眠室を出て、戻ってこない。高岸は、ホテルの中にいるんじゃないのかな？」

「俺も、そう考えていたところだよ」

「捜したんだろう？」

「全部じゃない。勿論、客室まで捜すこともできん」

「いま、水村さんと可能性を検討していたところだ」

波崎が出したのは、ホテルの図面だった。大抵のところには監視カメラがあるので、警備室で一応の様子はわかる。

「機械室とか、自家発電の建物。物置。カメラでカバーできないところは、実際に行ってみた」

「とすると、客室かな」

「そう考えるのが妥当だろう、と水村さんと意見が一致していたところだよ」

「客室ねえ」

新館の建物の客室とヴィラ。稼働率は七十パーセントぐらいだろう。

「調べようがない。宿泊名簿を当たっても、それでわかるような書き方はしていないだろうしな」

波崎が言った。

私は、ロビーに出て、自分の事務所へ行った。野中はすでに来ていた。

「アルバイトだ。街を走り回って、おかしなことがあったら、すべて報告する。爺《じい》さんが転んだとか、犬が逃げたとか、そんなものも見落とすな」

「わかりました。一時間おきに、携帯に報告を入れます。それで、何人動員すればいいですか？」

野中は、いまはムーン・トラベルの社員だが、かつては暴走族のヘッドだった。もっとも、勢力争いをするような連中ではなく、バイクを愉《たの》しむ者の集まりという感じもあった。いまでもそのグループはあり、なにかあればアルバイトで仕事をするのだ。

「二十人」

「大掛かりですね。それに、目立つ」

「大型のバイクは、五台ぐらいにしろ。あとはゼロ半とか、スクーターとか、場合によっちゃ、自転車《チャリンコ》でもいい。目立たないように、この街に監視の網を被せたい」

「わかりました。すぐにはじめますか？」

「ああ」

アルバイト料は、忍が出すことになっている。しかし、最初は私が立て替えなければならなかった。

警備室に戻ると、水村と波崎は客の分析をはじめていた。

「二泊して、今日のチェックアウトが四組。ほかにも六組チェックアウトするが、五日以上の長期滞在だ」

このホテルでは、一泊というのは稀《まれ》で、大抵は二泊以上の客だった。

「それ以上は、なにも出てこないな」

私は、煙草に火をつけて言った。

「街には、一応網をかけておいた」

「川中さんに報告しておくべきかな。それから忍さんにも」

波崎が言った。私は、黙って頷いた。

「じゃ、おまえが行ってこい、ソルティ」

「仕方ないかな」

私は、煙草を消して腰をあげた。

川中のいるヴィラは、宇野のヴィラへ行く途中にあった。

川中は、髭《ひげ》を当たっているところだった。

「そうか、高岸が消えたか」

「ホテルの中だろう、というのが俺たちの結論なんですが、街にも網は被せてあります。ほかの動きも摑めるかもしれませんし」

「わかった。朝めしは、ソルティ？」

「まだですよ」

「じゃ、食っていけ。肉も、もうひと切れ焼かせよう」

「朝から、肉ですか、川中さん」

「たった百グラムぽっちだ。あと卵が二つ。それにトーストとコーヒー」

「野菜は？」

「つまらんことを言うなよ。ま、肉に添えられた温野菜ぐらいはあるだろう」

川中は動じていない。しかし、心の中まで推し測ることはできなかった。

バスローブ姿の川中とむき合って、ヘビーな朝食を摂った。胃にもたれそうだと思ったが、川中は平然と平らげている。

「いまのところ、捜す方法がないんですが、今日チェックアウトする客が十組あります」

「待とう」

「それだけでいいんですか？」

「高岸は死なんよ。なんとなく、俺にはわかる。俺のまわりにいるやつで、死んで行くやつは見えるんだ。気をつけろよ、ソルティ」

川中が、にやりと笑った。

「俺、死にますか？」

「高岸よりは、近いところにいるな」

「そんな気もします」

「冗談だ、ソルティ」

言った川中の顔は、笑っていなかった。

十時を回ると、チェックアウトする客が出はじめた。

川中は社長室で、私は水村や波崎と警備室にいた。高岸が消えてしまったことに対して、水村はかなり責任を感じているのかもしれない。時々、警備室を出ていっては、戻ってきた。カメラでカバーできないところを思いついては、確かめに行っているようだった。

警備室の警報が鳴ったのは、十一時をかなり回ったところだった。すでにチェックアウトが済んだ部屋の警報だ。

私は、警備室を飛び出した。私より先に、水村が走っていた。波崎も追ってくる。曲がりくねったプロムナードをカートで行くより、直線を走った方がずっと速い。

ヴィラの入口で、メイドがおろおろとしていた。

水村に続いて、私は中に飛びこんだ。

客用の寝室の床に、高岸が仰《あお》むけで倒れていた。躰《からだ》が硬直しているように見える。一瞬、いやな予感に襲われたが、高岸の胸板はかすかだが上下していた。

「薬だ、これは」

水村が言った。なんの薬かは、わからなかった。高岸が、薄く眼を開いた。それから、少し大きく息をついた。

「動かさない方がいいだろう。ここへ医者を呼んでくれ、若月」

落ち着いた口調で、水村が言った。水村は、あまり私をソルティと呼ばない。私より先に、波崎が電話に手をのばしていた。

ホテルの医者が、五分でやってきた。医者はしゃがみこみ、高岸の目蓋《まぶた》の裏や口の中を見、袖《そで》をまくりあげた。それから、大きな鞄《かばん》を開けて処置をはじめた。

私たちは、居間で待った。十分ほどで医者は出てきて、腕時計を見た。

「五時間ほど、眠ります。強い抑圧があったので、精神状態が混乱しています。五時間眠る間に、回復するはずです」

「強い抑圧と言いますと、先生？」

「抵抗。精神的な抵抗ですな。薬物の作用に対する抵抗。簡単な言い方をすると、たとえば睡眠薬に対して、眠るまいと抵抗する。それで精神状態が乱れた。そういうことです。普通の睡眠薬ではありませんが」

「たとえば、どういう薬です」

「バルビタール系の睡眠薬。そんなふうに想像していますが、血液を分析しないことには正確には申しあげられません」

「じゃ、やはり眠らされた？」

「いや、完全な睡眠を阻害する薬物も同時に射たれているようです。つまり、眠りかかった状態で、精神分析に使う場合がないとは言えませんが、自白薬と考えた方が現実的でしょう」

「つまり、自白するまいと抵抗したので、強い抑圧がかかった、ということですか？」

「そういう可能性が強いですな、若月さん」

　この医者のところで、ムーン・トラベルの社員は健康診断を受けている。白髭、と私たちは呼んでいた。以前、白い髭を蓄えていたことがあったからだ。なぜ剃《そ》ったかは、知らない。医者としての腕はいい、と忍が言っていたことはある。

「眼を醒《さま》したら、記憶は残ってますか?」

「残ってます。その時になったら、いろいろ喋ることもできるでしょう。いまは、喋るまいと抵抗していたのに、いきなり喋れという状態になりますからね」

それだけ言うと、医者は帰っていった。

高岸は、自白剤を射たれ、しかし質問には答えず耐えていた、ということだった。それが、苦しいことなのかどうか、私にはわからなかった。

「俺と水村さんは、ここにいる。川中さんに報告してきてくれ、ソルティ」

私は黙って頷き、ヴィラを出た。

川中は、社長室にいた。私は、医者が言った通りのことを報告した。

「どういう経緯で自白剤を射たれることになったのかは、本人が眼を醒すまでわかりません」

「慌てて訊《き》く必要もないことだ」

「ホテルの中が、必ずしも安全ではない、とわからせようとしたというところではないでしょうか、川中さん?」

「どこだって、安全な場所ではない。それぐらい、俺ははじめから覚悟している。こんなかたちで高岸が襲われるとは、想像していなかったがな」

「俺たちがなにをやろうとしているか、よほど知りたかったってことですかね。それでも、無駄な殺しはしない」

「違う。大野の居所を知りたかったんだ」

「そうなんですか？」

「昨夜、坂井が大野と連絡をとった。大野はいまこちらへむかっていて、坂井が途中で迎えるはずだ」

「じゃ、坂井はバレンシアホテルにいるんじゃないんですね？」

「もう、出てるよ」

「ひとりで、大丈夫ですか？」

「大野を連れてくるだけさ。仰々しく迎えるほど、大野は大物か？」

私は、煙草に火をつけた。

「あのヴィラに泊っていたのは、小林という老夫婦だ」

忍が、口を挟んだ。

「老夫婦？」

「運転手が付いてた。今朝の朝食はいらんと言ってきてもいる。おまえらが高岸を見つける、一時間も前にチェックアウトした」

「そいつは」

「偽名だ。今日チェックアウトした客の中で、小林だけが偽名だ。ある代議士の紹介だと言っていたが、それも違うだろうな」

「つまり、大野を捜すために、二泊三日、ここにいたわけですか？」

「そうなるな」

「大野の居所は、どうやってわかったんですか、川中さん？」

「はじめから、知ってたよ。キドニーから聞かされていた」

「宇野さんからですか。まったく、仲がいいのか悪いのか、わからないな」

「仲がよくて、悪い」

川中が言うと、忍が低い声で笑った。

「まだわからないところがあります。やつら、なんで急に大野の居所を知りたくなったんですか。じっと待ってりゃ、いずれは現われるわけでしょう？」

「それはな、ソルティ。大野の代理人が、明日、五億を返済すると、石塚興産に電話を入れたんだ。川中も、仕掛けをするからには、それぐらい周到にやるさ」

「そういうことか」

石塚興産は、大野から五億の返済など受けたくはないのだろう。大野がバレンシアホテルに持っている、五億の債権の方が欲しいのだ。

中本と大野の貸借関係は、もともと存在しないものである可能性が強い。だから、中本は消した。そして五億の返済の代りに、石塚興産は大野の債権を手にしようとしている。

それを手にしてから、大野の借金も取り立てるというのが、連中のやり方だろう。その前に、五億返済されれば、バレンシアホテルとはなんの関係も持てなくなるのだ。

「なにを考えてる、ソルティ？」

忍が、葉巻に火をつけながら言った。川中は、自分のものらしいのを数本、ジャケットの胸ポケットに入れている。

川中が、それを一本抜いて、私にくれた。川中の葉巻は、灰皿にある。部屋にたちこめる葉巻の匂いに、私ははじめて気づいた。強烈な香りだが、馴《な》れすぎていたのかもしれない。川中がくれた葉巻は、ラファエロ・ゴンザレスだった。モンテクリストより、もっとストロングなやつだ。

「いろいろ複雑だったのが、やっと糸が解《ほど》けてきた、と思いましてね」

「大して複雑ではない気がするな、ソルティ。人は、欲で動く。あるいは憎悪で。そうだろう、忍？」

忍が、かすかに頷いた。

「友情では？」

「ロマンチックな幻想だな」

「そうは思いませんが」

「自分が、友情で動いているなどとは思うな、ソルティ。ただ、男は自分の意地のために動くことはあるがな」

「意地ですか」

「馬鹿な生きものさ」

川中が、白い歯を見せて笑った。はっとするほど暗く、しかしどうしても惹《ひ》きつけられてしまう笑顔だった。

私はラファエロ・ゴンザレスの吸口を、丁寧に切った。

「この葉巻、久納会長から一度貰ったことがありますよ。強烈なやつでした」

「俺は、忍のように軟弱ではないんでな。ロメオ・アンド・ジュリエットなんていう、軟弱な名の葉巻は喫《す》わん」

忍のくわえているのはそれで、忍はちょっと肩を竦《すく》めた。

「こいつだって、味は強烈だぜ、川中」

「おまえのヒュミドールには、俗っぽい葉巻しか入っていない」

「言ってくれるじゃないか」

「俺は、認めてないわけじゃない。自分が喫わないだけさ」

「貶《おとし》められた気分だな。おまえがここに滞在中に、葉巻が切れたからって、俺のヒュミドールに手は突っこませないからな」

「ひと箱、持ってきてある。浴室で、濡れたタオルに箱ごと包んであるよ。この季節、カビの心配はないしな」

葉巻の管理は難しい。だから、ヒュミドールなどというものがあるのだ。

それにしても、二人の会話は暢気《のんき》な気がした。

「俺、連中のところへ戻ります。用事があったら、呼んでください。たとえば、坂井に手助けが必要とか」

「大丈夫だ、やつは」

「もしもってこともあるでしょう?」

「そうだな。その時は、俺が行く」

私は、ラファエロ・ゴンザレスに火をつけた。強烈な香りが鼻をついた。

「あまり、肩に力を入れるな、ソルティ。高岸があいう目に遭ったのも、石塚興産が焦りはじめた証拠だろう」

「そうかもしれませんが、従業員用のトイレからあのヴィラに高岸を連れていくのだけでも、プロの仕事ですよ」

「プロは、無駄なことはしない。だから、余計なことを考えなくてもいい。肚さえ据えりゃ、わかりやすい相手さ。勝てるかどうかは別にしてな」

言われれば、川中の言う通りだった。

私は腰をあげ、ドアの方へ歩いた。社長室を出かかったところでふり返り、川中を見てにやりと笑った。

「川中さん、食事には気をつけた方がいいですよ。肉ばかりってのはな。成人病が心配な歳じゃないですか」

言うとすぐにドアの外に出たので、川中がどういう表情をしたのかはわからなかった。

## 23 依頼人

なにもないように、坂井の黒いスカイラインGTRが、ホテル・カルタヘーナの駐車場に滑りこんできた。

助手席から降りてきたのは、顔色の悪い小男だった。

私は、スカイラインがトンネルを出てきたところから、野中の弟分たちからの情報で動きを摑んでいた。

妙に攪乱《かくらん》するような動きを見せず、リスボン・アヴェニューを真直《まつす》ぐ進むと、一の辻《つじ》でホテル・カルタヘーナの方へ左折したのだ。追われても、尾行《つけ》られてもいないようだった。

坂井は、ちょっと落ち着きのない小男を促し、両手をポケットに入れて玄関を入ってきた。

「よう」

玄関ロビーにいた私に、坂井はただそう声をかけた。

坂井が小男を社長室に導いたので、大野なのだろうと私は思った。小悪党と川中が言っていたが、それにぴったりだった。ジャケットがやけに派手で、それが躰の小ささを余計に目立たせている。

社長室にいたのは、忍のほかに川中と群秋生と波崎だった。

「宇野先生は？」

大野が最初に言った言葉は、それだった。

「呼んでこい、ソルティ。本館の診療室だ。ベルデスクに車椅子《くるまいす》があるから、それに乗せてこい」

忍に言われ、私はベルデスクに寄って車椅子を借り出すと、診療室へ行った。ここで、人工透析ができるようだ。

宇野は、ものうそうな表情でソファに座っていた。パイプを持っているが、火をつける気はないらしい。代りに、白髭が煙草をふかしていた。

「来ました」

それだけ伝えると、宇野はのろのろと躰を起こし、車椅子に移った。手首には、幅の広いテープが貼られている。手首のところからとった血を透析するのだ、という話を聞いたことがあるような気がする。

「まったくここは、診療室のくせに、禁煙ではないらしい。どこにも灰皿が置いてあって、医者が自分で喫《す》っている」

車椅子を押しはじめると、いまいましそうに宇野が言った。

「きのうのパンチ、こたえましたよ」

「なんだ、ソルティ。まだ根に持っているのか?」

「いや、こたえただけです。失礼なことを言った、とも思ってます」

「その代償は、払って貰った。俺のパンチを食らった時の、おまえの顔はなかったぜ。鳩《はと》に豆鉄砲ってやつだな」

「なぜかわせなかったか、自分でも不思議なんですがね。パンチを貰うまで、殴られるとは考えてなかったんだと思います」

「人生みたいなもんさ」

宇野が、火のついていないパイプを、掌で包みこんだ。

「なにが起きるか、わからん」

「まったくです」

「俺は、この歳まで生きちまうし」

「透析ってのは、つらいんですか?」

「疲労感と虚脱感。なぜなのか、説明するのも面倒なほどでな」

「腎臓って、そんなもんなんですかね」

「どんなものだって？」

「心臓がなかったら、死んじまうでしょう？」

「そうだな。なくても、疲労感と虚脱感。言われてみりゃ、あってもなくてもいい臓器ってことか」

「健康な人間と較《くら》べると、病気の人は大変なんでしょうけど」

社長室のドアを開け、車椅子を入れた。

「やあ、大野さん」

「先生」

大野が立ちあがった。

「仕事は、ほぼ終ってますよ。あなたは、四億五千万受け取ればいい。それで、バレンシアホテルとの貸借関係は消滅します」

「四億五千万って？」

「五千万は、私の報酬です。忘れていませんよね、成功報酬の一割を」

「それは」

「文書も取り交わしている」

大野の顔が、いくらか強張《こわば》った。

「五億、私に払っていただき、五千万は後日ということでいかがです？」

「冗談でしょう。一度あなたの手に五億渡ったら、五千万は私に入ってこない。だから、四億五千と五千を分割して貰っています。それで、なんら問題はない」

「ですが」

「明日、現金が届きます。それをどうしようとあなたの勝手だが、五千万だけは私のものですよ。でなければ、こんな躰で遠出なんかしません」

「明日なんですね、現金は。間違いありませんね？」

「姫島の久納義正氏が、融通してくれた。おまえの弁護士は、すでに五千万はねちまってるらしいぜ、大野」

川中が言った。

「四億五千」

「海外に持ち出せば、一生遊んで暮せる。そのルートぐらい、知っているだろう」

「取立てを受けるかもしれない。川中社長、あたしにゃ危ない筋に借金がありましてね。しかも、四億五千じゃ足りないんです」

「そんなこと、バレンシアホテルの借金と関係あるのか。とにかく、中本英三の借用証と引き換えに、現金を払う」

「明日」

「そうだ、明日だ。今夜はこのホテルにいて、明日の十一時、返済を終らせる」

「あたしはね」

「おまえの選べる道は、二つしかない。現金を受け取るか、中本英三と共謀して五億の借金をでっちあげたと証言するかだ。証言すれば、おまえに残るのは五億の借金で、おまえの弁護士先生が、すぐに自己破産の手続をとってくれる」

「そんなに甘くない。石塚興産が、そんなことで引き退がると思っているんですか、川中社長」

「警察に駈《か》けこめるぜ」

「警察の保護なんて、せいぜい二、三日じゃないですか。石塚興産は、一生あたしに付きまとう」

「いいか、よく考えろ、大野。おまえの持ってる中本の借用証と、おまえの借金を相殺するなんてことを、石塚興産が考えると思うか、裏の組織が出てきて中本を消したのは、なんのためだと思う。借金が、でっちあげられたものだ、という証人を消すためさ。バレンシアホテルでも、裁判で争うという姿勢をとっているからな。なら、おまえも邪魔だ。おまえは、それがわかっていたから、姿を隠していたんだろう」

「俺も、消される」

「やつらの狙いは、おまえの持ってる借用証なんだ。ほんとうは、ビタ一文動いていない、借用証だ。それがなくなれば、石塚興産はおまえから五億取り立てるだけだ。交渉の仕方によっちゃ、四億にも縮む、と俺は思っている」

「つまり俺が借用証を手放せば」

「おまえは、一応安全になるってことだ。石塚興産のメリットはなくなる」

大野は、激しく頭を回転させているようだった。

「どうすればいいのかな？」

「石塚興産と、返済額の交渉をして、三億とか四億にして貰う。それがひとつ。もうひとつは、四億五千万持って、高飛びだな」

大野が、頭を掻《か》きむしった。

「明日の十一時まで、時間はある。それまでの安全も、このホテルで保証する」

忍が口を挟んだ。

「考える時間は、まだあるということだ」

大野は、まだ頭を抱えている。宇野が、パイプに火を入れた。

「大野さん、あんたが借用証を出してくれれば、私は代理人として石塚興産と返済額の交渉をしてもいい。そういう交渉ができる状況になるわけだから。四億より下がることはない、と私は思っているが」

「考えさせてくれ、宇野先生」

「時間がある間は、いくらでも考えることですな。返済交渉については、成功報酬はゼロということで結構。アフターケアってやつですよ」

　波崎が、うつむいてにやりと笑うのが見えた。

「おまえのガードには、ホテルが警備員をつけてくれるそうだ。ほかに、波崎っていうこの男もつく。波崎は、いつもおまえが見えるところにいるよ」

「部屋へ入る前に、銀行へ行きたい。まだやっているはずだ」

　いまさら、大野が現金を引き出したりするとは思えなかった。この街の銀行の貸金庫に、借用証を預けてあるのだろう。

「それは、多少の危険が伴う。うちの坂井の車で行け。前後を、波崎と若月の車が付いていく。用事を済ませたら、ほかへは寄るな。石塚興産は、おまえの身柄を押さえたがっているんだからな」

　かすかに、大野が頷いた。

　私は、野中の弟分に電話を入れ、銀行までの道筋に異状がないことを確かめた。

　三台で、ホテル・カルタヘーナの駐車場を出た。何事もなく銀行に到着し、大野は用事を十分ほどで済ませて出てきた。

　ホテルへ帰る間も、何事も起きなかった。

　大野は、波崎と二人で本館の部屋に入った。

　私も早々に社長室を出、ムーン・トラベルの事務所へ行った。

野中はマリーナに出かけていて、山崎有子ひとりが電話の応対をしていた。

私は、自分のデスクの書類に眼を通した。

『蒼竜』のクルージングの予約がいくつも入っていた。

さすがにこの季節では、トローリングをしたいという申しこみはなかった。

午後六時を回ったところで、高岸が顔を出した。山崎有子はすでに帰っていた。

「よく眠ったもんだな」

「面目ない。トイレを出るところで、襲われた。気づくと、あの部屋だった」

「喋らなかったんだ。立派なもんさ」

「かなりきわどかったような気もする。しかし、喋らなかった。それだけ、言っておこうと思って」

「気にするな。おまえが喋らなかったのは、わかってる」

「社長とあんたには、報告してこい、と水村さんに言われたんだ」

高岸はそれだけ言い、事務所を出ていった。

## 24　ラファエロ・ゴンザレス

バーには、そこそこの客が入っていたが、カウンターにはほかの客はいなかった。川中と忍と私である。坂井は、少し離れたところで、従業員のようにして立っていた。そこに坂井が立っていると思わなければ、ほとんど目立ちはしなかった。

勧められるままに、私はスコッチのストレートを飲んでいた。シングルモルトというやつで、忍は時々これを飲んでいる。川中も、同じものだった。

「さすがに、磯臭《いそくさ》いな」

川中が言う。酒のことを言っているのだとわかったが、磯臭いという意味は不明だった。感じがそうだとでもいうのか。

「アードベッグは、三十年だな、やはり」

忍が飲んでいるものだけ、グラスが違っていた。チューリップ形のグラスで、ウイスキーと水を等量に混ぜている。

「ソルティは知ってるか、この酒を？」

「いえ、社長。はじめてです」

「葉巻に合う。アイラ島の蒸溜所《じょうりゅうじょ》で作られ、寝かされた酒でね。海のそばだから、磯臭くなっちまうってわけさ。それがまた、なぜか葉巻を引き立てる」

「俺には、過ぎた酒ですね」

「そんなことはない。酒は、たかが酒さ」

煙を吐きながら言ったのは、川中だった。

「この酒も、場末の安酒も、同じ酒だ。酒という意味においてはな。たかが酒。されど酒。されどってとこで、忍はいつもいろんなものにこだわる」

携帯がふるえたので、私はちょっと頭を下げて席を立った。ここは、電波は入る。カウンターの端の、黒い羅紗《ラシャ》のカーテンの蔭《かげ》に入った。

野中の弟分からだった。

ロールス・ロイスが、ホテル・カルタヘーナにむかっているという。

「わかった。今日は、これで上がっていい」

電話を切ると、私はバーを出て玄関の方へむかった。

ロールス・ロイスは、濃い小豆色で、磨きあげられていた。照明を鮮やかに照り返している。滑るように車寄せに入ってくると、運転手がドアを開けた。

降りてきたのは、四十絡みの男で、イタリア製らしいスーツを、粋《いき》に着こなしていた。さりげなくロビーに入ってくると、案内板を見てバーの方へ行った。私は、少し遅れてついていった。車は、駐車場で待機するようだ。

男はバーに入ると、ちょっと立ち止まった。

「カウンターにひとり、と予約を入れた者だが」

フロアマネージャーにむかって、そう言った。マネージャーは、男を川中とは椅子ひとつ隔てた席に案内した。

私も、忍の隣に腰を降ろした。

「さすがに、アードベッグの三十年も置いてあるのか」

カウンターのボトルに眼をくれ、男が低い錆《さ》びたような声で言った。バーテンが前に立つ。

「水で割ろう。一対一で」

「アードベッグの三十年は、現在一本しかございませんで、すでにキープされております。十七年でしたら」

「いや、いいよ。これをお飲みください」

忍が言った。

「キープされているとなると」

「ちょっとした権限で、そうしているだけです。ショット売りに切り替えましょう」

「ほう、ここの社長の、忍さん？」

「お客様の御要望は大事ですから」

「では、遠慮なく」

男も、葉巻を持っていた。それも、粋なシガーケースに入れている。驚いたことに、ラファエロ・ゴンザレスだった。

シガーカッターもライターも、凝ったものだ。

「奇遇ですな、同じ葉巻とは、川中さん」

「水無月《みなづき》会の崎田《さきた》さんが、葉巻を好きだとは思わなかったな」

水無月会とは、石塚興産の裏の組織だった。崎田というのは、そこのナンバー2のはずだ。私はちょっと緊張したが、川中も忍も平然としている。

「キープを解除していただいたお礼に、一杯ずつ奢らせていただきたい。さきほど、玄関で迎えてくれた若い方に」

崎田が、私を見て微笑《ほほえ》んだ。

「それから、そこに立っている方にも」

坂井のことらしい。しかし、坂井は動こうともしなかった。忍がふりむいた。

「自分の仕事は、社長の背中を見ていることですから」

無表情に、坂井が言った。

結局、三杯が注がれた。

崎田は、一杯目を、香りを愉しむようにして飲み、二杯目をストレートで註文した。

「実にいい。磯臭さが、葉巻にぴったりだ」

「いま、その話をしていたところでね」

「生きる愉しみですね、こういうのは。川中さんは、愉しみをよく御存じだ」

「俺は、どんな安酒だって、うまく飲むことができるよ。相手さえよければ」

「私のような者が、お邪魔してしまって」

崎田の煙の吐き方も、堂に入ったものだった。一緒に葉巻を喫《す》っていて、気恥かしくなるほどだ。私は、灰皿に葉巻を置いた。そうしていると、葉巻は自然に消える。

「ここに、いいピアニストが入っていると聞きましてね」

「俺が、N市から連れてきた。沢村明敏という」

「ほう、あの」

「出てきたよ。いつもさりげなく出てきて、さりげなく弾き、退場する。そのさりげなさが、またさまになっていてね」

沢村は、カウンターには近づかず、直接ピアノにむかって座った。

二つ三つ、音を出した。

それから、軽いジャズを弾きはじめた。いつもの沢村だった。この男は、なにがあろうと微塵《みじん》も変らない。

崎田の指さきが、かすかに動いていた。沢村は、軽いジャズを二曲続けて弾くと、三曲目は不意に映画音楽に変えた。

ひまわり畠《ばたけ》の中を、戦死したと言われている夫を捜して、うつむきながら歩く女。情景が浮かんできた。牧子は、この映画のビデオを観《み》ると、必ず泣く。

その地で、結婚してしまっている夫との再会。列車の別れ。誰ひとり悪くはないのに、誰ひとり幸福にならない物語。澄んだ悲しみだけが、音に乗ってやってくる。

終った時、崎田は指さきで頬を拭《ぬぐ》った。

次も、映画音楽だった。映画好きの少年と、映写技師の老人の話。この映画も、やはり牧子が好きで、私は何度もビデオを観せられた。老人との別れ。葬儀。老人が、かつて少年だった男に残した、フィルム。

曲が終った。

沢村は、それで演奏をやめた。店内から、拍手が起きた。

「一杯、奢らせていただきたい。失礼にならないのなら」

崎田が言った。沢村が来て、川中と崎田の間の椅子に腰を降ろした。

「沢村先生には、俺が奢るよ、崎田さん」

「たってとお願いしたら」

「駄目だね。沢村先生に奢るには、資格が要る。どういう資格かとひと口には言えないが、そうだな、人の悲しさと寂しさを理解できることになるかな」

「私は」

「あんたのことは、よくわからん。沢村先生の演奏で涙を流すぐらいは、そこの小僧だってやる」

「そうですか。出過ぎたことを申しました」

「俺が奢るソルティ・ドッグと、乾杯するのは自由だよ、崎田さん」

「そうさせていただけますか」

沢村の前に、ソルティ・ドッグが出された。

「心がふるえました。特に、映画音楽の二曲には」

崎田が言い、グラスを翳した。沢村が、それに軽くグラスを触れ合わせた。なんとも言えない、寂しげな音が響いた。

「光栄です、沢村先生」

「私のピアノなんぞ、もう枯れてしまっています。それでも、枯れたところが、人の心を動かすことがあるのかもしれない、とも時々思います。私はただ、愉しみながら弾いているだけなのですがね」

「つまらないことですが、この街は私の故郷でしてね」

崎田が言うと、忍の肩がちょっと動いた。

「故郷で、こういうピアノを聴けることなど、出ていく時には想像したこともありませんでしたよ」

沢村は、三口でソルティ・ドッグを飲み干した。ショートカクテルの、正統的な飲み方だった。

「私はこれで」

沢村が、腰をあげた。

「いや、実にいい夜でした。沢村先生」

崎田は、立ちあがって沢村を見送った。

「この街の出身だと言ったね、崎田さん」

もう一度崎田が腰を降ろすと、忍が言った。

「ここが、まだ小さな村だったころしか知りませんが」

「そうか。それで、泊っているのは？」

「神前亭。これは、私が村を出ていく時からありました」

崎田は、三杯目の酒を頼んだ。

「遠慮がなくなってしまっているな。キープを解除していただいたとしても、せいぜい二杯までだったかな」

「空けてくれて構わんよ、崎田さん」

崎田が、にこりと笑った。

「やはり、ラファエロ・ゴンザレスは、アードベッグの三十年だ。コニャックでも、グラッパでもない。そう思います。磯臭いくせに、どこか品格もある酒で、そしてさりげない。そう思いませんか、川中さん」

「そうだな。俺はあまり人の品格は認めないが、酒なら認めてもいい。ただ、アードベッグの三十年は、品格とか気品というより、貫禄《かんろく》だという気がする」

「ラファエロ・ゴンザレスは？」

「踏みはずした人生を感じさせる。自分の意思で踏みはずした、強さってやつを」

「自分の意思で踏みはずすのですか？」

「そういう男が、時々いるよ。たとえば、あんたとか」

「私を、あまり御存じないのに」

「匂いだね。磯臭さ」

「なるほど、それはいい」

崎田は、静かに三杯目を口に運んだ。

## 25　現金

四億五千万の現金が、忍のデスクの上に積みあげられた。

大野は、かすかに躯《からだ》をふるわせている。宇野の吐くパイプの煙が、部屋に流れていた。ほかには、誰も煙を出していない。

「借用証を確認したいんだがね、大野さん」

忍が言った。

大野は、内ポケットに手を入れた。きのう、銀行の貸金庫から出してきたものだろう。忍が受け取り、川中に渡し、群秋生に回った。最後に確認したのが、宇野だった。

「これで、中本英三の債務は消えたことになるな、大野」

川中が、借用証を封筒に戻した。

「確かに、消えた。大野氏の、石塚興産に対する借用証は、まだ生きてるだろうが」

宇野の言葉は、煙と一緒に出てきた。

「連帯保証人は、やはり久納均か」

川中が言うと、忍がうるさそうにネクタイを緩めた。

「俺は、どうすればいいんだ、川中さん」

大野が、不安そうな表情で、札束の山に眼《め》をやった。

「その金を持って、どこかへ行くんだな。バレンシアホテルについての債権を持っていないおまえは、石塚興産にとっちゃなんの価値もない。借用証がこっちにあれば、中本を消したのも無駄になる」

「俺は、消されるよ」

「いくらか払って、折り合いをつけろ。それで終りさ。おまえを消しても、なんの得もない。消す価値もなくなった男なんだよ、おまえは。自分を大物だと思うな」

「話なら、俺がしてやるよ。なに、金など要らん。ちょっとした、アフターサービスさ」

宇野が、また濃い煙を吐いた。

「ところで、知っていると思うが、きのうの夜、崎田とここのバーで飲んだ。酒と葉巻の趣味は、悪くないな」

「崎田だって、ほんとか、川中さん」

「そこでも、おまえの話なんか、かけらも出なかった」

「どんな話になったんだ？」

「ジャズとカクテルと」

「冗談はよしてくれ」

「ほんとのことさ。あとは、ウイスキーと葉巻の話。愉《たの》しんでいた、と思うよ」

「人は、連れてきているのか？」

「バーに来た時は、ひとりだった。駐車場のロールスの中には誰かいたようだがね」

「どこに、泊ってる？」

「神前亭」

大野が深く息をつき、汗を拳《こぶし》で拭《ぬぐ》った。

「話はわかりそうな男だったよ、大野」

「川中さん、あの男は水無月会の二番手なんだからね。二番手と言っても、実質はトップだ。自分の親分《おやじ》を立ててるだけでね」

大野が、また大きく息をついた。

部屋にいるのは、ほかに私と波崎、それに坂井と水村と高岸だった。水村と高岸は、座らずに壁際に立っている。

「水無月会が出てきたからには、あんたの貸し借りがどうのなんてことじゃない。もっと大きな話になってる。だから、あんたに危険がそれほどあるとは思えんよ」

忍が言った。

「ひとつだけ、訊《き》いておきたい。久納均が連帯保証人になった経緯は？」

「中本が、久納均のところに出入りしていた。そして、連帯保証人があった方がいいだろう、という話になった」

「もともと、幻の貸借だからな。久納均が連帯保証人になっていることで、バレンシアホテルは相当厄介なことになったはずだ。久納一族とバレンシアホテルは、かなり密接な関係がある」

どういう関係なのか忍に訊きたかったが、言葉を挟めるような雰囲気ではなかった。

「中本は、久納均とどういう話をしていたんだ。少しぐらいは聞いているだろう？」

「なんでも、この街を自分たちのものにしてしまうと。神前亭は、超高級な売春宿になると。そんな話を、酔った時にしていた」

「どうやれば、自分たちのものにできるんだね？」

「そこまで、俺は知らない。五億なんて話じゃねえんだ、とは言ってた。ゼロが、ひとつふたつ多く付くってな」

「それで気が大きくなって、石塚興産から借金したのか？」

忍が、葉巻に火をつけた。

「俺は、借金したわけじゃねえよ。俺の持っているものが、押さえられた。五億の借用証で、それを返してくれた」

「同じじゃないか。ものを押さえられる時期がずれたということだけだろう」

「それがな、社長さん。無利子、返済期限なしの借用証だったんだ」

「馬鹿かあんたは、返済期限がないってことは、明日が返済期日と言われても文句がつけられんってことだぞ」

「宇野先生にそう言われて、嵌《は》められたと思ったね。半分脅しみたいなもんだったんで、俺は飛びついたんだが」

「石塚興産は、はじめからあんたと中本の貸借関係を知ってたな」

忍が、葉巻に火をつける。ようやく、宇野のパイプ煙草の香りが中和されそうだ、と私は思った。

「水村、坂井、高岸。三人で、大野を安全な場所まで送れ」

「安全な場所とは？」

大野の声は、まだ上ずっている。

「あの世さ。おまえに、むざむざ何億も渡す馬鹿がいると思うか？」

「それじゃ、石塚興産と同じだろう、川中」

「そうさ、大野。そして、おまえや中本とも同じだ」

「おい」

「冗談だ。弁護士立会いのもとじゃないか。キドニーが、まだおまえの弁護士のつもりならな」

「アフターサービス中だ。一応、五千万の儲《もう》けなんだから、少しぐらいはサービスしないとな。ここにいる連中は、約束を破りはしないよ。現金《ナマ》を調達してくれた、久納義正氏がそんなことは許さんからな」

大野が息を吐き、かすかに頷《うなず》いた。

「安全な場所というのは？」

「この街の外。俺も少しサービスして、S市の外。わかったな、坂井」

「はい」

「それ以上の便宜をはかる必要は、まったくない。行け」

三人が、大きな段ボール箱二つに、現金を詰めはじめた。

「俺はこの金を、自分の口座に入れたいんだが。本来なら、そうやって入金を確認すべきだった」

「借用証の返済期限も知らないやつが言うことか」

「とにかく、銀行に行かせてくれ。あとのことは、それから考えるよ、川中さん」

「おまえに、考える余地なんかはない。ここを出ていくか、居残るかだ。残るなら、守ってやってもいいぞ」

「金を取って？」

「四億五千万だ」

「馬鹿らしい。とにかく、俺は守って貰《もら》えるんだな」

「だから、S市を出るまでだ。期限は、今日の正午。それでいいな」

「二、三日、考える時間をくれ、川中さん」

「時間は、やれんよ。俺たちにも、時間はないんだ。ということでな、大野」

川中が、横をむいた。段ボール二つに、現金は詰め終っていた。それを、坂井と高岸が担ぎあげた。

「この人には、車がないんですが」

「おまえの、R32を使え」

「わかりました」

水村が、出ていった。大野は立ちあがろうとしない。

「なんだね、大野さん？」

忍が言う。川中は横をむいたままで、宇野はパイプの灰を落としている。

「この街からの出方だが、俺に方法を選ばせて貰えないだろうか？」

「ほう、どういう？」

「船で、少し離れた場所へ行きたい」

「それは、難しくないな。そこにいる若月が、自分の船を持ってる。チャーターすればいい。そういう商売をしているよ」

「それは、助かる」

「いいですよ、大野さん。すぐにでも」

「銀行へ行って、すぐに戻ってくる」

「無駄だと思うんですが」

私は、煙草《たばこ》に火をつけた。

「なぜ？」

「また、銀行に行くことになります。チャーター料、四億五千万」

「なにを、言ってる。馬鹿馬鹿しい」

「四億五千万、あんたが受け取ること自体がおかしい、と俺は思ってるんですよ、大野さん」

「ソルティ」

川中が言った。

「放《ほう》っておけ。大野をこちらに引っ張りこんで、水無月会とやり合おうなどという気は、俺にはない」

「俺もだな。なにがあろうと、俺は自分でやるつもりだ」

忍が続けた。

「船、チャーターなさいますか？」

私は、それだけを言った。

大野は、私の方を見もせずに立ちあがった。

「ひと束ぐらい、ポケットに入れたりしていないだろうな。銀行に運べば、すぐにわかるんだぞ」

「まだ、そんなことを言ってるのか」

忍が言い、宇野が低い声をあげた。

三人は、じっと大野を見つめているだけだった。大野が部屋を出ると、坂井と高岸が段ボールを担いで続いた。

「実に、興味深い人格だ」

ドアが閉ってはじめに口を開いたのは、群秋生だった。

「弱さと薄汚なさが入り混じっている。同時に、なにかがあの男を強くしている。それは無知かもしれないし、欲望かもしれない」

「こんな時でも、先生は人間観察なのか」

川中が言った。

「観察したくなるような男だったよ。たとえば、ああいう男が権力を握ったとしたら、すごい強権を実はいいことに使うかもしれない。あるいは極端に悪いことに。器が大きくないので、両極端のどちらかへ行く」

「そんなもんかな。俺にゃ、あの男が権力を持つとは思えないが」

「小さな街の選挙で当選する。それだって権力だよ、川中さん。自分で獲得するものではなくても、権力に縁がないとは言えない」

「ま、それはそうだが、想像したくもないね。中本と大野は、勝手に貸借関係をでっちあげ、久納均がそれに一枚嚙《か》んできた。その構図は、もう見えてるんだ」

「久納均は、たやすく連帯保証人になるような男ではないことぐらい、先生も知ってるでしょう」

忍が、葉巻の煙を吐いた。

「単純な攻撃の方法がある」

宇野の煙は、相変らず濃かった。

「手に入れた借用証を使って、久納均から取り立てることですか？」

私が言うと、宇野の煙が顔にむかって吹きかけられてきた。

「川中や忍は、はじめからそんなことは考えてるんだ、ソルティ。ただ俺の力が必要なので、どうしようか迷っているんだよ」

「おまえが悪徳弁護士だってのが、時々惜しくなるぜ、キドニー」

「悪徳は、どう定義するかにもよる。おまえの方が、善良という仮面を被《かぶ》ろうとしたりするだけ、悪質な場合が多い」

「俺が、善良だと？」

川中も葉巻をくわえた。

「底に持っているものは、おまえも俺も同じなんだ、キドニー」

「考えるだけでも、おぞましい」

川中が葉巻に火をつけ、煙を吐いた。

「二人ともよせ。とにかく、三人が戻るのを待とう」

忍が言った。

群は、口もとに皮肉な笑みを浮かべ、二人を見つめている。

# 26 順番

正午を過ぎたころ、坂井たちが帰ってきた。

私は波崎と、ムーン・トラベルのオフィスにいた。忍から内線が入り、社長室へ行ったのだ。

三人は、無事に帰ってきていた。大野も、何事もなくS市を出たという。

「ただ、そうさせてくれた、という感じでしたね。ほんとうは、S市どころか、この街からも出られない、と思います」

坂井が言った。高岸が、かすかに頷いている。水村は無表情だった。

「水無月会が、しっかりかためている、ということですかね」

波崎が言った。社長室にいたのは、宇野と忍だけで、川中と群はどこかに行ったようだ。

「そういう気配は、ここにいても感じる。実際にどの程度かはわからんが、無形の力を加えてきているのだろう」

「しかし、水無月会に理由がありますか、社長。そんなふうに感じてしまっている、ということではないんですか？」

「波崎、おまえはいま、俺を臆病者《おくびょうもの》と言ったんだぞ。影に怯《おび》える臆病者とな」

忍にしては、めずらしい言い方だ、と私は思った。水無月会が出てきたといっても、忍に怯えなければならない理由などない。腹違いの兄弟である久納均が関《かかわ》っていることが、苛立《いらだ》ちを誘っているのかもしれない、と私は思った。

「別に、社長が臆病ということではなく、ほんとうにそういう包囲網のようなものができるのだろうか、ということです」

「トンネルと海沿いの道。この二つを塞《ふさ》げば、一応封鎖はできる。あとは山に通じる道をいくつかだ、波崎」

「海がありますよ、社長」

街は海に面していて、そこを塞ぐのは難しいと言っていい。私も忍も船を持っているし、ホテル・カルタヘーナ所有のヨットなどもある。大野が海と言ったのは、ほんとうに逃げようと思ったからだろう。

「俺たちの誰かが逃げるとしたら、それは海だろう。しかし、誰も逃げない。逃げる理由もない。とすると、別の方向に大きな力が加えられているんだよ。この街にいたたまれなくなるような」

「なんのためです」

「久納均と組んで、この街そのものを乗っ取るためさ。借用証とかなんとか、面倒な小細工はやめたんじゃないかな。直接、力で乗っ取りにかかっている」

「できますか、そんなことが？」

「均と組めばな」

「均は中本の連帯保証人ですからね。そんなことがあり得るでしょうか？」

「なんでも、やるさ」

このところ、久納均に大きな動きはなかった。岬の屋敷に籠《こも》り、株や相場をやっているのだろう、とみんなが考えていた。いま動かなければならない理由はない、と波崎は言っているのだ。

「俺は、ほんとはひどく臆病になっているんだよ、波崎。崎田が、どういう人間かわかったからだ」

「崎田は、水無月会の二番手で、実質はトップに立っています」

「そして、武闘もこわがらない。そういうことではないんだ。崎田はきのう、この街の生まれだと言った」

「はあ」

「それで、調べた。東京の専門家を使って、主に素姓をな」

宇野が、煙を吐くのをやめた。立っていた三人も、腰を降ろした。

「俺は、なんとなく知っていた。俺たちの親父《おやじ》がやったことをな。そのころは、ここは小さな村で、神前亭だけがあり、満も均も適当に事業を計画して、成功したり失敗したりしていた。姫島の叔父《おじ》だけは、S市の建設業で大成功し、さらに事業を拡げていたがね」

忍が、こういうことを語るのは、はじめてだった。

私も、この街の生まれである。私が幼かったころは、やはり村で、小さな集落と神前亭があるだけだった。

「俺は、妾《めかけ》の子で、S市の家で育った。大学を出ると、そのまま東京に留《とど》まり、就職していた。多分、そのころに起きたことなんだが、不幸と言えるようなことだ」

忍は、憂鬱《ゆううつ》そうな表情をしていた。

私は、煙草に火をつけた。

「いくつかの集落で、村は成り立っていた。その中で、山の中にあったひとつを、親父は潰《つぶ》したそうだ。単に、貯水池を造るという理由だったそうだが」

「あそこに村があったのだ、という話は、俺も耳にしたことがあります」

「あったんだよ、ソルティ。そこは谷間で、一カ所を埋め立てれば、かなり広い池、というより湖だな、それができる。しかし、その集落では、反対する家が何軒かあった。土地そのものは久納家のものだが、二代、三代にわたって、それぞれの家が使っていた土地だった。墓もあったようだ。特に抵抗した四軒を、親父は力で追い出した。息のかかった者を集めて、襲わせたりしてな。それで、みんな出ていったが、一軒の家で、人がひとり死んだ。調べても事故でしかない。事故だとしか思えないようにして、死んだ」

「そうではなかった、と忍さんは思っているんですね？」

「なんとも言えない。ただ、親父には強引なところと、偏執《へんしゅう》的なところがあった。一度貯水池を造ると決めたら、反対など許さなかっただろう」

「その死んだ人間の家族が」

「三人家族で、母親と息子はひっそりと村を出ていった。母親は、その二年後に死んでいる。惨めとしか言いようのない、家族の運命だった」

「それが、崎田の家ですか？」

「名は違っている。崎田は、裏の世界の、一応は名の知れた男の養子になっている」

「そうなんですか」

「調べるのが、それほど難しいというわけではなかったよ。きのう、崎田がこの街の生まれだと言った時、俺は東京の専門家にすぐに依頼した。至急で頼んだので、一時間ほど前に調査結果を知らせてきたんだ」

「崎田には、この街を、というより久納一族を恨んで然《しか》るべき、理由があるということですね」

「特に、神前亭という言葉が心に焼きついているだろう。久納家と神前亭は、同義と言ってもいいほどだったからな」

「なるほどね。なんとなく、忍さんの憂鬱は理解できましたよ」

「おまえもこの街の生まれだ、ソルティ。しかし、おまえには親の持物があった。戻ってきたら、それを売って船を買えるぐらいのものがな」

「話を聞いているうちに、俺も憂鬱になってきましたよ」

「親父の偏執的なところは、均に受け継がれているな。そして均も、神前亭、つまり兄の久納満を恨んでいる」

「神前亭を恨む二人には、手を結ぶ充分な理由がある、ということですね」

「これは、姫島の叔父には知らせたし、川中と群先生にも説明した」

忍が立ちあがり、ヒュミドールに手を突っこんだ。一本をくわえ、もう一本を私に放った。私は、すぐに吸口を切って火をつけた。煙まみれになりたい。煙で周囲を見えなくしたい。そんな気分だった。

「川中は、なんと申しましたか、社長？」

「いろいろある。ただ、自分はいま崎田とむき合っている。それだけだ、と言ったよ、坂井」

「うちの社長らしい」

「群先生は、別の興味を持ったようだし、叔父は、俺にひと言も喋《しゃべ》らなかった」

「姫島の会長も、憂鬱なんでしょうね」

「問題がいろいろと複雑になっているのは、ただ大金が絡んでいるから、ということだけではない。もっと暗く、底深い情念が全体を支配しているんだ。目的は金などではなく、心の中のなにかを満たすためだ、と俺には思えるよ」

「ということは、普通の対応じゃどうにもならんということですか、社長？」

「そういうことだ、ソルティ。つまり、金で解決する問題ではない」

葉巻の煙が、社長室に漂っている。ただ、強力な換気扇が備えてあるので、煙はいつまでも残らない。私は、葉巻を灰皿に置いて眼を閉じた。

私が子供のころ、ここはのどかな村だった。神前亭だけが、子供には城のように見えた。あとはすべて、等しく平和で慎《つつま》しやかだった。ただ、神前亭に対する畏怖《いふ》、というより恐怖に近いような感情は、心の底にあったような気がする。

「似てますね、久納均と」

波崎が言った。

「あの男が起こすトラブルも、金が問題じゃない。この街に対する、破壊衝動のようなものですからね」

「この街に対して、大きな二つの情念が動いている、ということになるのかも」

「しかも手を組んでです、社長。久納均と崎田康《やすし》は手を組んでいると考えて間違いないと思います」

全員が、同じことを考えているだろう、と私は思った。

　宇野が立ちあがった。

「キドニー、どこへ？」

「診療所さ。ここは、ホテルの中でなんでもできて、それだけは感心するな、忍」

「それだけか？」

「そういう、すべてのものが揃《そろ》っていても、それが旧弊《きゅうへい》な因習《いんしゅう》や、心に押しこめられない暗い情念の上に成り立っているというのも、感心する」

「川中に、ホテルから出すな、と言われているんだが、キドニー」

「だから、ホテルの中の診療所さ」

「おまえの心の中にも、押しこめられない暗い情念がある、と俺は思っているよ、キドニー。そして川中良一《りょういち》にも、群秋生にも」

「忍信行には？」

「俺の血は、久納が半分だ」

「この街を、欲がのし歩いている、と川中は言った。確かに、そうかもしれん。ただ、やつはものごとを単純にしたがる。のし歩いているのは、欲だけじゃない。欲などよりもっと厄介な、人を人でなくしてしまうような情念が、街を覆ってしまっているんだ」

　宇野が出ていった。高岸がついていった。離れるなと社長に言われてます、という高岸の声がドアの外から聞えてきた。

「俺はな、水村」

忍が呟《つぶや》くように言った。

「姫島の叔父に、つらい思いはさせたくない。これ以上、あの人がつらい思いをする理由なんてないんだ。兄たちの喧嘩《けんか》は、どっちかが傷つくというようなもんじゃない。自分は傷つかず、回りを傷つけ続ける。傷つく人間がいなくなった時、はじめて自分たちが傷つくんだろうさ」

「私は、会長に知らせないでほしかったです、忍さん」

「あとで知ってしまうことを考えるとな」

「今度ばかりは、会長は自分の命を懸けてしまう。そんな気がするんです」

「わかっている。躰を張って、俺がそれを止める」

「それも、会長は喜ばれません」

自分が死ぬのが一番いい、と水村は言っているようだった。忍の顔つきも、ちょっと変った。水村をじっと見つめている。

「崎田康と刺し違えよう、などとは考えるなよ、水村。絶対にいかん。これは、久納義正の言葉だと思え」

「水村さん、死ぬやつの順番はあります」

黙っていた坂井が言った。

「まず、俺です」

「おい、坂井」

「いや、そうなんですよ、忍社長。藤木さんが教えてくれたんです。死ぬには順番があるってね。年齢とか、そういうことじゃなく。だから、俺なんです」

なにか言おうとした忍を、坂井は掌《てのひら》を出して止めた。不意に、異様なほどの気配が、周囲を包んだ。

「俺も、社長がいいと言うまで、死ねませんが」

坂井は、静かに忍を見返していた。

## 27　土の音色

波崎が、ひとりで動きはじめた。

少なくとも、水無月会がこの街でどういう態勢を取ろうとしているかだけは、調べておこうというのだろう。

いつものように、野中の弟分を集めてアルバイトをさせることなど、危なくてできはしなかった。坂井はバレンシアホテルへ行き、宇野は自室で、水村と高岸は従業員用の仮眠室だった。

私は群秋生に呼ばれ、ジープ・チェロキーを転がしていた。このところ、マセラーティとジープ・チェロキーは、ずいぶんと走らせてやっている。

いつものように、黄金丸が首を持ちあげ、尻尾《しっぽ》を二、三度振った。以前は飛びついてきていたものだが、老いるとやはりものぐさになった。肝心な時以外、警戒の姿勢をとることもない。

ただ、家の周囲の監視は自分の責任だと考えているようで、一日に数回の巡回は、決して忘れない。

「おい、コー。あんまり老いぼれるな。昼寝が仕事ってのは、恰好《かっこう》のいいもんじゃないぞ。客が来た時ぐらい、立ちあがれ」

それでも黄金丸は、ものうそうに欠伸《あくび》を一度しただけだった。

群秋生は居間にいて、ひとりで玉を撞《つ》いていた。

「川中さんは、帰られたんですか？」

「いや、ちょっとバレンシアホテルへ行っただけだ」

「なんでまた」

「俺が出した一億五千万は、すぐに返す、と伝えに行った」

「つまり、上田佐知子さんの気持にかける負担を、できるかぎり少なくしようという、先生の考えですね」

「そうだ」

上田佐知子に関して、群は率直だった。

「俺は俺でいたい。金なんかくっついていない、ただの俺で」

「それで、川中さんは、使いを引き受けたってわけですか」

まるで高校生の恋愛のようだ、と私は思った。川中も、それを助ける高校生だ。

「なあ、ソルティ。川中がそう言わないかぎり、佐知子さんは信用しないだろう」

誰が言おうと信用しない、と私は思った。確かなのは、現実に四億五千万の現金が揃ったということだけだ。

「プロポーズは、継続中ですよね、先生？」

「それを伝えるためにも、川中は行った」

群秋生の恋愛について、私はなにか言うのをやめた。言葉を並べる資格が、私にはないような気がした。

「先生、水無月会が出てきているんですからね。先生がひとりで動くことは、やめておいてくださいよ」

「俺が佐知子さんにプロポーズしていることと、どういう関係がある」

「そりゃまあ、上田佐知子さんは、当事者のひとりであったわけだし」

「もう、当事者じゃないだろう。大野が借用証を出した。それで、もう佐知子さんは当事者じゃなくなってる」

「確かに、かたちとしては」

「ほかには、なにもない。もうなんの関係もないのだと、水無月会のトップに俺から言うことにする」

「やめてください」

「崎田とかいう男は、そんなに理不尽なのか。平気で、人の気持を踏み躙《にじ》るようなやつなのか？」

「だから、やくざなんです」

「それなら、殺されてやろう。佐知子さんと結婚できないというのは、残念だが、それにむかうために殺されるのなら、それはそれでいい」

「よくありませんよ。生きてりゃ、結婚できるかもしれないでしょう？」

「かもしれないだと？」

「面倒なことをすると、先生ではなく、上田佐知子さんが殺されることも考えられます」

私が言うと、ストロークの態勢に入っていた群が、やめてふりむいた。

「おまえを呼んだのは」

群が、私を見つめて言う。

「佐知子さんのそばに、ついていて貰おうと思ったからだ」

「それは、川中さんと相談の上で？」

「いや、俺の独断だ」

「坂井がいますよ」

「あいつは、川中の命令で動く。離れることもあるだろう」

「俺も、社長に命令されたら動きます」

「俺が頼んでも？」

「先生、気持はわかりますが、上田佐知子はノーガードの方がいいと思いますね。坂井も、バレンシアホテルを引き払うと思いますよ。ガードがついていれば、狙《ねら》う対象に入る。だけど、先生が言われた通り、上田さんは当事者ではなくなったんです」

「むこうが、そう思うかどうかだ」

「当事者でなくなったというのは、先生が言ったことですよ。矛盾しています」

「どうでもいいから、俺は」

「放っておくことです」

群は、しばらく考えていた。

それから、三角形の枠を出し、ボールを並べはじめた。

「エイトボールだ、ソルティ」

玉を撞きながら、いろいろなことを考える。群秋生には、そういうところがある。私にもまた、同じようなところがあった。

お互いに、黙ったまま玉をポケットに落としていった。群のストロークはいつもより強く、手玉が適当なところで止まらない。最初のゲームは、たやすく私が取った。

「いつもと違います、先生」

「らしいな。盤面が、教えてくれたよ」

「もうワンゲームです」

私が、ブレイクショットをした。散った玉は、どれもポケットに落ちなかった。

群のストロークは、いつものものに戻っていた。三つ続けて、ポケットに落とし、群はにやりと笑った。

「やはり、ガードは必要だ。しかし、坂井をずっと置いていられるかどうか、川中と話してみよう」

「それがいい、と思います」

「水無月会の崎田というのは、ただのやくざではない、と川中が言っていたが」

「結局、やくざは損得だけで動くんですよ。ただのやくざじゃないってことは、損得以外でも動くということです」

「なるほどな」

私は、ひとつしか玉を落とせず、群にストロークを譲った。群は残りの持ち玉を全部落とし、八番のボールをコーナーポケットを指定して落とした。

関心を失ったように、群は暖炉のそばの椅子《いす》に腰を降ろした。

「いまの俺の感情が、子供じみている、ということはわかっている。しかし、感情ほど正直なものもないんだ」

「すぐに熱くなり、すぐに冷める。それも感情ですよ」

「冷めたものが、どう変化しているか。俺はそこまで見ているつもりだよ、ソルティ。川中に、これは喋った」

「どう変るんです？」

「穏やかな感情になる。持続的で穏やかなものに。男と女は、それでいいと思う」

確かにそうだろう。持続的で穏やかな感情になれば、夫婦はうまくいく。私と牧子の間には、持続的で穏やかなものが生まれなかった。

群の家で夕食をとり、私の運転で街へ出た。

どこもかしこも、不穏な気配に満ちている。それがほんとうに不穏なのかどうか、私には判断できなくなっていた。

「いやな街だ」

呟くように、群が言った。

「しかし、きわめて人間的なところもある。そこが、面白い」

「簡単にはいきませんよ、今度ばかりは」

「俺が大事だと思っている人間が、この世から消えなければ、それでいい」

「上田佐知子さんさえ、生き残ればいいんですか？」

「ソルティ、おまえは、だいぶ前から俺にとって大事な人間だ。忍も波崎も、姫島の爺《じい》さんや水村も。そして川中や坂井」

「わかりました。すみませんでした」

群が行けと言ったのは、須佐街道の、旧市街に面したところだった。私はそこで群を降ろし、旧市街と中央広場に挟まれた駐車場に車を入れた。

歩いて、群を落とした店に行った。『オカリナ』である。

客は二人だけで、川中と群が背中を並べていた。

「俺は邪魔ですか、川中さん？」

「なにを言ってる。ここは、おまえや波崎がよく飲んでいる店だろう」

この店の店主は吉崎悦子《よしざきえつこ》と言って、亭主を殺し、三年刑務所に行っていた女だ。三年で済んだのは、それなりの情状を酌量されたということだろう。

オカリナを吹く。単純な楽器だが、心をくすぐるものがある。なにかあった時、ここでオカリナを聴くのが、私は好きだった。

吉崎悦子は、ものうそうな仕草で私に安ウイスキーを注《つ》ぐと、腰を降ろした。カウンターの中で、立って客に対することはほとんどない。ちょっと脚の長い丸椅子に腰を降ろすのだ。

ここ数年で、並んでいる酒はほとんど安物のウイスキー一種類になった。それでも、オカリナを聴きたい客が、よくやってくる。

「いま、上田さんにガードが必要だ、という話をしていたところだ」

「川中さん、それは」

「最後まで聞け、ソルティ。坂井は、いろいろ動かなければならん。常時、ガードってわけにゃいかないんだ」

「俺も、いつ忍さんからなにをやれと言われるか、わかったもんじゃないんです」

「おまえに、ガードしろなんて言ってない」

「じゃ、誰に？」

「群秋生自身が、ガードする。いま坂井がいる部屋に、そのまま入って貰う。拳銃《けんじゅう》なんか持たせると、なにをするかわからん。だから、日本刀を持たせる」

「本身《ほんみ》ですか？」

「そうだ。群秋生は、いい刀を集めているんだろう。それに、示現流《じげんりゅう》については、相当いい腕だという話だ」

刀を持ち、たとえそれを抜くことになったとしても、群は平常心を失わないだろう、と私は思った。群の示現流の腕は、そこまで達しているはずだ。

「いいかもしれません」

「だろう。群も乗気なんだ」

「じゃ」

「上田佐知子に嫌がられるかもしれん、と心配している」

「大丈夫ですよ。男が躰を張って女を守ろうってのに、嫌がる女はいない」

「そう思うか、ソルティ」

群の声が、いささか不安そうで、私は口もとだけで笑った。

「おまえは自分を押し通すべきだよ、群。それが、一番正直な態度だ」

「わかった」

言った群の言葉は、少年のようだった。

私は、安ウイスキーを呷《あお》った。こんな純真さを、群はいまだに失わないでいるのだ、と思った。そして、それが不思議ではなかった。群だから、ありそうなことだ。

吉崎悦子が、私のグラスに酒を注いだ。この店は、グラスだけはいつもきれいに磨いてある。

吉崎悦子は、椅子に戻らず、棚のオカリナに手をのばした。

ごく自然に、オカリナの音色が流れてきた。いいねとさえ言わず、川中は眼を閉じていた。群も、じっとグラスを見つめている。

二杯目に、私は手をのばさなかった。

## 28 錯綜《さくそう》

翌朝、最初の変化は、ホテル・カルタヘーナの玄関に、警備員が乗った銀行の現金輸送車が到着したことだった。

四億五千万が、社長室に運びこまれてきた。

忍は受け取りを拒絶したが、振込みそのものが間違いであったと大野の念書があり、同時に大野自身も銀行に来たという。

それからしばらくして、ロールス・ロイスが玄関に横付けされ、崎田が降りてきた。崎田はひとりではなく、グレーのスーツを着た目立たない男を連れていた。

崎田は忍に面会を求め、当然ながら会うことになった。川中も宇野も呼ばれた。

私は、坂井と並んで社長室の壁際に立った。崎田が連れてきた男は、やはりじっと立っている。ちょうど眼が合う位置で、全身に鳥肌が立つような気分に、私は襲われていた。

「これは、大野氏とバレンシアホテルの貸借関係の、清算に使われた金でしてね。受け取る筋合いのない金なんですよ、崎田さん」

「受け取る受け取らないが、私になんの関係があるんです？」

「あなたが、大野氏に返せと言われたのでしょう。なにをお考えなのか、わかりませんがね」

「石塚興産と大野氏の間では、確かに貸借関係があります。大野氏には、返済の意思はないようですが」

「これは、大野氏の金ですよ」

「どこに、その証拠があります。石塚興産としても、これほど多額の現金を、なにもわからず受け取るわけにはいかないでしょう。なんの金かもわからないものを」

崎田がにやりと笑った。

「なにも知らないのを、善意の第三者というんですよ」

「では、なぜ銀行が返してきたりするのです。銀行こそ善意の第三者だし、これだけの預金があるのとないのとでは、大違いです。損失を覚悟してまで、銀行という組織が返すとは思えませんね」

「それは、もっと巨額の損失を銀行が想定した場合は、あり得ることでしょう」

「どういう想定です？」

「それは、わかりません」

微妙な会話が続いていた。川中と宇野は、この場を忍に任せたのか、黙って聞いているだけだ。

「とにかく私は、金のことで来たわけではありません。銀行が金を返すことは、大野氏から聞いて知っていますが」

「それでは、御用件は？」

忍が言うと、崎田は葉巻を出して、ゆっくりと吸口を切った。やはり、ラファエロ・ゴンザレスだ。葉巻用の長いマッチで火をつけ、二度、三度と吸いつける。

葉巻の香りが、部屋に満ちた。

「実は、石塚興産が、神前亭の経営に参画《さんかく》することになりましてね」

「なにを言ってる、馬鹿な」

忍の感情が、不意に乱れたようだった。部屋の空気が動いた。

「まさか」

「ほんとうなら、バレンシアホテルの経営に参画するはずでした。中本氏の債権の存在が続いていれば。どうも、その債権の存在が曖昧《あいまい》なものになってしまった。というより、消滅したのですな。中本氏の死によるものかどうかは、わからない」

「だから、なぜ神前亭なんだい、崎田さん？」

川中が、口を開いた。

「大野氏の債務が関係しています」

「なら、この金を持っていけよ」

「債務は、三十億に達していましてね」

「三十億だと」

「そうなんですよ。連帯保証人が、久納均氏。しかし、久納氏にもそれだけの金はなく、白紙で連帯保証をした、久納満氏の書面が効力を持つということです」

「白紙で連帯保証。そんなもの、法律で認められるわけがない」

「われわれは、認められると考えていますよ、宇野先生」

「俺は認めないね。すぐさま裁判沙汰《ざた》だ」

「当事者間が認めてもですか、宇野先生?」

宇野が、パイプを出して、葉を詰めはじめた。川中も、葉巻をくわえている。

「俺は、大野の代理人でね、崎田さん」

葉を詰め終えた宇野が、顔をあげて言った。

「以前はでしょう、それは」

「以前か以後か、ゆっくり考えますよ。とにかく裁判にはします。それまでは、現状維持ということでね、崎田さん」

「現状ねえ」

宇野が、パイプに火を入れた。葉巻の香りの中に、甘さが紛れこんできた。

「いま、当事者間が認めている、と言われましたね、崎田さん」

「久納満氏は、まずバレンシアホテルの経営に持っている権利を移譲《いじょう》する、と言われていますが、こちらは、バレンシアホテルと同時に、神前亭の経営にも参画したいということで、話を進めています」

「馬鹿な」

「現実に、進行している話です」

「均は、あれを使ったのか」

呟くように、忍が言った。

「最後に使える切札があるが、それは使いたくないというのが、久納均氏の意向でした。だから、バレンシアホテルの経営権を欲したのですよ、石塚興産は。しかし、それもできなくなった。切札を出すというのは、本人が言い出したことだ、ということを伝えておきますよ」

崎田が、灰皿に葉巻を置いた。崎田の背後に立っている男は、さっきから微動だにしていないように見える。

「ここは、いいホテルですね、忍社長」

「すべての経営権を、私が委託されています。久納均にね。それで、この街はいろいろあっても平穏でいられた」

「凪《なぎ》の海も、いつかは荒れる。そうではありませんか、忍社長。トンネル一本で外と繋《つな》がっていると言っても、ここは海ですよ。私が幼いころから、海だった」

「そして海は、誰のものでもない」

川中が、煙を吐きながら言った。

「それなのに、久納一族が自分のもののようにしている。それで、濁り、澱《よど》んだ海になってしまった。そう言いたいのだろう、崎田さん」

「さて」

「ひとつだけ言っておくよ。誰のものでもない海を、あんたは自分のものにしようとしている。その思いもまた、荒れた海には呑《の》みこまれるね」

「かもしれません。いいんですよ、私はそれでも」

「この街と、抱き合い心中か」

「心中になるか、荒れた海でも私がとりつく岩礁ぐらいはあるか、いまは、そう思っています」

「岩礁では、生きていけんよ」

「とりあえずは、助かる。私は、ひとりではありませんし」

「つまりあんたは、宣戦布告のために、ここに現われた。そう理解してもいいんだね、崎田さん？」

「川中さんと、やり合いたくはありませんでした。いまもです」

「俺は、誰とやり合うなどとは考えない。いつも、眼の前にあるものにぶつかってきただけさ」

川中が、にやりと笑った。

「私は、これからバレンシアホテルへ行きます。ただ、久納満氏の経営権は三割にすぎない。絶対的支配権はない、ということですかな」

「絶対に支配できない。そう言っておく」

「そうですか。憶《おぼ》えておきます」

崎田が、腰をあげた。

「切札とはなんだ、忍？」

崎田が外に出てドアが閉ると、川中が言った。

「スペインのカルタヘーナというところで、久納兄弟、つまり俺の腹違いの兄貴たちが、交通事故に遭った。運転していたのは、久納満の方で軽傷、均は瀕死《ひんし》で全身に火傷《やけど》を負い、半身不随という後遺症も残った」

「そんなことは、知ってる」

「二人の間に、そこから微妙な感情が芽生えている。親父が生きている間は、衝突というかたちにならなかった。死んでも、一年ぐらいは仲のいい兄弟のままだった」

「仲がよかったのか、満と均は?」

「俺には、そう見えていた。実際、仲はよかったと思う。切札というのは、仲のよかったころの名残りのようなものさ」

「とういうと？」

「あの事故では、満が一方的に悪いとされた。満自身にも、自責の念はあっただろう。事故は百パーセント、満の責任だったわけだしな。おまけに、自分だけ車から這《は》い出し、均を見殺しにした。早く助けていれば、火傷は負わずに済んだ」

「わかった」

「親父が死んだ時、満は自分が相続した神前亭の株を半分、均に渡したんだ」

「そういうことか」

「ただし、ホテル・カルタヘーナを均が作った時、その株は返すはずだった。均はそれを渋り、一切の権利を行使しないという約束のもとに、このホテルを作ったんだ。間に、姫島の叔父が入ってね。あのころ、叔父はまだ均に同情的で、憐《あわれ》んでもいた」

「こんな兄弟喧嘩になるなどとは、あの人も考えなかったわけか」

「誰も、考えなかった。しかし、叔父はなにか予感したのかもしれん。株の権利を行使しないという約束だけでなく、ここの経営をすべて俺に委託させた」

「そしていまは、均の資産の大部分は、あの人が管理しているんじゃないのか？」

「自分の資産を自由に使えないんで、石塚興産と組んだのかもしれん。その時点で、水無月会とも手を結ぶ肚《はら》は決めただろう」

「そして、株の権利も行使する、ということにしたわけか」

川中が、葉巻の煙を吐いた。

「久納満が、白紙で連帯保証をしたということは？」

宇野は、パイプの煙を吐き続けている。

「法的効力はないんだ、キドニー。兄弟でどこまでも助け合うという意味で、叔父が二人に書かせた念書だ。だから崎田も、はじめはバレンシアホテルを狙う動きをしたんだろう。効力を主張するのは、つまりやくざのやり方だな」

「三十億と言ったが、株の価値は？」

「資本金は、五千万だよ。その半分なら、二千五百万。三十億というのは、言いがかりのようなものだ」

「それでも、三十億と株の権利の行使は、一体だな、忍さん」

「だろうと思う、キドニー。満は、資産のすべてを整理して、三十億というところだ。ほとんどが、山だからな」

「崎田の恨みのすべては、神前亭にむかっている。それで、久納一族であっても、均と組んだわけか。均も、生きる目的が満を潰すことだけになっている」

「表の争いでは、石塚興産。裏では水無月会。それで、この街の半分を乗っ取ろうというのが、崎田の思惑だな」

川中が言った。

「その道具のひとつの大野も、この街を出たら、早速、崎田の手に落ちたということらしいな」

「はじめから、甘いと言ったろう、川中。五億なんて金で、満足する玉じゃないんだよ、崎田は。場合によっちゃ、均の資産も持って行くつもりかもしれん」

「そうだな。この金は、一応用意してみただけだ。とにかく、大野のいかがわしい借用証は、こちらの手に入れられた」

「そのあたり、崎田もかなり計算が狂ったとは思うがね」

「自分が出なければならない局面になると、崎田は思っていなかったはずだ、キドニー。バレンシアホテルから、徐々にこの街を蚕食《さんしょく》していく。つまり、それが均と共有できる、暗い喜びだったんだろうさ」

「まあ、この街そのものが、狂ってるんだ。崎田の狂気が共鳴を起こしたとしても、不思議はない」

川中が言った。宇野は煙を吐き続け、忍は腕を組んでいる。

「崎田は、バレンシアホテルに行く、と言っていましたが」

私は言った。上田佐知子の護衛として、群秋生がいる。護衛が必要な段階なのかどうか、私には判断できなかった。

「あれはどういうことなんだ、忍。満が、バレンシアホテルの権利を三割持っているというのは？」

「ホテル・カルタヘーナ以外、新しく建てられたホテルの株は、三割、満か均が持つことになってる。もともと、この街の土地はほとんど久納家のものだったからな、川中」

「久納一族以外に、完全所有は許さんというわけか」

「ホテル、旅館については」

「いい加減にしろ、と言いたくなるような街だな、まったく。姫島の爺さんが、この世から消えてしまえと言う意味が、よくわかるぜ。俺も、消したくなった」

「高級なリゾート地として発展させようという努力は、惜しまずにしてきたんだ、川中。俺は、自分の人生を賭《か》けて打ちこんだよ。消すなんていう言い方はできん」

「おまえ、どれぐらいの遺産を貰った。義理の兄二人と、同額だったのか？」

「三億。それでも、二人は払いたがらなかった」

「そんなにされても、人生を賭けたのか、おい？」

「姫島の叔父に、頭を下げて頼まれたんだよ、川中。叔父も、ほんとうにこの街が消えればいい、などとは考えていない」

「そりゃ、そうだろう。しかし、姫島の爺さんは、いつまで経《た》っても、気が休まらんな。馬鹿な甥《おい》が二人と、無能な甥がひとり」

「俺が無能か」

忍が苦笑した。

「ここに到《いた》るまで、おまえはなにもやっていない。破れたところを繕う。やったのはそれだけだろう。俺が、均の頭を吹っ飛ばしてやろうとした時も、止めた」

「腹違いとはいえ、兄弟なんだ」

「あの」

私は、口を挟んだ。

「しばらく、放っておけ、ソルティ。午《ひる》近くになったら、おまえ、行ってみろ」

「いいんですか、川中さん」

「それでいい。いま行っても無駄だ」

「それより、水村を呼べ、ソルティ」

忍が言った。

私は部屋の外に出て、携帯電話で水村を呼んだ。忍は姫島に行くつもりなのだろう、と私は思った。

# 29　暗雲

助手席に宇野を乗せて、バレンシアホテルにむかった。

駐車場に、ロールス・ロイスは見当たらなかった。

「まだ、本格的ではないな。弁護士同士で話し合っている段階だろう」

私が出る時は乗せて行け、と宇野に言われていた。だから一緒に来たのだが、荒っぽいことになると宇野は邪魔なだけだ、という気もしていた。

どういう展開になるのか、宇野だけでなく川中も忍も読んでいたということだろう。

ホテルでは、通常の営業が行われていた。相当のことが進行しているとしても、それは街の底の底のことで、関係ない人間には見えはしないことだった。

弁護士同士の話し合いは、社長室で行われていた。

宇野は平然と、二人の間に割って入った。

「あんたが、石塚興産の代理人かい」

白い口髭《くちひげ》を蓄えた初老の男にむかって、宇野が言う。いつもとは、ちょっと違う口調だった。

「神前亭の、久納満氏の代理人であるとも考えて貰っていい」

いけ」
「素人じゃないんだろうが。なにが久納の代理人だ。石塚興産の代理人でないなら、出て
「無作法な男だな。私は正式には石塚興産の代理人だ」
「そうか。ならちょうどいい」
宇野は、パイプに火を入れた。その間、二人の弁護士は黙っていた。バレンシアホテル
側の弁護士は、まだ四十になっていないように見える。
「告発することが、山ほどある。まず、中本英三氏と大野正氏の間での貸借関係を捏造《ねつぞう》し、
それをさらに虚偽でしかない大野氏と石塚興産の貸借関係にリンクさせた。それが、弁護
士としての犯罪であることは、わかっているな」
「失礼な話だ、捏造と言ったのか。それこそ、告発に値するぞ」
「黙って聞いてろ、老いぼれ」
「老いぼれ？」
「そのリンクがうまくいかないと、次には大野氏を恫喝《どうかつ》して白紙の借用証を書かせ、久納
均を連帯保証人とした。久納均は、資産を凍結されているので、神前亭に対して持ってい
る五割の権利の行使をそれに充てた。つまり、三十億の代替だ」
「すべての事実を、捏造とか恫喝とかいう言葉で済ませようというのか、君は」
「法律はな、老いぼれ、書式が整ってりゃそれでいいというわけじゃないんだよ。無一文

に近い大野に、石塚興産はなぜ三十億もの金を貸す。あり得ないことだ。それを持って交渉に来ているおまえは、恫喝の片棒を担いでいるただの能なしだろう」

「侮辱だな」

「侮辱されるようなことをやれば、当然侮辱される。それもわからんほどボケているのか、老いぼれ」

「この街の資産家である、久納均氏の保証があれば、何十億であろうと貸す。いい加減なことを並べるなよ」

「久納均の連帯保証には、法的な効力がない。成年被後見人ではないが、資産の凍結も含め、久納義正氏の管理下にある人間だ。神前亭に対する権利も、久納義正氏の同意がなければ行使できない。それを、おまえらは強引に押そうとしている」

「久納均氏が」

「黙ってろ、老いぼれ。その弁護士バッジをひっぱがして、鼻の穴に突っこむぞ。知らなかった、善意の第三者だと主張する気だろうが、巨大な規模の詐欺だということが、はっきり見えてくるだけだぞ」

「詐欺と言ったのか、おまえ」

激高しかかった弁護士の顔に、宇野は濃い煙を吹きかけた。

「帰って、崎田に言え。最後には、力しかないとな。そして、ほんとうに闘おうとする者に、その力が通用したこともないと」

「おまえ」

「俺が、腐臭のする老いぼれがこの部屋にいるのを認めるのは、あと一分だけだ」

「法的な整合性は、あるんだぞ」

「あらゆる詐欺は、法的な整合性という借着《かりぎ》をまとっている。それをあばくのが、俺の趣味みたいなものでな。一分経った。出ていかなけりゃ、そこの若いのにつまみ出させるぞ、老いぼれ」

弁護士が立ちあがり、憤然とした表情で出ていった。

「おい、若造」

宇野は、もうひとりの弁護士に声をかけた。若い弁護士は、びっくりしたように背筋をのばした。

「当事者間協議などという、くだらない言葉に騙《だま》されるな。この問題について、協議する余地はなにもない」

「しかし、上田佐知子さんの意向が」

「協議なのか。話し合って、無理矢理役員をひとり押しこまれるのか?」

「そうならないような、話し合いを」

「むこうは、はじめから話し合いをする気などない。現状保全の手続をすぐにとれ。むこうの抗議はいっさい無視。協議は拒絶して、すべて裁判所でのこととする」

「わかりましたが」

「が、なんだ？」

「あなたは？」

「大野正の代理人だ、いまの立場は」

「大野ですって？」

「仕事は一度終ったがね、もしもの場合に備えて、また代理人となった。あの弁護士には言わなかったが、俺は恐喝で石塚興産を告発できる立場にある。大野に会わないかぎり、解任されることもない」

「そうなんですか」

「頭は、生きているうちに使え、若造。たとえ話で言っているんじゃない。すでにひとり死んでる。このまま仕事を続けるなら、躰を張る覚悟ぐらいはしておくんだな。上田佐知子の代理人であるおまえが、狙われることは充分考えられる」

「いやだな、そんなことは」

「やめるんなら、ここでやめろ。やるんなら、俺が言ったことをすぐにやれ」

「やりますよ」

若い弁護士は立ちあがり、部屋を飛び出していった。

入れ替るように、上田佐知子が入ってきた。

「どうしたんですの。むこうの弁護士が、顔を真赤にして帰ったかと思うと、吉井《よしい》先生が飛び出していって」

「みんな、仕事熱心なんですな。それにしては、ここの社長はのんびりしておられる」

「あたしは、達観しておりますの。なるようになるって。悪いことをしたわけではありませんし」

「詐欺の被害者は、みんな悪いことをしたわけではありませんよ」

「そうですね。でも、神前亭の社長にも、言うべきことはすべて言いましたし、石塚興産に関しては、法律の専門家になんとかして貰うしかないわけですし」

「いいでしょう、あの弁護士なら」

「心配なのは、群先生がうちにお泊りになっていることですわ」

「群秋生は、上田さんを自分で守りたいのでしょう。それは、受けるしかありません。群秋生を嫌いでないのなら」

「子供のように、木刀を持ったりして」

木刀だけを、上田佐知子には見せたのだろう。私は、木刀と一緒に、真剣も届けていた。群が、よく巻藁《まきわら》を斬《き》っているやつだ。ほかにも文化財のような刀が何本もあるというが、それが遣い馴《な》れているだろうと思ったのだ。遣い馴れた真剣を持ってきたというのは、群がほんとうにそれを遣うかもしれないという気持が、私にあったのかもしれない。

「群秋生は、ここにいていいんですね、上田さん」

「それは」

「客だからじゃなく、あなたを守る男としてです」

「いていただきたいんです。でも、心配なんです」

「仕方ありませんよ、それは」

「そうですね。男の方がこうと思ったら、女に動かせるようなものじゃありませんわ」

群秋生の恋は、うまく運ぶかもしれない、と私は思った。手管などは使わなかった。心を、堂々と晒《さら》しただけで、つまりはそれが男だったということだろう。

「俺は、上田さんとちょっと話がある。群の様子を見てきてくれ、ソルティ」

言われ、私はすぐに社長室を出た。

事務所を通り、従業員用のエレベーターで八階に昇った。

「開いている」

ノックをすると、そう返事があった。

私は部屋に入った。手前がベッドのある寝室で、奥が居間になっている。ホテル・カルタヘーナなどと較《くら》べるとかなり落ちる部屋だが、清潔で気持のいい場所だという感じはある。

群秋生は、紙をくわえて真剣を抜いていた。その白い意志を持ったような光が、私をたじろがせた。

群は、刀身に打粉《うちこ》というものを打っていた。その作業は、何度か見たことがある。ごく普通の、刀の手入れだという。まんべんなく打粉をまぶし、紙で拭《ふ》き取るのだ。眼に見えないような錆《さび》も、それで落ちるらしい。

紙をくわえてやるのは、口で息をして刀身にかかるのを防ぐためだ、と説明して貰ったこともあった。人の息には湿り気があり、それは刀によくないのだという。

私は、群が打粉を打ち終り、紙で刀身を拭うまで、テラスに出て待っていた。

「なにか用か、ソルティ？」

「いま、宇野さんが上田さんと話をしているんですよ。俺は邪魔みたいで」

群は、すでに刀を鞘《さや》に収めていた。

「そうか。なにか飲むか？」

「宇野さんの話、気にならないんですか？」

「俺が立ち会って、わかる話ではない」

言われれば、確かにそうだった。

「上田さん、群先生に守って貰いたいけど、心配だとも言ってましたよ」

「それは、俺も言われた」

なんとなく拍子抜けして、私は冷蔵庫からビールを一本出した。群は、いらないと仕草で伝えてきた。私はグラスをひとつテーブルに置き、ビールを注いだ。

「二時間ほど前に、四億五千万が返されてきましたよ。それから、水無月会の崎田が現われて、いろいろ話していきました。忍さんなんか、ちょっと神経質になってて」

「ソルティ」

「なんです？」

私は、ビールを呷《あお》り、また注いだ。

「そんなことは、どうでもいいんだ、俺には」

「そうか。そうみたいですね」

「充実していると思う」

やはり、まるで子供のようだった。全身で打ちこめるものを見つけた、というところか。

私は、煙草に火をつけた。

「あとは、宇野さんが五千万返してくれれば、全額揃うな」

「ソルティ、キドニーが金など取るわけがないだろう。口だけだ」

「そうなんですか？」

「川中がいるから、そんなことも言ってみる。あの二人は、仲がよすぎていがみ合うんだよ。それぐらい見きわめろ、ソルティ」

「俺の様子など、どうでもいい。佐知子さんに危険が及べば、俺はこの刀を抜く。それだけのことだ」

「はあ」

「それだけのことだって言っても、先生、ほんとうにやり合うことになれば」

「いいんだよ、ソルティ。もう、そう決めているんだ」

「そうですか」

三杯目のビールを、私はグラスに注いだ。

「ここの居心地、どんなもんですか?」

他愛ない質問を、私ははじめていた。

「いいな。豪奢《ごうしゃ》という感じがまるでない。この街に、こんなホテルがあるとは思っていなかった」

「経営はいいみたいですよ。今度のようなことがなけりゃ。料理の評判もいい」

「俺は、佐知子さんの手料理を出して貰っている」

話しているのが、馬鹿馬鹿しくなってきた。私はビールを一本飲み干し、また煙草に火をつけた。

八階からの景色はいい。こぢんまりとしているが、庭の手入れも行き届いているようだ。

私がテラスの人工芝に立つと、群も出てきて、葉巻をくわえた。

「気を遣うな、ホテルでは。部屋に、葉巻の匂《にお》いがしみついてしまう」

「中じゃ、喫《す》ってないんですか」

テラスに置かれたボンボンベッドの脇《わき》に、葉巻の吸殻の入った灰皿がある。

「ここの海は、いろいろと表情があるな。毎日眺めているので、なんとなく見過してしまうが」

群が、うまそうに葉巻の煙を吐いた。

「俺には女房がいて、結構おませなことを言う娘もいて、同じ街の中にいるのに、家に帰るのは三日に一度です。こんなことがなくてもですよ」

「なにが言いたい、ソルティ？」

「結婚って、そんなもんですよ」

「おまえは、結婚も塩辛いんだ。それだけのことさ」

「そうですね。俺の結婚は、塩辛い。結婚が塩辛いんじゃなくね」

「諦《あきら》めろ、ソルティ。離婚したって、同じ街の中だ。娘はいつもおまえのところへ来る。女房とはのべつ顔を合わせる」

「俺が、離婚したがっているように見えますか、先生？」

「頭の隅に、時々ちらつくって程度だろうが。娘は、かわいくなるぜ、多分」

「もう、かわいいんですよ」

「だから諦めろと言ってる」

「そうですね」

それから私は、携帯電話で下に呼ばれるまで、群と並んで海を眺めていた。

宇野はもう玄関にいて、私は駐車場に走り車を回してきた。

「どうしてた、先生？」

「なにも。澄みきった心境とでも言うんですかね。あんな群秋生を見たの、はじめてですよ」

「男は、恋をすると少年になるか」

「そんなところですかね」

街に、これといった変化はなかった。ただ、いやな気配だけは満ち溢《あふ》れている。

「知ってたんですか、宇野さん？」

「なにをだ？」

「久納均の資産が凍結されているだけでなく、神前亭に対する権利の行使も、姫島の爺さんの同意がいると、老いぼれ弁護士に言ったじゃないですか」

「姫島に行った時に、爺さんはそういう話をしたがっていた。したくてもできない。あまりに恥かしい。そんな感じだったな」

「じゃ」

「俺が推測して言ったことだ。しかし、間違ってはいないと思う。ま、これからの連中の動きでわかることだが」

「朝、崎田が来た時から、頭は回転させていたってことですか」

「これはな、ソルティ、大がかりな詐欺事件なんだ。ただ、やつらは最後には力で勝負するという気がある。だから、詐欺のやり方が甘くなる。そういうものさ。詐欺のプロがやれば隙《すき》はないが、暴力のプロがやろうとしていることだからな」

「自分の頭の出来がどの程度かって、今度のことでよくわかりましたよ。こんなことなら、波崎の方が得意かもしれない」

「そういえば、波崎は？」

「今日は、会っていませんよ。いや、きのうの夜からですね」

「ちょっと気になるな」

「ひとりで動きたがる傾向は、確かにありますが」

波崎がやっている仕事は、主として忍に命じられた調査だった。ホテル・カルタヘーナの泊り客の依頼を受けることもあり、いわばホテルに所属している探偵のようなものだった。

「頭は回るな、おまえよりずっと」

「ずっとですか」

「その分、動物的なところがない」

「俺は、動物ですか？」

「ほめてるんだよ。たとえば危険があっても、おまえはそれを嗅《か》ぎとって避ける。波崎は、それがなんであるか、見きわめようとする」

「そういうところも、確かにあります。だから、俺と波崎はいいコンビなんです」

「コンビか。考えも甘いな」

私は、肩を竦《すく》めた。

「宇野先生、五億円の一割を、成功報酬で受け取ったりはしなかったんですね。俺は、どこかで抜いたんだろうと思っていましたよ。なぜ、受け取らないんです？」

「川中に、貸しを作りたかった。それだけのことさ」

「仲がいいのに」

「間違っても、そういう言い方はやめろ、ソルティ。川中は、何度も俺の人生を変えたんだ」

ホテル・カルタヘーナへ入った。

宇野は、ボーイにカートを運転させて、ヴィラへ戻った。

社長室に、忍の姿はなかった。ヘリコプターもないので、水村の操縦で姫島へ行ったままなのだろう。

坂井と高岸は、従業員用の仮眠室にいた。

「波崎を見なかったか？」

「いや」

坂井は、スーツ姿のままで、ネクタイも緩めていない。

「どうかしたのかい？」

高岸は、逆にジーンズにトレーナーというラフな恰好をしていた。

「いや、昨夜から姿を見ていないんだ」

「そういえば、そうだな。高岸、おまえは？」

「俺は、水村さんと一緒でしたから」

「勝手になにか探り回ったりするやつか、ソルティ？」

「ひとりでなにかやる傾向はあるが、連絡を断つことはない。特に、俺との連絡は」

「おまえの方から、連絡はしたのか？」

「携帯は繋がらない」

「いやな感じだな」

「水無月会の動きを調べていたのは、確かなんだが」

「なおさら、いやな感じだ」

「川中さんは？」

「ヴィラだ。さっき覗《のぞ》いたら、電話をかけまくってた」

「行ってみる」

私は、仮眠室を出て、自分でカートを転がし、川中のヴィラまで行った。

「群秋生はどうしていた、ソルティ？」

私の姿を見ると、川中は寝転んでいたソファから上体を起こして言った。

「まるで少年のように、きりりとした眼をしていました」

私が言うと、川中はちょっとだけ笑みを浮かべた。

「ところで川中さん、波崎が見当たらないんですが」

「俺は、見ていない」

「水無月会の動きを探ってみる、というところまでは話を聞いたんですが、俺はそれから群先生を連れて、『オカリナ』でしたし」

「いやな感じだな」

「高岸が消えた時も、こんな感じでした。結局、ホテルの中にいたわけだけど」

心配ではあったが、そうたやすく波崎になにか起きるわけがない、という気分もどこかにあった。

「探しようはないんですよ。なにかあれば連絡してくるはずだし」

「待つしかないか」

「携帯の電波の届かないところにいる、ということも考えられますし」

私は、煙草をくわえ、火をつけた。

## 30 陽動

夜になった。

私はムーン・トラベルの事務所に詰めていたが、波崎からの連絡は入らなかった。なにかあった、と考えるしかない。しかし、動きようもないのだ。

「俺が消えた時と、似ていませんか、若月さん」

高岸が入ってきて言った。従業員用の仮眠室にいても、落ち着かないのだろう。

「おまえが消えたのは、ホテルの中だからな。波崎は、間違いなく外出した」

「そして、意外なところにいる」

「なにか、見当がついたのか？」

「若月さんと話してると、なにか思いつくんじゃないかと」

「そうか。あっちには動きがまったくないようだし、昼間は宇野先生がかなり動いたようだが」

相手の持ち札がほぼ読めたところで、宇野はバレンシアホテルの弁護士とともに、あらゆる訴訟の準備をしたようだ。

川中と忍は、なにもしていない。忍は、姫島の爺さんと連絡ぐらいはとっただろう。

「神前亭に監禁されている、なんてことはありませんかね？」

「たとえそうだとしても、どうやって捜すつもりだ？」

「ここと変らないぐらいの広さらしいですしね」

「俺は、波崎を信じるしかない、と思ってるよ、高岸」

「長いんですか？」

「長さじゃないさ」

「わかります」

「そんなに、やわなやつじゃないんだ」

相手が相手だが、という言葉を私は呑みこんだ。いままでも、相当にすごい連中を相手にしてきたのだ。

「水村さんは、俺と喋ってくれるようになりましたよ。ぽつぽつですけどね」

「喋ってみりゃ、いやな男でもないだろう」

「はじめから、いやだと思っちゃいません。なにしろ、藤木さんの弟だし」

「藤木ね」

「俺は、坂井さんに話を聞くだけなんですけどね」

「語り継がれる。それは、藤木が男だったってことだろう。俺は、水村を通して想像してみるだけだがね」

　高岸が、煙草に火をつけた。

「俺はただ、宇野先生を追いかけて、この街に来ただけでした。こんなに事が大きくなるとは、想像もしていませんでした」

「川中さんは、はじめから読んでいたんだろうな」

「ですかね？」

「そんな気がする。宇野さんが、本気でバレンシアホテルの乗っ取りに加担するとも考えていなかっただろうし」

「大人の世界は、底が深いもんです」

「俺だって、おまえと同じ小僧だと思うよ」

「若月さんがですか？」

「自分が小僧だと思ってりゃ、もっと深いところがあるといつも考えるさ」

「そこが、大人なんじゃないですか。肝心な時に、俺はなにも考えませんから」

「バレンシアホテルは、なんとなく無事に済むような気がするな。群秋生がついてる」

「群先生がついていれば、無事なんですか？」

「運が強い。人としての苦悩を抱えている分だけ、あの人は運が強いんだよ」

高岸が、かすかに頷いた。

ポケットの中で、私の携帯がふるえた。

めずらしく、メールだった。それもショートメールで、知らない番号だ。

「岬？」

それだけだった。

「高岸、海沿いの道を、おまえの車で突っ走ってくれ。俺も行く」

「わかりました。坂井さんや水村さんには？」

「突っ走るだけで、また戻ってくる」

私と高岸は、従業員用の駐車場まで走り、カローラ・レビンに乗りこんだ。

須佐街道をしばらくゆっくり走り、街はずれに来てから、スピードをあげた。

「岬って、あの岬なんですか、若月さん？」

めまぐるしくシフトをくり返しながら、高岸が言った。

「岬はひとつしかない。俺たちの間ではだ。久納均の屋敷さ。半島があり、そこを全部久納が持っていて、要塞《ようさい》のような屋敷を作っている」

「そうですか。久納均ですか」

「しかし、波崎の電話からのメールじゃない。知らない番号だ」

「だけど、若月さんの番号は知っていた、ということですよね」

「だから、波崎からの可能性が高い、と俺は思っている。あくまで、可能性だが」

「それを、確かめるんですか？」

「うっかり、メールの返信はできん。情況が読めないからな。だから、岬の様子を一応窺《うかが》ってみる」

高岸のヒール・アンド・トゥは見事なものだった。

「あそこですね」

前方の視界が開けた時に、高岸が言った。半島が、海に突き出している。点々と明りもある。海からそそり立っているので、山のようにも見えた。

「急な崖《がけ》ですね、海からじゃ」

「そうだが、這い登れないほどじゃない」

すぐに、岬の入口に差しかかった。明りが増えている。門の内側の使用人の家の窓には明りがあり、二人外に立っていた。それだけのことを、私は通り過ぎる間に見てとった。

「しばらく行ったら、Uターンしろ。門の近くで、何度かシフトしてくれ」

「いいんですね。もし波崎さんなら、中ぶかしとエンジンの音で、俺の車だと気づくと思います」

「派手に、突っ走ってやろう」

少し広くなった場所で、高岸は鮮やかにスピンターンをした。横にかかった遠心力が、すぐに後ろにむかった。

また、岬に差しかかる。そこだけ、道は坂になっている。シフトをくり返すには、適当なところだ。

百五、六十キロで突っこみ、二度続けてシフトダウンし、一段あげ、さらに二度のシフトダウンをする。それを高岸は、わずかな間でやってのけた。

「いいぞ、このまま停《とま》るな」

「なにか、わかりましたか？」

「警戒は、いつもより厳重だ。ただ、久納均ってのは、病的に臆病だからな。なにかあると、すぐに警備員を雇ったりする」

「いたのは、警備員だったんですか？」

「違うな」

警備員なら、門のそばに立っている。二人は、軒下に立っていた。

道に明りはそれほどないので、車種を見きわめることはできなかっただろう。

すぐに街に入り、高岸は大人しく車を走らせはじめた。

ホテル・カルタヘーナに入ると、すぐに私の携帯がふるえた。

「すぐに来い、ソルティ」

「わかりました」

川中からだった。カメラによる駐車場のウォッチは、誰かにやらせていたのだろう。私と高岸が出ていった時から、知っていたに違いない。

私は、高岸とカートに乗り、川中のヴィラまで行った。

「夜中のドライブの、結果を聞こうか」

川中は居間にいて、葉巻をくわえていた。坂井も、ソファに腰を降ろしている。

私は、なぜ夜中のドライブに出たか、説明した。

「警備員じゃない、と思ったんだな、おまえは？」

「立っている場所で。私服でもありましたし」

「わかった。次のメールを待とう」

「しかし、岬と、ひと言しか打てないんですからね」

「漢字に変換してる。多少の余裕はあった、と見ていいだろう」

「そうですね」

「どうせ、派手に中ぶかしの音を出したんだろう」

「何度も、やりましたが、不自然な走り方じゃありません」

高岸が言った。

「それはいいが、しばらく警戒もするだろう」

「社長は？」

「おまえらのことは、任せるそうだ。いま、キドニーといろいろ話し合ってる」

「俺は、いまのことを水村さんに話してきていいですか？」

「ああ」

「走って行きますんで」

高岸は私にそう言い、部屋から出ていった。

坂井が、コーヒーを淹《い》れてくれた。香りの高いコーヒーだった。備えつけのコーヒーメーカーなど使わず、フィルターペーパーに三角に粉を盛って、それを崩さないようにして淹れるやり方だ。牧子に試させたことがあり、確かに香りはいいという。ただ、手間がかかりすぎて、店ではやれないようだ。コーヒーだけを出す店ではなく、昼食も作らなければならないのだ。

「波崎は、なにか摑《つか》んだが、岬から出られないということですかね？」

坂井が言ったが、川中は答えなかった。

「なら、もう少し詳しいメールを寄越《よこ》しそうですよね。おまけに、波崎の電話からじゃない」

川中は、宙に眼を泳がせ、葉巻の煙を吐いている。川中が答えないことには、坂井は馴れているのだろう。

私は、コーヒーを飲み干した。左手には、携帯を握っていた。いつかかってきても、す

ぐに出られるようにそうしているのだが、いかにも切迫しているような感じがしてきて、
私はそれをテーブルに置いた。

「罠《わな》ってことも、考えられるな。俺たちがあそこを襲って、不法侵入で全員が逮捕される。

あり得ないことじゃない」

坂井が、私にむかって言う。

久納均なら、そんなことも考えそうだ、と私は思った。そういうことをやるなら、やはり波崎は連中の手にある。

「待ってみよう、坂井」

「そうだな。余計な推測は、邪魔になるだけか」

坂井が、もう一杯コーヒーを淹れはじめた。川中のためだった。時間をかけて淹れるので、ポットを一度火にかける。その時の香りも、またよかった。

再び携帯がふるえたのは、午前二時を回ったころだ。やはり、ショートメールだった。

「夜明け、海から。それだけですね」

「そうか」

私が差し出した携帯を、坂井が受け取った。川中は、もう携帯に関心を示さなかった。

「夜明けか」

「久納均のところとしか考えられません。御存じでしょうが、海へ降りる道筋は二つあり

ます」

「それは知らんな」

「そのどちらかから、脱出するという意味だと思うんですが」

「船は？」

「小型のボートでなけりゃ、近づけません。四十馬力の船外機を積んだ、五人乗りのボートがあります。アルミ製です」

「とにかく、社長室へ行こう。忍も泊っている」

私が歩き、川中は坂井が運転するカートに乗った。

## 31　ほほえみ

いくらか波があったが、大したことはなかった。ボートには航海計器はなにもなく、陸《おか》立ての要領で方向を決めた。陸に知っている物標《ぶっぴょう》がいくつかあれば、ほぼ方向は間違えなくて済む。夜の場合は、その物標が明りということになる。

たまに客に頼まれて出る、夜釣りが役に立った。

ボートに乗っているのは、私と高岸の二人である。高岸は、舳先《へさき》に身を乗り出し、障害物の有無を確かめていた。岬に近づくと、さらにスピードを落とした。周辺は岩礁だらけで、私は限界まで船外機をチルトアップした。

「右、右、真直《まつす》ぐ、左」

高岸が、囁《ささや》くように言う。その通りに、ボートを進めた。

「限界です、若月さん。もう五十センチという水深ですよ」

高岸が言った。波で上下に揺れると、底を打ちかねない深さだ。高岸はボートフックを底に突き刺し、錨《いかり》の代りのようにボートを固定している。私は、船尾に小さな錨を入れた。

それで、高岸は片手でボートフックを持っていられるようになった。いまのところ、教えた通りにうまくやっている。

夜明けまで、まだ少し時間があった。

波崎がどういう状態にあるのか、想像することはいくらでもできた。しかし私は、頭を空白にして、ただ待った。

叫び声が聞えたような気がした。

それから、銃声が二度続いた。それきりもの音は聞えないが、人の動いているような気配はある。懐中電灯のものらしい光が、闇《やみ》の中で交錯しているのだ。

「若月さん」

「黙ってろ。崖《がけ》に穴を開けるつもりで、よく見てろ」

陸上で、なにかぶつかるような音が続いた。鉄に鉄がぶつかっている、というような音だ。川中と坂井が到着している。建設重機をトラックに載せて、やってきたはずだ。

川中の考えは、シンプルだった。門が頑丈なら、それなりのものを持っていって、壊せばいいというのだ。パワーショベルでも持っていったのかもしれない。街には姫島の爺《じい》さんの建設会社の支社があり、重機も揃《そろ》っている。

また、派手な音がした。銃声も入り混じっている。

「崖を見てろ」

私は、高岸に言った。

「眼《め》を離すなよ」

空が、白みはじめている。黒い影のようだった岬も、崖の岩と木の判別がつくようになっていた。

頭上で音がした。

水村のヘリコプターである。ヘリコプターは、大胆に降下すると、ホバリングを続けた。拳銃《けんじゆう》で狙《ねら》われると、危険な高さである。しかし、真下にはかなりの風圧がかかっているだろう。

「崖を見てろ」

頭上に眼をやろうとした高岸に、私はまた言った。

「若月さん、あれ」

高岸が指さした。

人間が、斜面を頭から滑り降りてくる。落ちているのでないことは、時々、両手を突っ張って止まっているのでわかる。

私が水に入る前に、高岸が跳び降りていた。そちらへむかって駈《か》けていく。斜面を降りてくるのは、波崎に間違いはなかった。

足をやられている。だから、頭の方から滑ってきているのだ。多分、体重をまったく支えることができないのだろう。

上から、二人追ってきた。私は、エンジンをかけた。

波崎の躰《からだ》が斜めになり、岩にぶつかった。上からは、銃撃が来ている。ひっかかった躰を、波崎は斜面に出せずにいた。足がまったく動かず、二本とも荷物になっているのだ。荷物が岩にひっかかったという感じだろう。焦りはじめたのが、私がいるところからも見えた。

高岸が、岩に跳びあがった。波崎のいるところまで、ひと息で駈け登った。波崎の躰を、肩に担ぐのが見えた。上からは銃撃が来ているが、岩に跳ねているものが多かった。追う方も、焦っているのだろう。

高岸が、斜面を滑り降りてきた。それほどの急な斜面を、高岸はひと息で駈け登ったのだ。

私は、水の中に降りた。ロープを摑《つか》んで舳先が振れないようにして、二人にむかって走った。

私が波崎の躰を受け取った時、高岸は一度水の中に倒れこんだ。私が波崎の躰をボートに乗せてふり返ると、水から起きあがるところだった。弾が飛んできて、水面が跳ねた。すでに、明るい。

高岸が、そばまで来た。腿《もも》から出血している。それほどひどい傷ではなさそうだ。高岸は、自分でボートに転がりこんだ。私は、船尾の錨を抜き、乗りこむと後進《アスタン》で走った。岩が多い。すぐには、スピードをあげられなかった。

ようやく岩礁の海域を抜けた時、私ははじめて波崎の様子に気づいた。脚がだらりとしているだけでなく、胸と腹からも出血している。

全開にした。小さなボートに、四十馬力の船外機である。全開にすると、飛ぶように走る。波崎が、かすかに手を動かし、私を制した。私はスロットルを絞った。

「痛むのか？」

「そうじゃない。急ぐ必要はない」

喘《あえ》ぐように波崎が言う。

「まず、連絡だ、ソルティ」

「わかった」

私は坂井に電話を入れ、波崎を助け出したと伝えた。岬の上を舞っていたヘリコプターが、すぐに高度をあげるのが見えた。坂井から合図がいったのだろう。

「俺は、水無月会を探ると言ったが、途中で思い直した」

「岬を探ろうとしたんだな」

「均の性格からいって、必ず会う、と思った」

息苦しそうだった。喋《しゃべ》らせない方がいいと思ったが、波崎はやめなかった。

「俺は、うまく、均の車のトランクに潜りこんだんだよ。ロックしないように、細工して」

波崎が、咳《せき》をした。血が、唇の端から流れ出してきた。高岸が、波崎の上体を抱くようにして起こした。それで、息が少し楽になったようだ。

「会ったよ、崎田と。車を並べて停《とま》って、窓越しに喋った」

「わかった。あとで聞く」

「あとはない。全部聞け、ソルティ」

いやな予感が襲ってきた。私は、少しスピードをあげた。

「無駄だ」

波崎は、口もとで笑ったようだった。

「いいか、崎田と均は、姫島の爺さんと久納満を殺す、という結論に達したんだ。それしか方法がないと」

「姫島の爺さんまで」

そうなれば、満の財産のすべては、均が相続することになるはずだ。姫島の爺さんさえいなければ、均を押さえるものはなにもない。

「法律の問題では、宇野さんが締めあげてくる。正面からやり合うには、川中さんは危険すぎる。つまり、二人とも追いつめられたわけさ」

川中と宇野が、じっくりと崎田を追いつめた。それはわかるような気がした。崎田は、ひとつずつ方法を奪われたのだ。

「俺の話は、これだけだ、ソルティ。うまく逃げられず、監禁されたのは、俺の失敗《ドジ》さ。アキレス腱《けん》と、膝《ひざ》の上の筋を切られて、下半身不随ってやつだ。見張ってるやつらも、油断していた」

「もう、よせ」

「均がサディストなんで、すぐに殺されずに済んだ。脱出の方法を考える時間があったってことだ」

波崎が、にやりと笑った。

私はさらに、いやな予感に襲われた。胸や腹の出血は、それほど多くない。外に出ている血はだ。

「わかるなあ。俺は、死ぬ」

「おい波崎、おまえ」

「自分が、一番わかるんだよ、ソルティ。いまは、はっきりそう言える」

「簡単にくたばる玉か、おまえが」

「塩辛い顔して言うなよ」

波崎が咳きこんだ。口から血が溢《あふ》れ出し、それはいつまでも止まらなかった。

「死ぬ時は、笑おうと思っていた」

波崎の声は、途切れ途切れだった。

「ずっと昔から、そう考えていたんだ」

「おまえは」

「ひとつだけ、言っておく、ソルティ。ポルシェのクラッチ、ポンと繋《つな》いでくれ」

「わかった」

「高岸、ソルティの運転、見てやれよ」

「はい」

高岸は、波崎の躰を抱いたまま言った。

「ソルティ、俺が死ぬ時ぐらい、一緒に笑え」

波崎が笑った。

顔から、生の色が急激に消えていった。

私は、指で波崎の目蓋《まぶた》を降ろした。

## 32　居合

ポルシェのグローブボックスの中に、それはあった。三インチバレルの、コルト・パイソン。波崎が、時々持ち歩いていたものだ。持ち歩くだけで、あまり使ってはいない。

そして肝心な時は、持ってさえいなかった。

私は、弾倉をフレームアウトさせて、装塡《そうてん》を確かめた。ほかに五十発入りの弾丸の箱がひとつある。

ポルシェのエンジンをかけようとした。

不意に、人影が前に立った。坂井だった。背後に、高岸と水村がいる。

「どこへ行く？」

「ちょっと、ポルシェの調子を見に」

「いつだって、こいつは調子がいい。波崎が転がしていたんだろうが」

「俺は」

「ひとりで行くなよ、ソルティ」

「俺がやる。ひとりいれば、充分だろう」

「岬だな」

「おまえらには、ほかにやることがあるはずだろう」

「おまえと一緒にやることはあるが、俺たちだけでやることはないぜ、ソルティ」

ブリティッシュグリーンのベントレーが、正門から滑りこんできた。玄関からは、川中が飛び出してくる。

「なにをやってる、おまえら」

ベントレーから降りてきた忍が、そばに立って言った。

「行くぞ、ソルティ。バレンシアホテルだ」

川中が言った。

「えっ、なぜ？」

「わからんが、十人ばかりが押しかけているらしい」

川中が、ポルシェの助手席に乗りこんできた。ほかの三人は、ベントレーに乗った。

「やれ」

「しかし、なんでバレンシアホテルなんですか？」

「作戦を変えたんだろう。やつら、波崎が死んだことは知らん」

川中の手がのびてきて、腰に差したコルト・パイソンをとった。私は、ポルシェを発進させた。

「返してくださいよ」

「その時は返すさ、ソルティ」

「その時って？」

「こいつが必要な時」

「いまが、そうですよ」

「おまえ、バレンシアホテルで、こいつをぶっ放すつもりか？」

「岬へ行こうとしたんですよ、川中さん」

「いずれ行くさ」

私は、ステアリングを握ったまま、肩を竦《すく》めた。

「クラッチを、ポンと繋げと言いやがった」

「そりゃ、ポーシェだからな」

川中は、ポルシェをポーシェと発音した。

「俺は、群先生のマセラーティを、週に一度は転がしてるんですよ。この間の点検でも、クラッチに問題はありませんでした」

「ポーシェとマゼラーティは、また違う」

「どんなふうにです」

「ドイツとイタリアの違いだ」

市街地は、三速でも回転が落ちすぎるほどだった。正午少し前で、走っている車は少ない。

バレンシアホテルの車寄せに停めた。すぐにベントレーもやってきた。

玄関に、十人ほどが立っていた。それとむかい合うように、群秋生が立っている。左手に刀を握り、いつでも抜ける態勢だった。

「とうとう、人が来てしまいましたね、群秋生先生」

喋っているのは、白髪の初老の男だった。

「誰が来ようと、関係はない。俺はここにいて、ひとりも通さん」

「斬《き》るって言うんでしょ。困りましたね。さっきから、ずっと同じやり取りをしてる。うちの若い者《もん》は、弾《はじ》きたくてうずうずしてるんですよ」

「撃ちたければ、撃て。ひとりは道連れにするだけだ」

「それがねえ、ただの相手なら、あっしも弾かせてます。群秋生先生ですからね。ノーベル文学賞のダークホースだとも言われてる。そういう人を弾いたら、うちの組織も道連れってことになる。つまり、先生は厄介な相手ということでね」

「おい、おまえ」

高岸が、前に出た。

「俺に、気持のいい注射をしてくれた人だよな？」

「さて、なんの話かな、若いの。つまらんことで、言いがかりはやめときな」

「言いがかりだと？」

「命《たま》を奪《と》るぐらい、簡単なことだった。そう思うだろう、若いの。生きているのは、運がよかったと思うんだな」

「言ってくれるな、おい」

「やめろ、高岸」

忍が言った。

「おまえのことは、終ったことだ」

私は、群秋生を見ていた。半眼で、無表情だった。抜き打ちで巻藁《まきわら》を斬る時、群はこういう表情をしている。

「とにかく、表に出ろ。俺と話し合おうじゃないか、村西《むらにし》さん」

川中が言った。この男が誰かも、川中は摑んでいるようだった。

「いいでしょう。外に出るしかなさそうだ」

村西は、憂鬱《ゆううつ》そうな表情をしていた。

外に出た。ポルシェとベントレーの間を突っきり、広い場所に立った。

「ここで、俺たちを弾いてみるか、村西さん？」

「川中さんを弾けと、親分《おやじ》には言われていませんでね」

親分とは、水無月会の会長ではなく、崎田のことだろう。崎田は水無月会のナンバー2で、かなり大きな自分の組織も抱えている。この街に来ているのは、崎田の組織の者なのだろう、と私は思った。

「それじゃ、ここを退《ひ》いてくれるか？」

「いまね、親分と連絡を取らせます。親分の了解もなく、退くことはできませんので」

ひとりが、少し離れて携帯を使いはじめた。しばらくして、村西に耳打ちをする。

「それじゃ、ここで失礼します。川中さんや忍社長によろしく、と親分からの伝言です」

「よろしくか。若い者《もん》の統制はとれてるね、村西さん」

「そりゃ、あっしもこの世界に四十年以上になりますんで」

「自分で、看板を出したことはないのかい？」

「ありません。それほどの器量じゃありませんや」

村西が、にこりと笑った。雑貨屋村西商店の店主という感じだ。

十人は、全員一緒ではなく、二人、三人と離れ、車に乗りこんだ。最後に、村西が川中に頭を下げて立ち去った。

玄関の中では、群秋生がまだ同じ姿勢で立っていた。ただ、眼は見開いてこちらを見ている。

「抜いてれば、弾かれてたぜ、群先生」

「わかってるよ、川中さん。そして俺は、ここを通ろうとする者がいれば、本気で抜くつもりだった」

「だろうな。だから、やつらも通れなかった。立派なもんだよ」

「やりたいと思うことをやっただけだ」

「もう、バレンシアホテルが、この件に関《かかわ》ってくることはないと思う。いてやれよ、上田さんのそばに」

群は、かすかに頷《うなず》いたようだった。

「行くぞ」

川中が言った。私はポルシェの運転席に潜りこんだ。

「どこへ、行きますか？」

「ホテル・カルタヘーナ」

「俺は、岬へ行きます。拳銃を返していただけますか？」

「なにを言ってる。おまえも、一緒に帰るんだよ」

「俺は、久納均をやりますよ。誰にも迷惑をかけず、ひとりでやりますので」

「単純な男だな。波崎に逃げられた均が、のほほんとしていると思うのか？」

「どれだけ、護衛がいようと」

「そんなことじゃない。無駄なことをするな、と言っているんだ。これからの動きは、崎田の動きだぞ。均は波崎を逃がしたことで、崎田にかなりのアドバンテージを取られた」

「いまの動きが、崎田の動きじゃないんですか？」

「乗りこめるのなら、乗りこむ。その程度だったな。すでに、法的な権利を主張できるものは、なにもないし」

法律的にも、物理的な力でも、崎田と均を徐々に追いつめていた、と波崎は言った。その通りだったのだろう。崎田は、少しずつ方法を失った。暴力組織の強引さが、そろそろ出てくるころだろう。

「じゃ、姫島の会長が」

「なにか言っても、隠れてくれるような人じゃないからな。ただ、都合がいいことに、いま船の上だ」

「ですよね。水村がいるんですから。でなけりゃ、水村はいまごろヘリコで飛んで帰ってる」

ホテル・カルタヘーナまでは、ベントレーの後ろを走った。

波崎を連れ戻した時、忍はうつむいてなにも言わなかった。川中は、馬鹿が、とひと言呟《つぶや》いただけだ。

波崎が言ったことについて、私は説明することで、感情が爆発するのを抑えていた。説明し終っても、みんななんの反応も示さなかった。一緒に死に立ち会った高岸も、坂井の背後にじっと立っているだけだったのだ。

忍だけが、自分の車で出かけた。波崎の死をどう処理するかのために、医師にでも会いに行ったのだろう。

私は、ひとりで岬へ出かけようとした。

その時に、坂井と水村と高岸が現われた。三人とも、私と一緒に行くつもりになっていたのだろう。しかしそこに、忍のベントレーが戻ってきた。川中も出てきた。そして、バレンシアホテルへ行った。

「行くなという理由が、なにかありますか、川中さん。姫島の会長を守るためなら、俺は行くのをやめますが」

「頭の悪い男だ。相手は、もう動き出している。素速いもんさ。俺たちは、バレンシアホテルには行く必要があったが、神前亭に行く義理はない」

「じゃ、神前亭が襲われて、久納満が殺されている、ということですか?」

「バレンシアホテルと、同時に動いたと思うな、俺は」

「確かめてはいないんですね」

「こういうことは、確かめればいいというもんじゃない。全体の流れをよく見ておくことさ。久納満も、馬鹿じゃないだろう」

「警察でも呼んでいると？」

「警察権力に頼らない。この街の揉《も》め事は、いつもそうやって解決されていたんじゃないのか？」

「確かにそうです」

「じゃ、放《ほう》っておこうじゃないか。波崎がむこうの手の中にある時は、俺たちの闘いだった。いまは、満と均の闘いだ」

「それに、崎田が加わっていますよ」

「そこだな。バレンシアホテルの権利の三割を、満は崎田に渡したんだろう。それで、村西が現われた」

「崎田は、満とも取引をしているんですか？」

「俺にわかるわけがない。しかし、流れはそうだ」

崎田は、神前亭を潰《つぶ》したがっている。それで、久納一族であっても、均と手を結んだのだ。

まるで、綾《あや》のように入り組んでいる、と私は思った。そこで、川中や忍はなにを見ているのか。

「流れだよ、ソルティ。波崎がいなくなった時から、流れそのものはなにも変っていない。

緩やかに流れていたものが、急な流れになった。それだけのことだ」

「言われている意味は、わかりますが」

「どういう流れかを、俺やキドニーは見きわめようとしてきた。忍もだ。こういう流れだとはっきり教えてくれたのが、波崎がくれた情報だ。それで、最初に心配したのが、姫島の爺さんのことだったんだが」

「次に起きるとすると、神前亭なんですね？」

「流れを見ていると、そうなる。当然、均も知っている。もう、岬にはいないだろう」

私が考えるより、ずっと深いことを川中は考えている。それでも、波崎が殺されたということを、私は忘れるつもりはなかった。

「約束しろ。おまえは、俺のそばにいろ、ソルティ。これ以上の死人は、見たくない」

言った川中の口調は、はっとするほど暗かった。

ホテル・カルタヘーナに戻ると、社長室はパイプ煙草の匂《にお》いに満ちていた。

「俺が透析を受けている間に、いろいろとあったようだな、川中」

「おまえは、透析に逃げこめていいな、キドニー」

「死んで帰ってきたのが、おまえじゃなく波崎とはな。残念だよ」

宇野の口調は、ほんとうに残念そうだった。

「やれることは、すべてやった」

忍が、ネクタイを緩めながら言った。

「相手の出方を待つ。それしか、いまはできない」

宇野の吐く煙が、一瞬、私の視界をくもらせた。

「俺は自分の事務所にいます、社長」

「仮眠室にしろ、ソルティ。水村と高岸が一緒だ。坂井は、川中から離れようとしないだろうしな」

忍は、ヒュミドールに手を突っこみ、葉巻を一本くわえた。吸口は切らず、嚙《か》み千切って、床に吐き出した。

## 33　カスク・ストレングス

夕方になっても、なにも起きなかった。

バレンシアホテルの件以降、こちらの動きはまったく止めたという恰好《かっこう》だった。

水村は従業員の仮眠室にいるし、姫島の爺さんは船の上だという。ほかの人間は、宇野も含めて、全員が社長室にいた。

波崎の死をどんなふうに扱ったのか。というより、その死を明らかにしたのかどうか、私は知りたいと思ったが、忍はなにも言わない。言う時が来れば言う、ということなのだろう。

「群先生は、バレンシアホテルから動く気はなさそうですね」

高岸が、坂井に話しかけた。坂井は返答をしなかった。忍が、どこかに電話をしはじめた。川中は、テーブルに両足を載せ、居眠りをしているように見える。

私は社長室を出て、従業員の仮眠室へ行った。こんな時間に仮眠をとっている者などいなくて、水村は二段ベッドの下に腰を降ろし、なにか読んでいた。

私を見て、顔をあげる。

「なにかあったわけじゃない。社長室の雰囲気が、重苦しくてな」

「察するよ」

社長室のことではなく、波崎のことを言ったのだと、しばらくして私は気づいた。

「やつは、ひとりでやる気はなかったさ。結果として、そうなっただけだ」

「わかってる」

「俺みたいに無謀なやつが死なずに、用心深かった波崎が死んだ」

「おまえは無謀だが、鼻は利いた」

同じことを、宇野に言われたような気がした。

「波崎は、鼻が利かなかったのかな、水村さん」

「理屈で考えるタイプだった」

「そうだな。言われてみりゃ、確かにそうだ。あいつはいつも、頭で考えてつきつめていくやつだった。今度の件も、均と崎田が必ず会うはずだと、頭で考えたんだ」

水村は、無表情な顔で見つめ直してきただけで、なにも言おうとしなかった。

私は、水村と並んで腰を降ろし、煙草《たばこ》に火をつけた。水村が、ブリキの灰皿を出してきた。

「やつが死んだ責任の、何割かは俺にあるような気がする」

「生きてる人間は、いつだって死んだ人間に対して、責任ってやつは負うもんだ」

「重たいな」

水村は、なにも言わない。

これまでも、死んだ人間は何人も見た。波崎が死ぬとは考えていなかったので、いろいろなことを考えてしまうのだろうか。心に刺さった棘《とげ》のようなものは、いつまでも抜けないかもしれない、という気がする。

「岬へ行って、均を撃ち殺してやろうと思った。これまでも、なんとなく考えたことはあるが、今度だけは、本気だった」

「わかってる」

「川中さんに、馬鹿だと言われたよ」

「俺はそう思わんが、岬の家は誰もいないと思う」

「誰もいないところに乗りこもうとしたんで、馬鹿だと言われたのさ。撃ち殺すってことで言えば、川中さんだって一度撃っちまうところだったんだ」

「確かに、そうだったな」

口もとだけで、水村が笑った。

私は、自分が吐いた煙草の煙が、宙を漂うのにぼんやりと眼をやった。

ここでなにを喋っても、波崎は死んだのだった。水村の無言が、死んだ人間はもう戻らないと、当たり前のことを私に伝えている。

「納得できないことが、いろいろと起きるもんだな、水村さん。波崎のことで、俺はそう思ったよ」

「だから塩辛いんだろう、おまえの人生は、ソルティ」

私は、水村にはじめてニックネームで呼ばれたような気がした。そしてそれは、水村なりの慰めにも聞えた。

高岸が、部屋へ入ってきた。

「いま、バーに崎田の一行が入りました。四人で、ひとりは村西という爺さんです」

「ほかには？」

「いません。外にも、近所にも」

「行ってみるか」

私が言うと、水村が腰をあげた。

まだ宵の口で、バーにほかの客はいなかった。四人は、ピアノの近くのブースに腰を降ろしている。

私と水村と高岸は、カウンターのスツールに座った。沢村が出てきて、私の隣に腰を降ろした。沢村は、この街へ来てから、ずっとバーでピアノを弾いている。それは街の外の話題にもなり、音楽雑誌から取材の申し込みまであったという。忍が、にべもなく断ったのだと、フロントのマネージャーから聞いた。この街でなにが起きているか知らないマネージャーは、よほどそれがくやしかったのだろう。

「昼間は、なにをしているんですか、先生？」

「釣りだよ。小さな磯《いそ》があるだろう、ビーチの端に。あそこで、魚を釣ってる」

「大したもの、釣れないんじゃありませんか、あそこじゃ。俺の船で行けば、この季節でもそこそこの大物は狙えますよ」

「いいんだよ、小さな魚で。迷惑なんだとは思うが、調理場できちんと料理もしてくれるし」

砂地に投げればキス。岩場ではカサゴ。その間でメバルのような魚だろう。

「うまいものだよ、自分で釣った魚は。ところで、ソルティ・ドッグを一杯奢《おご》ってくれないか？」

「俺じゃなく、高岸の奢りでいいですか？」

沢村が、私の顔を覗《のぞ》きこんでくる。

「先生に奢るには資格がいる、とこの間、川中さんが言っていました」

「資格か」

「俺には、いまないんですよ。先生がかわいがっておられる高岸には、あります」

「そうか。なら、高岸に奢って貰《もら》おう」

「いいんですか？」

高岸も、私の顔を覗きこんできた。私は黙って頷いた。

「ソルティ・ドッグを一杯」

高岸が、バーテンに言う。バーテンは素速くカクテルグラスを持つと、鮮やかな手つきでライムを縁で回した。次にはもう、スノースタイルのグラスがカウンターに置かれていた。このホテルにいるだけあって、バーテンのシェーカーの扱いは見事なものだった。

「どうぞ」

差し出されたグラスに、沢村は束の間《つかま》、見入っていた。それから手をのばすと、三口できれいに空けた。

「いいね」

バーテンが、かすかに頭を下げる。沢村が静かに腰をあげる。流れるような動きだった。

沢村がピアノの前に座ると、かすかに続いていた崎田の席の話声も熄《や》んだ。

いつもより、ちょっと高い音のイントロだった。どこか、やはり切迫したような響きがある。そして、澄んでいた。なにが澄んでいるか、はっきりはわからない。微妙な感じだ。

私には、はじめての曲だった。

なにか、緊迫を孕《はら》んだまま、その曲は終った。

「モーツァルトではないかな、いまのは」

意外なことに、水村がそう言った。

高岸が頷いた。

「映画に使われたんですよ。『みじかくも美しく燃え』という。西尾先生が好きだったんです。俺のカローラ・レビンに乗っていた人です」

沢村は、波崎が死んだことは、まだ知らないのだろう。曲は、次のものに移っていた。軽いジャズだ。しかし、やはりどこかに切なさが漂っている。三曲目は、長いものだった。

曲名は知らない。

バーの中で、身動きする者はいない。

五曲目が終り、沢村がピアノから離れた時、水村が大きく息を吐くのがわかった。

「兄に代って、私に奢らせていただいてもよろしいでしょうか？」

「あなたの兄さんって？」

「藤木年男と申します。私には、資格はないと思いますので」

「資格なんてことは、川中さんが言っているだけのことさ。しかし、藤木さんの弟さんからなら、奢られたい」

「ありがとうございます」

水村が頭を下げるのと、バーテンが動きはじめるのが同時だった。見事なソルティ・ドッグが、カウンターの照明の下に出された。

「波崎が、死にました」

私は、言っていた。

「高岸が助け出したんで、言葉を交わすことはできましたよ」

「そうだったのか」

「高岸は腿にちょっと怪我《けが》をしただけで、普通に動いています」

「この街でも、よく人が死ぬのだな」

「街が、意思を持ってるみたいですよ。まるでN市と同じように」

「街が意思か。私は、時々ピアノが意思を持っている、と感じることはあるがね」

沢村が、やはり三口でソルティ・ドッグを飲み干した。それから、煙草をくわえた。沢村が煙草を喫《す》うことを、私ははじめて知った。

「葉巻を一本、貰っていただくわけにはいきませんか？」

気づくと、崎田が背後に立っていた。猫のような男だ。沢村は、私のライターにのばしかけた手を止めた。

「酒が駄目となりゃ、葉巻かい。あの手この手だな。川中さんに近づくなと言われてるだろう。やくざは、やっぱりやくざだな」

崎田の表情は動かなかった。

「ソルティ」

沢村が、私をニックネームで呼んだ。

「私のピアノを聴いてくださる方だ」

「先生、どんなやつでも、耳はあるんですよ。聴いて感動したぐらいで、先生と親しくなったわけじゃありません」

「私は、葉巻を一本喫いたい、と思っていたところでね」

「社長室に行って、俺が持ってきます」

「そんなに大袈裟《おおげさ》なことは、したくないんだ」

「先生」

「どういうものがお好みですか、沢村先生？」

「あまり強くないものを。とても、川中さんと同じものは喫えません」

「それほど持ってきてはいないのですが、コイーバがあります。これを、どうぞ」

沢村が葉巻を受け取ると、バーテンが緊張した表情でカッターとマッチを出した。

「名前からして、君はここの出身だな、若月さん？」

崎田が私に話しかけてきた。

「だったら？」

「昔、そういう名の男を知っていた。街がこうなる前の話でね。腕のいい漁師だったよ。あのころは、ヨットハーバーは漁港だったんだ」

親父《おやじ》のことを言っているのだろう。いきなり言われたので、私はたじろいだ。

「その男は、海で死んだ」

「多分、いまよりずっとましな死に方ができる時代だったのさ」

「そうだな。私も、そう思う」

沢村が、吸口を切り、長いマッチで火をつけた。コイーバの香りは、なんとも言えない。ストロングな葉巻より、ずっと神秘的な香りだった。

「私は、好きだった。海で死んだ若月という男のことを。この街で私が好きだと思える人間は、二人しかいない」

「もうひとりは？」

「生きてるよ」

それだけ言い、崎田はブースへ戻っていった。

「俺にも、葉巻を一本」

バーにもヒュミドールがあり、そこそこの葉巻は置いてある。ただ、忍のヒュミドールの方が、ずっと状態はいいのだ。

ボーイがヒュミドールを抱えてきて、私はパルタガスを一本とった。すぐに吸口を切り、火をつける。

「違うな、香りが」

「それは、葉巻が違うのだからな」

「そうじゃないんですよ、先生。いい状態で葉巻を寝かせておくと、熟れるんです。熟成と言うのかな。香りが、深いものになるんです。崎田の葉巻は、見事に熟成していますくやしいですけどね。忍社長や川中さんのものも、見事ですね」

「そういうものか」

「生きものですからね」

沢村が、笑って頷いた。

姫島の爺さんからは、いまだに小僧とか若いのとかしか呼ばれない私が、いつの間に葉巻の熟成などと口にするようになったのだろう。ほんとうは、パチンコの景品の煙草を喫っているのが、お似合いの男だ。

「もう一杯、君が奢ってくれ、ソルティ」

「先生が、そうおっしゃるなら」

私は、バーテンを呼んだ。

「ラガブリンのカスク二十五年」

思い切り、気障《きざ》なウイスキーを頼んだ。これは蒸溜所《じょうりゅうじょ》を出る時から限定品だが、このバーには一本ある。

「強烈な酒ですが、いいですか？」

「望むところだね」

バーテンが、ショットグラスに丁寧に注いだ。チェイサーもひとつ出す。

「忍さんや川中さんが飲んでいるのとは、違うね」

口に運んだ沢村が言う。

「あれは、高級品です。アードベッグの三十年。同じ島の酒ですが、これはやくざの酒じゃありません」

沢村が、低い笑い声をあげた。ショットグラスの残りを口に放りこみ、息を吐いた。

「ほんとうに、強烈だ、ソルティ」

「そして、陽気に酔っ払うんです」

「ほんとうに、そんな気分になってきた」

しばらくウイスキーの話をし、沢村は葉巻をくわえたまま立ちあがった。ピアノのところへ行く。

コイーバの香りと一緒に、陽気な曲が流れてきた。譜面など見ていないので、よく弾く曲なのだろう。もしかすると、自分で作曲したものかもしれない。

四曲続け、五曲目と六曲目は映画音楽だった。

「これは『ひまわり』で、さっきのは『ニュー・シネマ・パラダイス』のテーマです」

高岸が耳もとで言い、私は脇腹《わきばら》に軽く拳《こぶし》を叩《たた》きこんだ。高岸が、ちょっと上体を折り曲げた。

二曲とも、波崎が好きだった。

## 34　ブルース

川中と宇野が入ってきたので、私は立ちあがった。

二人は、崎田がいる席へ行った。後ろから入ってきた坂井が、川中のそばに立つ。崎田の連れの二人も立ちあがった。

「みんな座ってろ。坂井やソルティもだ」

川中が言った。私は隣合わせのブースに、坂井、高岸、水村の三人と座った。崎田の連れも腰を降ろしている。

「ピアノを聴きにきたんですよ、川中さん。宵の口だから、お客さんも少ないだろうと思って」

「いまのところ、バーはクローズだそうだ。俺は、必要ないと忍に言ってやったんだが。あんたがいる間、ほかの客は入れたくないと言ったよ」

「それは、御迷惑をおかけしましたね」

「俺たちは、最後のところまで、あんたを追いつめたと思うんだが。あらゆる権利関係に、あんたがつけ入る隙《すき》はなくなっている」

「最後のところ、ですか？」

「あんたが、やくざの顔を見せるところさ」

「ほう。どういう顔を想像しておられるのかな」

「下卑た、人の血を吸う下種《げす》さ」

若い男が立ちあがり、同時に高岸も立った。二人とも、それぞれのボスに言われて、また座った。

「あんたがこの街に干渉するには、もう力しかないと思うんだがね」

「そうかな」

「崎田さん、大野正氏については、私はまだ代理人でね。それから、バレンシアホテルの共同代理人もつとめている」

「宇野先生、あなたがとられた、現状保全の法的な手続は、実に周到なものでしたよ。誰にもつけ入る隙がなく、これから権利関係の確認が行われるのでしょうね」

「そちらが、権利を言い募るならばだよ」

「私は、権利は権利と言いますよ。久納満氏から、バレンシアホテルの三分の一の権利は譲り受けたわけだし」

「それについて私がとった、法的な措置も御存じだろうと思う」

「うちも、一騎当千の弁護士を出したはずなのですが、鎧袖《がいしゅう》一触でしたな。これはもう、腕ではなく人間観の違いと言うほかはない、と私は思っていますよ」

「じゃ、すべてから手を引く、というわけにはいかないんでしょうな」

「いろいろと、こちらも考えてはいましてね。たやすくは引けません」

「ほう、やはり力ですかな」

「力以外にも、効果的な方法はあるのではないか、と私は思っているんです。それをこれから考えるのですが」

すでに考えているのだろう、と私は思った。宇野とのやり取りのほとんどが、私には理解できないものだ。

ただ宇野が法律的なことをきちんとやり、崎田が身動きできなくなっているのだ、ということはわかった。それはあくまで法律上のことで、やくざはそれとは違うところで動くはずだ。

それにしても、崎田の落ち着きは心憎いほどだった。

「俺はね、やくざのあんたとぶつかってみたい」

「ほう」

「組織ではなく、ひとりの男としてのあんたとだ」

「決闘とは、これはまた大時代的ですな、川中さん。そういうことをやるのは、この街とN市ぐらいではありませんか？」

「N市では、もうやらんよ。この街だけで通用するやり方だ」

「川中さんも私も、この街の住人ではありませんよ」

「そこが問題だな、崎田さん」

「まったくです」

崎田が、かすかに微笑《ほほえ》んだ。

「私も、こんなことははじめてですよ。法的なもので、押し切れるはずだった。ところが、若い人たちが出てきて、表のことだけでは済まなくなった。それでさえ、めずらしいことなのですよ」

若い人というのは、私と高岸と、そして波崎のことだろう。

「その上、宇野先生が、こちらの予測とはまるで違う動きをされた。私が思い描いたのとは、まるで違う展開になっています」

「そこで、負けたと思わなかったのか？」

川中が、葉巻の吸口を切りながら言った。

「そういう負けは、私の世界では負けではありませんでね」

「そういうことか。つまり、法廷で負けたとしても、負けではない」

「川中さんは、法廷がすべて正しいと思われてはいないでしょう。それならば、すべて宇野先生を守ることに力を注がれたはずです。川中さんは、御自身でこの街へ来られた。それは、法廷の勝敗などとはまるで違うところで、認められないと思われることがあったからではないのですか？」

「俺が経営するN市のホテルで、中本英三が殺された。それが中本英三でなくてもいい。俺のホテルの絨毯《じゆうたん》が汚された。それについて結着をつけようと思っているだけだよ」

「そういう人が、私たちにとっては一番面倒なんです。川中さんはいままで、確かにそういう結着のつけ方を通してこられた。そして、まだ生きておられる」

「確かに、生きてるよ」

「周りで、亡くなられた方は、少なくない」

「それを聞くと、俺も死にたくなる」

つまり、死にたくなるような人間が、崎田にとっては一番厄介なのだろう。恐怖で押し潰すことは、絶対にできない。

「川中さんが、どれほど手強《てごわ》いかは、充分に承知しているつもりです。川中さんが出てきた時から、私は全面的に計画を変更したんですよ」

「俺には、そうは思えん。あんたは、なにかはじめからやることは決めていた、という気がする。そういうタイプの男だよ」

「私を、私より御存じですよ、川中さん」

「人間っての、意外にそんなものかもしれんぜ。俺は、自分がわからんとよく思う」

「とにかく、川中さんが出てくる。忍社長が出てくる。それはいいとしても、群秋生先生に沢村先生ときては、自分がどういう世界に紛れこんだのだろう、と思ってしまいますよ。お二人とも、私にとっては非常に親密なのです。その作品についてですがね。それが、実際におられる。いや、おられるということはわかっていますよ。私が見て、喋ることもできるところにおられる。これは、戸惑い以外のものではありません」

「まるで、愉《たの》しんでいるように聞えるぜ」

「お二人の先生に関しては、夢のようなところに入っている、という気分がしています。さっき、沢村先生は、モーツァルトからデキシーランドのジャズまで弾かれました」

「やれやれ。モーツァルトの好きなやくざかい」

川中が、葉巻の先をしばらく炙《あぶ》り、火をつけた。ラファエロ・ゴンザレスの強い香りが、コイーバの香りと入り混じった。

沢村はこちらに背をむけ、ひとりで飲んでいた。

「惜しいな」

煙を吐きながら、川中が言った。

「教養もある。知的な発想もできる。しかし、なにかがあんたを狂わせている」

「人は、どこか狂っているものですよ、川中さん。大事なのは、自分が狂っているかどうか、自覚していることです」

不意に、宇野が声をあげた。

「狂っている男が二人。いや、俺も狂っているかな」

「キドニー、おまえは狂っちゃいない。毀《こわ》れているだけだ。腎臓《じんぞう》がぶっ毀れた。その時、心も毀れたな」

宇野が、パイプに火を入れた。

「ところで川中、崎田さんははじめからやることを決めていて、それは変えていないと言ったな」

「そんな気がする。いろいろやりはするが、ここと決めたところは最初からあって、それは変えない。そういう男だ」

「この街の、乗っ取りか？」

「それだけの価値のある街か、という気もする。もともと、小さな村だった。カジノでも建設できれば別だが、やくざがしのぎを立てられる要素は、あまりない」

「個人的な怨念《おんねん》が、崎田さんを動かしているというわけか」

「人が生きる力は、さまざまなものから出てくるものですよ、宇野先生。とにかく、そろそろ結着をつけたいものですね」

「いま、あんたの手下は、何人ほどこの街に入っているんだい？」

「百人というところですかね、川中さん」

「そうか。久納満も、多分、人を入れている。それから均も。だから、二、三百はいそうな感じがするんだな」

「久納満が集めている百人と、私のところの百人では、勝負になりません。あれを相手にするのは、十人でも充分でしょう」

「つまり、精鋭ってことか」

「水無月会全体では、数千に達します。私の下にいるのは、五百というところですが。そのうちの百が、四、五千はいる水無月会の内部でなにかあったら、力で押さえます。外部との抗争は、負けて得を取る場合もありますから、滅多にその百名は出しませんが」

「俺は、その百名を止めるつもりだがね」

「私は、川中さんを中心とする人たちと、まともにぶつかる気はありません。これまでいろんなところで、接触はしましたが」

「それを、ぶつかったとは言わんのかね？」

「接触しただけで、ぶつかってはいませんね。表の連中は、いくらかやり合ったようですが。バレンシアホテルでも、村西は引き退がっています」

「俺は、やられたな」

高岸が言った。

「しかも、このホテルで、村西に」

「やめとけ、若いの。生きていることに、感謝しようって気にはなれねえのかい」

村西が、はじめて口を開いた。

「俺は、一度死んだ。そう思うことにした。もう死んでると思ってくれてもいい」

「やれやれ、ほんとうに厄介な人たちですよ。川中さんひとりを持て余しているのに、同じようなのが何人もいる」

沢村が、カウンターから立ちあがり、ピアノにむかった。

弾いたのは日本の曲で、題名はわからなくても、耳に馴染《なじ》んだものだった。曲が流れている間、誰も喋らなかった。

四曲弾き終えて、沢村は立ちあがり、そのままバーを出ていった。

なんとなく、みんなが沈みこんだような恰好になった。

「ブルースだな、まるで。いまのは、ブルースだよ」

宇野が、呟くように言った。

「懐しさで、心が痛くなる。そしてみんな塞《ふさ》ぎこむ」

さらに宇野がなにか言おうとした時、忍が姿を現わした。

「山の湖で、均が死んだ」

座ると、ネクタイを緩め、忍が言う。

「どういうことだ？」

「兄弟喧嘩《げんか》の果てかな。均が満を山の湖に追いつめた恰好だった。しかし、なぜか均は取り巻き二、三人だけになった。満の側は、二、三十人はいただろう」

忍が、こめかみを押さえた。

「均のまわりにいたのは、三人以外は、みんな崎田のところの者だな」

川中が言った。

「そうだ。満が山の家にいると聞いて、均は出かけていった。三十人ばかり連れてな。しかし、満は山の家なんかにはいなかった。いまのところ、行方はわからん。どこかに身を隠しているんだろう」

「空振りをした均が、放置されたってわけかな？」

「そういうことだ。車椅子《くるまいす》が斜面を転げ、水に落ちて死んだそうだ。車椅子は、自分で動かしていた。俺は、均の護衛にひとり潜りこませていたんだ。気づいたら、崎田のところの者はひとりもいなくて、うろたえた均が斜面を落ちたということらしいな」

「満が、山の家にいるという情報は？」

「均が自分で摑んだ。そして、追いつめた。そのつもりだったんだろう」

「おたくの連中は、久納満がそこにいないとわかって、引きあげたのか？」

川中が、崎田に言った。

「どうでしょうね」

「違うな。これはすべて、あんたの筋書きだ。あんたが、久納均と本気で組むはずはない。満も均も、同じように憎いはずだからな」

川中が、灰皿で葉巻を揉み消した。普段は、そんなことはしない。葉巻は、置いておけば消えるのだ。

「読めてきた。事前にいろいろやっても、あんたが狙っていたのは、満と均の相討ちだ。二人とも、自滅することだ。しかも、自分で手は下さん。やっと、なにをやろうとしているか、見えてきたぜ、崎田」

「私は、均は死んで当然だと思いますね。自分以外の人間は、みんな殺したがっていた。それを、私に持ちかけてきたんですよ。しかし、均を殺したのは、私じゃない」

「そうだよな」

川中が言うと、崎田は不気味な笑みを浮かべた。

## 35　植物園

その夜、崎田はさらに三十分ほど飲んでいた。

なにかを考えているようにも見えたし、ただ沢村の演奏を待っているだけのようにも思えた。

沢村がどこかに出かけ、もう演奏はないとフロアマネージャーが伝えに来ると、崎田は連れとともに立ちあがり、こちらのブースにちょっと頭を下げて出ていった。

「紳士的な男だ、表面はどこまでも」

宇野が言ったが、川中はなにも答えなかった。忍は、とうに社長室に戻っている。

「動かなくていいんですか？」

私が言うと、川中はちょっと首を横に振った。坂井が煙草をくわえ、ジッポで火をつけた。そのジッポに、水村がじっと眼をやった。確か、藤木という男が使っていたジッポだ。

私は、自分ひとりでも動くべきだと思った。波崎のために、私はなにひとつとしてしていない。

「どこへ行く、ソルティ」

私が腰をあげようとすると、川中がはじめて口を開いた。憂鬱そうな声だった。

「ちょっと」

「座ってろ」

「用事を、ひとつ思い出しました」

「おまえの用事が、どんなものか見当はついてるよ。もうしばらく、じっとしていてくれ。これは頼みだ、ソルティ」

頼みと言われると、私は立ちあがるわけにはいかなくなった。煙草に火をつけ、グラスに手をのばした。

「沢村先生は、どこへ行かれたんですかね？」

高岸が、呟くように言った。この街へ来て、沢村が外に酒を飲みに行ったことはないようだ。

バレンシアホテルにいる、群秋生のところへ行ったのかもしれない、と私は思った。それは、ありそうなことだった。

バーの中には、三組ほどの客がいた。この街に、客が多い時季ではない。私は、ウイスキーを飲み続けていた。

客の送迎のためのリムジンを運転している男が、バーに入ってきた。この男は、忍のボディガードのようによくそばに付いているが、腕が立つのかどうかはわからない。

川中が、腰をあげた。

黙って坂井が立ちあがり、高岸がそれに続いた。私は、なんとなくという感じで、水村と並んで川中に付いていった。

ストレッチのリムジンである。高岸が助手席に乗り、私と水村は、川中と宇野と坂井にむかい合うようにして座った。それで定員一杯という恰好だった。これに乗れということは、走り回るための車など必要ないということなのだろう。

リムジンは、神前川を渡り、植物園の方へ入っていった。点々と街灯があるだけで、周囲は不意に暗くなった。

川中は、なにも言おうとしない。だから、坂井も高岸も口を閉ざしたままだった。水村はもともと無口だ。

私ひとりが、お喋りのようだった。なにか話していないと耐えられない、という感じになってきたのだ。

口を開こうとした。その時、公園事務所の建物に明りがあるのが見えた。そこにいつも明りがあるのかどうか、私はいままで考えたこともなかった。

公園事務所の玄関の前で、リムジンは静かに停止した。

建物に入り、右側の部屋のドアを、川中はなんのためらいもなく開けた。私がこの建物に入ったのは、はじめてのことだ。

部屋には、忍がいた。そしてもうひとり、背中をこちらにむけて座っているのが、久納満だということが私にはすぐにわかった。

忍は、ネクタイを引き抜いている。緩めることはあっても、この男の首からネクタイがぶらさがっていないところなど、滅多に見たことはなかった。ネクタイが、ホテル・カルタヘーナに繋ぎとめている紐《ひも》のように見えたものだ。

「川中だよ、兄さん」

忍が言い、久納満がちょっと顔をあげた。

「こいつはなぜか、俺と一緒にやる気らしくてね」

「なんだ。ただのお調子者か」

久納満の声は、疲れきっているように思えた。ただ、言葉遣いはいつもと変りない。

「俺は、そろそろ行くぞ、信行」

「ひとりで？」

「どういう意味だ？」

「誰も、兄さんを迎えに来ない」

「呼べば来るさ」

腹違いの兄弟が、ここでなにを喋っていたのか、見当もつかなかった。

川中が、忍と並んで腰を降ろした。

「なにがだ、若造」

川中は、久納満と較《くら》べれば、確かに若かった。しかし若造には見えず、逆に久納満が老いぼれだと思える。

「俺は、あんたのような男と関りたくない。それが関ることになっちまったんでな」

「別に、関ってくれと頼んではおらんぞ。おまえが勝手に鼻を突っこんできているだけだろう」

「本気でそう考えているなら、相当の馬鹿だな」

「なんだと？」

「俺には俺で、関る理由がある。それを考えてもみようとしないあんたにゃ、所詮《しょせん》、他人のことはわかりもしないんだろうな」

「関りたきゃ、勝手に関るさ。おまえなど、俺にとってはゴミみたいなもんだ。邪魔になったら、吹き払うだけだ」

「その時、息ができてりゃな」

「まあ、大きなことを言ってろ。信行、俺の車を呼べ」

「それが、さっきから連絡がつかないんだよ、兄さん」

忍が、髪を掻《か》きあげながら言った。忍の髪が乱れているのを見るのも、めずらしい。

「憂鬱でね」

「携帯が繋がらない」

「なにを言ってる」

久納満が、自分の携帯を上着のポケットから摑み出した。

「兄は、私に均の跡を継げと言う」

忍が、川中に眼をむけて言った。

「その上で、兄の下に入るというかたちにして、久納家を再びひとつにすると」

「いい話じゃないか、忍」

「反吐《へど》が出るほどな。俺はもう、久納一族と縁を切りたい」

「できんな、それは。おまえの躰に流れている血は、半分は満や均と同じものだ」

「血か」

「そうさ、血さ。しかし、狂っているとばかりは言えんよ。久納義正氏とも、強く繋がった血なんだからな」

「おい、信行」

満がソファから立ちあがって言った。部屋の中にあるのは、応接セットとキャビネットと、壁の絵だけだ。

「おまえの携帯を貸せ。俺のは、毀れてる」

「毀れちゃいないよ、兄さん。俺のからかけても繋がらない」

忍の口調は醒《さ》めていた。

「なんで、繋がらないんだ？」

「毀されてるんだよ、むこうの電話が」

「誰に？」

「多分、崎田に」

「馬鹿な。二百人からの人間を詰めさせているんだぞ。おまえの車を貸せ。自分で運転して帰る」

「帰れないと思う」

「ここに、俺を連れてきたのは、おまえだろう。おまえが送れ」

「そう都合よくはいかない。道は、もう塞がれている、という気がするな」

「おまえは、この街で俺以外の人間が、道を塞ぐことができると思ってるのか？」

「そういう言い方、親父に似てきたな、兄さん。ほんとに、親父みたいな言い方だ」

「だからどうした。とにかく、送れ」

「神前亭に帰りつく前に、死にたいのか？」

「どうしてもと言って、大事な話だからと言って、おまえがここに連れてきたんだぞ、信行」

「連れてきたのは俺だが、帰れないのは俺のせいじゃない」

久納満は忍を睨《にら》みつけ、それからソファに座った。じっとテーブルの灰皿を見ている。

「これは、均が死んだことと関係があるのか、信行？」

「多分」

「均は、俺を殺そうとしていた。ありとあらゆるいやがらせをし、最後にはやくざと組んで、俺を殺そうとした。だから、俺は身をかわしたんだよ。均は慌てて逃げようとして、湖に落ちたんだ。自分でだぞ」

「俺は、そういうことを言っているんじゃない。あんたと均兄さんの、気が遠くなるほど長く続いた、兄弟喧嘩のことを言ってるんだ。お互いに譲らず、とうとうここまで来てしまった。愚かだと、俺に何度も言われながら、二人ともやめようとしなかった。それどころか、何年か前からは、明らかに度を越していた。その結果が、これさ」

「事あるごとに、均が仕掛けてくる。これはどうしようもない。我慢できるところは、俺も我慢したさ」

「最後の最後のところで、わかってやろうとしなかった。結局、どっちもどっちだったんだ。ほんとうのところで譲ってやったことなど、一度でもあるかい、兄さん」

「俺は、譲ったつもりだ。この俺がだぞ」

「そこが譲っていないというのさ。この俺が、と言ってしまうようなところがね」

「俺は、久納家の当主だぞ」

「それもだよ、兄さん。結局、兄さんに保護されるような恰好を、均兄さんは一番嫌ったんだと思う」

「おまえは、均の下で俺に逆らってホテル・カルタヘーナをはじめたんだからな」

「こんなことをな」

忍が立ちあがった。声は、押し殺したように低かった。

「俺が喜んでやっている、と思ってるのか、あんた。反吐が出たよ。しかし、俺も久納の血を受けている。だから、耐えてやり続けた。その間、あんたたちはなにをやってた」

「それは、均に言ってやれ。すべて、均が蒔《ま》いた種だ」

「そして、あんたが育てた」

「とにかく、なんとかしろ、信行。俺は、こんなやつらがいるところに、長くいたくない」

「こんなやつらが、あんたを救うかもしれないんだ。しかも、自分の命を懸けてな。俺はいま、あんたの顔に唾《つば》をひっかけてやりたいよ」

「なんだと？」

「帰れよ。あんたがひとりで帰ってくれりゃ、俺たちは安全になる。ひとりで帰って、死んでくれりゃな」

「もうよせ、忍」

川中が言った。忍は、自分が立っていることにはじめて気づいたように周囲を見回し、腰を降ろした。川中が、葉巻をくわえる。

「こんな老いぼれが、生き残ろうと死のうと、それはただ結果の問題だ。俺は、俺がやらなけりゃならんと思ったことを、ただやるだけさ」

「おい、若造」

「そんな言い方はやめな、老いぼれ」

口を開いたのは、坂井だった。

「自分がどういう立場に立っているか、まだわかってないらしいな。水無月会の崎田は、一応、久納均と組んでいた。なんと言おうと、かたちとしてはそうなんだ。そして、久納均はあんたに追いこまれて死んだ。だから崎田は、あんたを殺すだけの理由がある」

「そんな無茶苦茶な理屈はない」

「やくざの理屈は、いつも無茶苦茶なのさ。あんたを死なせることで、崎田が長い間抱いてきた恨みは晴らせる。あんたも狂っているが、崎田って男も狂っている」

「おまえはな」

「もうやめな。見苦しいだけだ。部屋の隅で、置物みたいにじっとしてろ」

なにか言おうとした久納満の髪を、坂井がいきなり摑むと、ソファから引き摺《ず》り降ろした。部屋の隅まで、引き摺っていく。そこで、坂井は久納満の腹を軽く蹴《け》りあげた。久納満は、呻《うめ》き声をあげ、背を丸めた。

「すまんな、坂井。俺がやろうとしたことを、やってくれた。俺が兄に手を出すのを、黙って見ていられなかったのか」

「いえ」

車の音が聞えてきたので、坂井は口を閉ざした。

車は、近づいてきて、事務所の玄関のところで停った。川中が、苦虫を嚙み潰したような表情で、天井を仰いだ。マセラーティのエンジン音だったことに、私はエンジンが切られてからはじめて気づいた。

入ってきたのは、群と沢村だった。

「参ったな」

忍が呟くように言う。群が、困ったような笑みを浮かべ、全員を見回した。

「ここがどういうところであるか、よく認識している。水無月会の連中に囲まれて、身動きもできないような場所だよ。途中の道で停められそうになったが、突破したんだからな。なにがなんでも、停めようとはしてこなかった」

「群秋生と沢村明敏がここに現われたことで、俺はひどくやりにくくなったよ」

「そう言うな、川中さん。残されて、ぼんやり眺めている、俺たちの身にもなってくれ」

「二人を死なせることは、文化に対する罪を犯すようなもんだよ」

「私は、群先生に誘われたわけじゃないよ、川中さん。私も、加わるべきだと思った。波崎という青年が好きだったし、もしかすると死んでいたのは高岸だったかもしれない、という気もしたのでね」

「いろんな馬鹿がいる」

そう言って笑い声をあげたのは、宇野だった。

「まあ、待とう」

「水無月会が道を塞いでいる、というのはほんとうなのか？」

部屋の隅で、久納満が顔をあげて言った。

「あんたを差し出せば、崎田は消える。そういうことだ」

「警察だ、信行」

跳ね起きようとした久納満を、坂井がまた蹴り倒した。

「なにも起きちゃいない。少なくとも、この植物園の中ではな。なにかが起きないかぎり、警察は動かんさ」

「俺が言えば」

「そういうところを、警察も苦々しく思っているだろう。あんたが死んでくれたら、ざまあみろと思う連中が、警察にはいくらでもいるはずだ。あんたを崎田に差し出せば、なにもないんだよ。なにも起きなかったことと同じさ。行くかい、ひとりで？」

「おまえは」

「もうやめろ、坂井」

川中が言った。

「はい」

坂井は、私のそばに戻ってきた。

「こいつは、前田《まえだ》という。知ってるな、ソルティ」

「名前だけは」

リムジンの運転手のことだった。別に、事態に驚いているようには見えなかった。

「二年前から、預かっている。姫島の叔父にだ」

忍は、その男について、それだけしか説明しなかった。姫島の爺さんが忍に預けたというなら、なにか事情があるのだろう。そして、ただ者ではないはずだ。

川中は、前田のことを知っているようだった。

「ピアノがあればな。沢村先生に、悲壮な曲を弾いて貰えたところだ」

群が笑いながら言う。

結局、自分は川中や忍に選ばれたのだ、と私は思った。闘うためか、死ぬためか、選ばれたからここへ連れてこられた。群と沢村以外は、全員そうだろう。

私は窓際に立ち、ちょっと窓を開けて外を窺《うかが》った。なにか気配を感じた、というようなことではない。外の空気を吸いたくなっただけだ。

坂井が、私の背後に立ち、重いものをポケットに落とした。見なくても、それがなんだかわかった。ポケットに手を入れ、私は波崎のコルト・パイソンの冷たい感触を確かめた。

## 36　ブリッジ

公園事務所には、小さな台所があり、冷蔵庫も備えつけられていた。

高岸がコーヒーを淹《い》れ、紙コップに注ぎ分けた。フランスパンがあり、卵やベーコンもあった。私は、フライパンで卵とベーコンを焼き、朝食のような食事を作った。その間、前田は外を見回っていた。

「おい、なんか食っとけよ」

私は、外に出て前田に言った。三十になるかならないか、というところだろう。前田は、黙って私に付いてきた。

「どうも」

オープンサンドを載せた紙皿を渡すと、短くそう言った。無口だが、礼儀を知らない男というわけではないらしい。

玄関に置かれたベンチシートで、私は前田と並んでオープンサンドを口に入れた。

「風が、吹きはじめています」

ぽつりと、前田が言った。

「冷たいと感じられるんだ。まだ生きているんだろうな」

「そう思います」

前田の返事に私は笑ったが、前田が笑ったかどうかはわからなかった。コーヒーを飲むと、前田はまた外に出ていった。

「会長は、あいつに俺と同じことを命じた」

水村がそばに来た。

姫島の爺さんが水村に命じたのは、死ぬなということだ。前田も、放っておけば死にむかって突っ走る男ということなのか。

「あいつは、俺よりずっと、会長の命令を軽んじている」

「わからんぜ。そう見えるだけで、ほんとうは生きたいと思っているかもしれん」

「俺は、あいつをはじめて見た時、なぜかおまえを思い浮かべたよ、ソルティ」

水村は、私のことをまたソルティと呼んだ。それが、なぜか心地よかった。

「拳銃の腕は？」

「そこそこだよ、水村さん」

「俺は、三十メートル離れて、缶ビールを撃ち抜ける。ほぼ確実にだ」

姫島で練習したのかもしれない、と私はふと思った。しかし、姫島の爺さんはそんなことを許すだろうか。

「昔、軍にいたことがある」

「軍と言ったって、水村さん、いくつなんだい？」

「日本でじゃない」

「傭兵《ようへい》、ということかい？」

　その問いには、水村は答えなかった。

「ライフルなら、もっとうまく使える」

「機関銃は、もっとうまいんだろうね」

「好きではないな、弾をばら撒《ま》くのは」

「一発必中ってやつか。古いね、水村さん」

「弾をばら撒くと、標的がどうでもいいように思えるんだよ、ソルティ」

　これまでの私に対する言葉遣いと、かなり違っていた。水村はこんな喋り方もできるのだ、と私は妙なことに感心していた。

「神前亭で雇ったやつら、どうしたんだろうな。百人以上いたんだろう？」

「二百はいた」

「それが、水無月会に追っ払われたのか？」

「たった二十人ほどにな。所詮は、金で雇われた連中だ」

「崎田のところは、違うってのか？」

「のしあがるために、懸命だ。崎田は、躰を張らせるのがうまい。ちょっと感心するぐらいだな」

「しかし、そんなことを」

「前田が、調べてきた」

「なるほどね。それで、川中さんも社長も、落ち着いて待ってたってことか。そして、久納満をここへ連れてきて、崎田を誘いこんだのか」

「まあ、それに近いな」

「植物園で、結着をつけるつもりなのかな、川中さんは？」

「どういう結着なんだろうな？」

「あんたにも、それはわからないのか？」

「俺は、川中さんに従えと、会長から言われているだけだ。ずっとそばにいろと。そして川中さんが死ぬ前に死ね、とも言われた。死んでいいと会長に言われたのは、はじめてだよ」

「死んでいい、か。おかしな関係だな、あんたら」

水村はなにも言わず、煙草に火をつけた。建物を一周した前田が、戻ってきた。

「もう、四十人ぐらいは入っている、と思います」

それだけ言い、前田はまた歩いていった。

「さっき、二十人と言わなかったか、水村さん」

「神前亭にいた二百人を追い払ったのはな。ここには、七、八十人は入ってくるだろう」

崎田は、水無月会の武闘派を、すべて自分の下に置いているという。ただ、崎田自身は、経済やくざに近いようだ。

「七、八十人ね」

「神前亭の二百人を追い払うのは、二十人で一時間あれば充分だった。ここを襲うのは、七、八十人で、しかも慎重だ」

「久納満がいるからだろう？」

「違うな。久納社長を襲うだけなら、いつでもできる。川中さんと、結着をつけざるを得ない、と本気で考えているんだろうな」

「結着と言ってもな」

「川中さんが、それを望んでいる。崎田は、それを知っている」

「二人とも、なにがなんでもぶつかろうってのかい？」

「そういうことになるな」

「崎田も、変っている」

「意地なんだろうさ、ソルティ。おまえにも、同じようなところがある」

「俺が、崎田とね」

「俺も、同じだ、ソルティ」

水村が、こんなもの言いをするのは、はじめてだった。

私は、しばらく黙って煙草を喫《す》っていた。また、前田が回ってきた。さっきより、いくらか長い時間をかけている。しかし報告することは特にないらしく、ちょっと頷いただけで通りすぎていった。

三度目に前田が回ってきた時、水村は声をかけて止めた。

「もうすぐ、夜明けだ。中に入ろう」

「でも」

「風が冷たすぎるぞ、前田。それに、見通しはだいぶよくなっている」

「わかりました」

三人で、玄関脇《わき》の部屋に戻った。

川中と忍と群と宇野が、テーブルを囲むようにして座っていた。坂井と高岸は、部屋の隅のパイプ椅子に腰を降ろしている。

私は、畳まれていたパイプ椅子を組み立て、二人のそばに腰を降ろした。

「ブリッジか？」

「群先生が、カードを持ってた。ま、俺たちは放り出された恰好だな」

坂井が言った。

「植物園には、誰も入ってこないんだろうな。開門もしない」

「しかし、もう何十人かは入っているんだろう、ソルティ？」

「入ってきていても、事務所の建物には近づいてきていない。前田が、巡回していたんでね」

久納満は、部屋の隅でうずくまっている。

「さっき、髪をひっ摑んで引き摺り回したのが、効いてるな、坂井」

「俺がやらなけりゃ、社長がやってた。このところ、切れると手に負えないんだ」

囁くような喋り方だった。

台所の方で、沢村がコーヒーを淹れているようだ。いい匂いが漂ってきた。

「高岸、手伝ってこい」

「いいんだ、ソルティ。沢村先生は、ひとりでやりたいんだそうだ」

「そうなのか」

「俺は、沢村先生のコーヒーなら、飲んでみたい。宇野法律事務所のコーヒーは、ひと月忘れられないぐらい、まずいがね」

「そんなにか？」

「人間の飲むもんじゃないな、あれは」

「そう聞くと、一度は飲んでみたくなる」

沢村が、トレイに載せたコーヒーを運んできた。

私は立ちあがり、頭を下げて紙コップのひとつをとった。

みんな、思い思いにコーヒーを飲んだ。ブリッジをやっている四人は、勝負に熱中していて、誰が淹れたコーヒーかもわかっていないようだ。

「前田、高岸と一緒に、玄関に立っていろ」

水村が、小声で言った。

窓の外は、明るくなりはじめている。二人が出ていったドアを、私はぼんやり眺めていた。

「水村さんは、蕎麦《そば》は好きかな？」

「兄は好きでした、沢村先生」

「今度、N市に来るといい。私が、蕎麦屋へ案内しよう」

「私は、蕎麦だけは食わないと決めたんです、沢村先生」

「そうか。わかる気もする。君の人生も、いろいろと面倒というわけか」

「兄ほどではありませんが」

高岸が戻ってきて、坂井になにか耳打ちをした。坂井が立ちあがり、部屋を出ていった。

久納満が、不意に顔をあげた。私は、そばにしゃがみこんだ。

「そろそろ来たぜ、連中が」

「俺が雇ったやつらが」

「あんたが雇ったやつらは、とうに風を食らっちまったよ。金でなんでもできるなんて、まあ、あんたの人生そのものなんだろうな。そして、金でどうにもならないことが起きると、足もとから崩れるんだよ」

「俺が、いくら払ったと思ってる」

「ひとりに一億渡そうと、いざとなりゃ風を食らうね。一億であろうが二億であろうが、同じだ。金で雇われるというのは、そういうことさ。ここにゃ、金で雇われて躰を張ろうというやつはいない。崎田のところも、同じだろう」

「どうする？」

「なにを？」

「おまえら、俺を守り切れるのか？」

「おまえを守ろうなんて気はない。うるさいから大人しくしてろ」

私は、久納満の首筋に、手刀を叩きこんだ。眼が白く反転し、久納満は気を失った。

「ソルティ」

川中に呼ばれた。

もう崎田が来るだろう。もうしばらく待てと伝えてこい。ブリッジの勝負が、いま盛りあがっているところだ」

「どれぐらいの時間、待たせますか？」

「この勝負が終るまで」

私は、部屋を出、玄関にいる三人のところへ行った。

「ちょっと、川中さんに伝言を頼まれた」

言って、私は外へ出た。

「崎田さん、聞えるかい？」

私は、植込みのむこうの人影にむかって声をあげた。

「聞えている」

返事は、違う方向から返ってきた。

「もうしばらく、待ってくれないか。川中さんからの伝言だ」

「ほう。やっとあの人にも、迷いが出てきたのか。どれほど待てばいい？」

「ブリッジの勝負が終るまで。いま、盛りあがっているそうだ」

「ブリッジだと？」

「そうだよ、ブリッジだ。終ったら、川中さんは出てくると思う」

「なんでしょうか？」

弾《はじ》けるように、笑い声が起きた。笑っているのは、崎田ひとりのようだ。

「待とう。勝負運は、そこで使い切ってくれ。それが、俺の伝言だ」

「わかった」

私は事務所に戻り、部屋のドアを開けて、川中にそのまま伝言を伝えた。

## 37　男たちの霧

勝負が終ったのは、それから二十分ほど経《た》ってからだった。

四人は、テーブルのカードを見ながら、雑談をはじめた。終ったと崎田に告げてもいいか、と川中に言いかけ、私は口を噤《つぐ》んだ。川中の眼に、言いようのない光があったからだ。

宇野や忍や群は、盗むように川中の顔を見ている。

「三人とも、ここに残ってくれないか」

川中が言った。

「それから沢村先生もだ。あとのことは、俺に任せてくれ」

宇野が、パイプに火を入れた。

「恰好のいいことを言うじゃないか、川中。おまえはいつでもそうだよな。残った者のことを考えない。つまり自分のことだけを考えている、最低の部類の人間だ」

煙とともに吐き出される宇野の言葉を、川中は無視していた。パイプの煙に、忍の葉巻の煙が入り混じった。

「俺は、沢村先生と群先生には、じっとしていて貰いたい。宇野さんは、すべてを自分で決めると思うから、俺は口は挟まん。俺は、じっとしているわけにはいかんな、川中。なにしろ、俺の兄弟のことだからな。逆に、おまえにじっとしていて欲しいよ」

「沢村先生と群先生は、俺も同意する」

川中が言った。沢村も、パイプ椅子を引っ張ってきて、四人に加わった。

「人に対する思いが、試されるところだろう、川中さん。私は、そういう場所に立てることが、なんとなく嬉《うれ》しいね」

沢村が言った。

「ここに俺がいるか、佐知子がいるかなんだよ。俺にとっては、そうだね。だから、じっとしていろなんていう言い方に、はい、そうですかと応《こた》えることはできないな」

群が言った。まったく、馬鹿が揃いも揃ったものだ、と私は思った。思っただけで、口に出すことはできない。口に出したとたんに、おまえの馬鹿さ加減よりずっとましだ、と言われるのは眼に見えていた。

「五人揃って、出ていくということだな」

呟くように、沢村が言う。

私も、沢村と群は人種が違うのだと言いたかったが、それについても口を噤んだ。

水村、坂井、高岸、前田、そして私がいる。合わせると十名だった。崎田は、すでに七、八十人を植物園の中に入れているだろう。

これで殺し合いをすることに、私には異存はなかった。相手がプロの集団だったとしても、死ぬのがいやな人間はいるはずだ。ほとんどの人間が、生きてのしあがるために、躰を張っていると言っていい。

この十人は、まるで違った。

「私は、なにひとつとして役に立たない。それはわかっているが、その場にいる権利もまたある、と思っている」

沢村が言った。

「理由がないなんていう言い方はしないでくれよ、川中さん。俺は、ひとりの女のためにこうしたい。たとえ死んでもだ。いままで、死にたいと思っていたぐらいだが、いまは死ぬことに拭《ぬぐ》いきれない恐怖があるよ。だからいまは、ほんとうに生きているのだと思う」

群秋生が言った。

川中が、なにも言わずに立ちあがった。

私は、先に立って玄関の方へ行った。立っていた水村がふり返る。表情は動かなかった。玄関の外には、坂井を真中にして、高岸と前田が立っている。

私は、水村に視線を投げかけた。どうしたものか、と問いかけたつもりだった。水村はかすかに頷き、前へ出た。私も、水村と並んで歩いた。

「崎田、ひとつだけ言っておく。俺たちが、久納満を守っているなどと思うなよ」

誰の姿も、まだ見えなかった。

「俺たちは、それぞれの理由で、おまえとやり合う。久納満を助けようという理由で、ここにいる人間はいない」

「結果として、そうしているな」

正面から、声が聞えた。

数人の人影が現われる。木立の中、植込みのむこう、そんなところから、さらに数人ずつ現われた。全員が静止した。

影のように、ひとりだけが動いた。それが崎田だった。撃つには、まだ距離がありすぎる。

「川中さんは、出てくるのか。それとも、楯《たて》を全部潰すまで、出てこないつもりなのか?」

私に問いかけられたのか、建物の中の川中に言ったのか、判断はできなかった。

「楯なんかじゃないさ、その五人は」

川中の声がした。

私ははじめて、全身に緊張が走るのを感じた。これから殺し合いをする。川中の声を聞いたとたん、その思いが確かなものになったのだ。

川中のあとに続くようにして、四人も出てきた。

「なにがなんでもな」

崎田が言った。

「沢村先生と群先生と宇野先生は、余分じゃないのか、川中さん？」

「俺が連れてきたわけじゃない。ついてきちまったんだ」

「しかし、その三人になにができる。ただ標的みたいに立っているだけじゃないか。それを、撃てというのかね？」

「楽な殺しなんてもんが、あるわけはないだろう、崎田。俺はいいと思ったよ、この三人が死んでも」

「それはあんたの勝手でしょうがね。俺が殺したいのは、あいつのほかは忍信行とあんたの二人だけですよ。そして、それを邪魔しようってやつも、殺さざるを得ない」

「好きに殺すさ。殺すために、おまえはこの街へ来たんだろうしな」

崎田が、前へ出てきた。

まだ姿を現わしていなかった者が、数十人出てきた。六、七十人はいる、と私は見当をつけた。崎田が、さらに歩み寄ってくる。

二人が駈け出して、崎田を庇《かば》うように前に立った。

「俺は、川中さんと差しの勝負でもいいと思ってる。俺が勝てば、久納満を渡して貰うってことでね。負ければ、みんな退《ひ》く」

「駄目だな、崎田。虫が良すぎるぜ」

「俺の部下が信用できない、ということですか？」

「逆な意味で、信用している。おまえが殺されて、黙っているような連中じゃないさ。それは、こっちにいる連中も同じでね」

崎田は、うつむいてしばらく考えるような表情をしていた。張りつめたものが、方々で破れそうになっている。

「仕方がありませんね、川中さん。俺も、引くわけにはいかないもんで」

「まあ、なにかをやろうと決めた男だからな」

「こんな決め方じゃありませんでしたが」

ひとりが、叫び声をあげた。張りつめたものに、耐えられなくなったのだろう。拳銃を撃ちながら、飛び出してくる。一発目は手前の地面に刺さり、二発目は虚空に飛んだ。三発目を撃とうとして、喚《わめ》きながら立ち止まった時、水村の躰がすっと前に出た。男はそれに眼を奪われ、銃口をむけた。私も、パイソンを出した。しかし、前に出た水村が、片膝《かたひざ》をついて、標的でも撃つように、銃を発射していた。

男が、前のめりに倒れた。腿を撃ち抜いている。数人が出てきて、水村に銃をむけた。

発射された時、水村の躰はそこになかった。見事に回転し、躰を起こした時は、銃を構えていた。それは、崎田にむいている。

気づくと、坂井も前に出ていて、水村に銃をむけている男に、狙いをつけていた。腿を撃たれたひとりが、喚き続けている。植物園の中は、あとは静かだった。

「見事なものだな」

崎田は、水村に銃口をむけられても、落ち着いていた。

「いまの二人の連携は、素人とは思えん。コマンドの動きだ、と俺は思ったが」

「だとしても、機関銃があるわけじゃない。数発撃てば終りの、拳銃があるだけさ。おまえの有利は変ってないぜ、崎田」

川中が言った。

私は、ようやく踏み出していた。水村の近くに立つ。高岸も、出てきた。

川中が前へ出てくる。坂井が、やめてください、と小声で言った。川中は、崎田にむかって歩き続けた。私がいるところも、水村がいるところも越えて、前に出続ける。坂井が、川中の前に走った。水村は、素速く横に移動し、両手で銃を構えた。

「出ろ」

崎田が言った。十人。一斉に三歩だけ前に出てきた。全員が、同じ構えで拳銃を構えた。それは、全部川中にむいていた。

「おう、蜂《はち》の巣《す》にしてくれるのか、崎田」

川中が、その十人にむかって歩いていく。明らかに、十人は気圧《けお》されていた。しかし、ひとりが耐えきれずに引金を引けば、ほかの何人かも引くだろう。

それを、水村と坂井と高岸と私で、なんとかできるのか。

「おい。こっちが見えるか。俺のいるところが、見えるか？」

頭上から、声がした。

前田が、事務所の建物の屋根にいた。寝そべった姿勢で、ライフルを構えているようだ。

「そこから一歩でも動いてみろ、崎田。頭を吹っ飛ばしてやる。このスコープから、おまえの耳の穴がはっきり見えてるぞ」

十人は一斉に屋根の上を見あげたが、崎田はにやりと笑っただけだった。

「ライフルの用意ぐらいなら、こっちにもある。これは、ライフルどころか、機関銃でも片がつかないことだな」

十人は、また川中に眼をむけ、拳銃を構え直した。

川中が、前を塞ぐようにして立った坂井と高岸を押しのけるようにして、前に進みはじめた。それに続くように、忍と沢村と群と宇野が歩いていく。五人が、横に並ぶような恰好になった。

「射的場の標的みたいだろう、崎田。しかも、五人とも銃なんか持っていない」

「どういうつもりだ。それで、俺が退くとでも思っているのか？」

「おまえは、退かんよ。しかし、俺にも勝てない。銃もない人間を十人で撃ち殺して、勝ったと言うのか。おまえは、自分が賭《か》けたなにかを、いまひとつ失ったところさ」

「俺は、なにも賭けていないよ、川中さん」

「いや、賭けてるさ。この街から追い出されたあとの人生を、おまえは賭けてる」

「それで？」

「勝たなきゃならないのさ。どうしても、負けるわけにはいかない。俺たちが余計なお世話を焼かなきゃ、おまえは見事に勝ってた。絵に描《か》いた通りにな」

「いまだって」

崎田がそう言った時、両側で気配が動いた。二発の銃声は、ほとんど同時だった。

水村が転がり、坂井が伏せている。倒れたのは、十人のうちの二人だった。肩と腿。いい腕だった。

二人が、多分、引金を引く動きを見せたのだろう。私には感じないほどのことを、水村と坂井はしっかり見抜いたようだ。

「おい、崎田」

私は、思わず踏み出していた。

「俺の親父を知っている、と言ったな。嫌いじゃなかったと。倅《せがれ》の方はどうだ。いささか出来損っちゃいるがね。俺を最初に蜂の巣にしてみなよ。俺はこの通り、拳銃も持ってる。撃たれたら、多分、撃ち返す」

私は、崎田の方へさらに歩み寄った。

いきなり、腿に衝撃が来た。撃たれたのだということは、倒れてからわかった。すぐに死ぬような撃たれ方ではない。

「うちの親分《おやじ》が撃てなくても、撃てる人間はちゃんといるんだよ、若いの」

顔をあげると、拳銃を握った村西が立っていた。

「ふん」

私は、軽く言い、腕を突っ張って上体を起こした。なんとか、立ちあがる。

「こんなのは、撃ったって言わねえんだよ、おっさん。俺の心臓のど真中をぶち抜いて、撃ったというんだ」

二歩、私は前に出た。肩に衝撃が来て、私は腰を落とした。大口径の拳銃ではなかった。私のパイソンなら、数メートル吹っ飛んで動けなくなるところだ。

「おい、おっさん」

私は、また立ちあがった。

「ほんとに撃つってのがどういうもんか、見せてやろうか」

拳銃を持ちあげようとした。肩に痛みが走る。私の前に、五人出てきた。

「川中さん、若月君の拳銃を持ってくださいよ。俺は、自分のを持っています」

「男はな、崎田。心の中に拳銃を持ってりゃ、それでいいんだよ。この五人が持ってる拳銃、おまえのようなやつには見えないだろうな」

ここに及んでも、気障なことを言う、と私は思った。しかし、徒手空拳《としゅくうけん》で、銃口の前に立っている男の言うことでもあった。

公園の入口の方で、なにかがぶつかるような音がした。

全員の動きが、一瞬止まった。

ブルドーザーが突っ走ってくる。動きかける者を制し、崎田がそちらに眼をやっている。ブルドーザーを運転しているのは、姫島の爺さんだった。

停ったブルドーザーから、姫島の爺さんはゆっくり降りてきた。

「トラックにブルドーザーを積んできた。こいつでなけりゃ、門扉を破れなかっただろうな」

姫島の爺さんは、のんびりした口調で言った。口調はそうだが、やったことは相当に過激だ。

「ここで、馬鹿が殺し合いをしていると聞いたんでな。わしも入れて貰おうと思った」

「叔父さん」

忍が言った。

「信行、面白いことから、年寄りをはずすもんじゃないぞ」

「どういうつもりです、ブルドーザーなんかで?」

「こんなもの、若いころわしは手足のように動かしていた。その気になったら、クレーンだって扱える」

「待ってくださいよ、ここは」

「馬鹿が集まって、戦争ごっこをやってるところだろう。笑わせるな。やりたくもない殺し合いがどういうものか、おまえらにわかるわけがあるまいが。死にたくない者が、死んで行くつらさも、考えたことがあるまいよ。わしは、何百人という人間が死んでいくのに立会った。友だった者も、なにもしてやれずに死なせた。それなのに、わしだけが生き残っているんじゃ」

崎田は、姫島の爺さんをじっと見ていた。爺さんは、そちらにむかって数歩近づいた。

水村が駈け寄ろうとする。

「動かんでいい」

水村を制すると、ちょっと川中の方に眼をくれた。

「康」

爺さんが言う。はい、と低い声で崎田が応じた。崎田の名は、康というが、爺さんがなぜ名で呼ぶのかわからなかった。

それより、私は立ったままでいるのが、耐え難くなってきていた。それに気づいたように高岸がそばに来て、私の脇を支えた。

「おまえ、わしを殺せ。均が死んだだけでも、わしはまた逆縁《ぎゃくえん》の中に立つことになった。おまえは、久納家が憎いんだろう。なら、まずわしを殺してみろ」

「会長を殺すなどと」

「おまえは、面白がってこれをやっておるんだろう。ここに雁首《がんくび》を並べている五人を見てみろ。本気で殺したいのは、信行ひとりぐらいのもんだろうが。あとの四人は、殺したあと、殺すんじゃなかったと後悔する。後悔することで、おまえはもっと、自分を人間ではないと思い定めることができる」

　崎田は、爺さんを見つめ続けている。

「わしは、おまえに殺されたいんじゃよ。まだ人間であるうちのおまえにな」

「俺が、会長を殺せると思われているんですか？」

「人間でなけりゃ、どんなこともできる。やくざは、人間じゃないことを競い合う稼業ではないのか？」

「しかし、会長は人間であるうちの俺に殺されたい、とおっしゃいました」

「人間でなくなったおまえに、殺されたくない。だから、いま殺せと言っている」

「できません。できるはずがありません」

崎田は、前に出ていた十人を退がらせた。村西だけが、そばに立っている。

「この街を出てから、俺とおふくろがまともに生きていられたのは、会長のおかげです。ただ金が届けられただけでなく、会長は、必ず月に一度、俺に会いに来てくださいました。三十分ぐらいだったけど、話もしてくださいました」

「そんなことは、どうでもいい」

「よくはありません。会長は、死んだ俺の親父のことも、よく話してくださいました。卑《ひ》怯《きょう》なことはするな。人は裏切るな。そう言われたことは、よく憶《おぼ》えています」

「いまにしてみれば、無駄なことを言ったもんだと思う」

「無駄じゃありません。やくざには、やくざの世界があります。俺はそこで、卑怯なことはしない、人を裏切らない、ということだけを考えてやってきました。それで信用されて、多少は名が通ったやくざになれました。半端者が集まった世界ですが、それだからこそ、会長に言われ続けてきたことは、生きたのだと思っています。やくざも、人間です」

「そうか。やくざは人間だが、おまえは人間じゃなくなる、ということか」

「俺は、久納の人間に復讐《ふくしゅう》するという権利が、自分にはあると思っています」

「わしも、久納の人間だ。まず、わしに復讐することだな」

「俺が、なぜ会長に復讐しなければならないんです。おふくろが死んだ時、俺は崎田の親父の養子になりました。その時、ただひとつ気になったのが、会長のことです。きちんとしたやくざになることで、会長には許していただこうと思いました。勝手に姿を消したことは、お詫《わ》びしてもしきれないことだと思っていますが」

崎田の口調は、うんざりするほど真面目《まじめ》だった。私は、肩の痛みを感じはじめていた。腿より、肩の方が疼《うず》くように痛い。血は、それほど出ていなかった。

「座りますか？」

高岸が、小声で言った。

「いや、いい」

水村は、爺さんのそばに行きたそうだった。前田もいつの間にか屋根から降りてきている。

爺さんが、さらに崎田の方に近づいた。

「康。まず、わしを撃て。そのあとで、好き勝手に殺し合えばいい」

「できません。俺は、若月さんの倅さえ、撃つことはできませんでした」

「若月にはよくして貰ったと、おまえは言っていたな」

「会長には、言葉で表わせないほどよくしていただきました」

「わしの兄貴が、言葉にできないほどひどいことをしたからな」

「会長は、感謝する必要はない、といつも俺に言っておられました。おふくろは、感謝していました、死ぬ時まで。俺も、いまでも感謝しています」

「もういい、康。おまえがわしを撃たんのなら、隣にいるのにやって貰うか。そこにいる十人だっていい」

「銃を持たせているのは、俺の組の者たちだけです。俺の世界では、子供と言いますが。俺の子供は、俺が撃つなと言ったら、絶対に撃ちません」

「それじゃ、いつまで経っても、埒《らち》が明かんな」

「会長が出てこられた以上、黙って帰っていただけるわけはありません。俺には、よくわかります。だから、ここは俺が引き揚げます。それでよろしいですか？」

「いつかまた、こうやって来るのか？」

「わかりませんが、久納満を死なせることだけは、諦《あきら》めません」

殺すでなく死なせる、と崎田は言った。

「今回は、これでよかったのかもしれません。川中さんとのぶつかり合いは、意地の張り合いのようなものでした。そういうことを結構気にする俺たちの世界でも、とてもお目にかかれないような、意地の張り方でした」

崎田が、ちょっと川中に頭を下げた。

「川中さんともしぶつかるのなら、男と男を賭けてぶつかりたいと思います。今回の件については、もともとは川中さんは無関係なんですから」

「満を許す気はないんだな」

「均は、満を殺そうと言いました。その均を、満はここぞとばかりに死に追いやりました。二人とも、大旦那《おおだんな》の血です。会長とも、忍社長とも違う、久納の大旦那の血です。その血を、俺は憎み続けてきました。いまも、同じです」

「満と均か」

「失礼します、会長。俺は、また会長に助けていただいたのかもしれません。川中さんたちを殺していれば、俺は拭いようもない後悔の中で生きることになった、という気がします。少なくとも、満と均を死なせるのと、同じ次元で殺したくはありませんでした」

もう一度頭を下げ、崎田が踵《きびす》を返した。

「待てよ」

私は声を出していた。

「俺は、おまえと結着をつけなきゃならねえよ。おまえがいやだと言っても、それは俺がやらなきゃならねえことだ」

崎田が、ふり返った。村西が、私の方へ歩み寄ってきた。

「波崎って若いのを監禁したのは、うちじゃねえよ。二十人ばかりいた、均のところの者《もん》だ。おまえらに関して、俺たちは殺すところまでやってこなかった。どうしても親分《おやじ》とやるというなら、俺が相手をするしかないんだがね。あの波崎という若いのは、やりすぎたんだと俺は思う」

私の手から、坂井が拳銃をもぎ取った。もう、手には力が入らなくなっている。

崎田が、背をむけて歩きはじめた。

一緒にいた連中も、それぞれ消えていった。

姫島の爺さんが、私のそばに来て傷口を覗きこんだ。

「貫通している。腿の動脈が切れなかったのは、相手の腕がよかったからだろう。おまえの運がいいわけないからな、小僧」

それだけ言い、爺さんはブルドーザーの方へ歩きはじめた。

水村が先に立って走り、ブルドーザーのエンジンをかけた。

「外にトラックがある。それにブルドーザーは載せろ。姫島へ帰るぞ、水村」

「叔父さん、それなら俺の車でホテルまで送ります」

忍が言ったが、返事をせずに爺さんはブルドーザーに乗りこんだ。

私は、坂井と前田と高岸に担ぎあげられた。そのまま、公園事務所に運ばれていく。

部屋の中では、久納満がうずくまっていた。

高岸のナイフが、私のシャツとズボンを切り裂いた。

救急箱が持ってこられ、坂井が手際よく傷口を消毒すると、繃帯《ほうたい》を巻いた。

「結局、これで終りか」

宇野が言った。

忍が、川中に葉巻を一本抛《ほう》った。川中はそれを受け取り、カッターを使わず吸口を嚙み切って、火をつけた。

「川中、おまえは久納義正氏に助けられたんだぞ。あの老人が、躰を張って助けた」

「わかってるよ、キドニー」

「おまえはどこかで捨鉢《すてばち》になる。結局、俺たちを巻きこんで、捨鉢になった」

「宇野さん、私たちはそれを望んだんだ」

沢村がソファに腰を降ろして言った。

「私には、生涯に一度しかない、スリリングな体験だったよ」

「私もですよ、沢村先生」

群が言った。

バレンシアホテルの上田佐知子とは、これからも続くのだろうか、と私はぼんやり考えた。上田佐知子に身の回りの世話をされている、群秋生の姿はちょっと想像できない。

「俺が、勝手にこの街に飛びこんできたことが、波崎さんを死なせることに繫がったと思います、若月さん」

高岸が、私の前に立って言った。

「俺が突っ走らなけりゃ、社長を巻きこむこともなかった、と思います。まして、沢村先生を巻きこむなんて」

「高岸、いろいろなことが重なってる。つべこべ言って、恰好をつけるな」

救急箱を整理しながら、坂井が言った。

「俺は、川中だけが崎田に撃ち殺されることを、期待していたんだがな。残念だよ。俺は、殺されずに済んだはずだった」

「おい、キドニー」

「なあ、川中。崎田にとって、俺なんかは死んでる男だった。そういうことなんだ。だから俺は、あそこに立っていることができた。川中と忍、この二人を撃ち殺せば、それでよかったんだ」

「私たちも死んでいるということですか、宇野先生」

「あんたら二人のことは、わからん。なぜあそこに立っていたかも、わからん。崎田の気持も、わからん。しかし、殺されなかったという気はする。芸術家に対して、特別な感情を持っている、めずらしいやくざだったからね」

「そんな理由なら、やっぱり私たちは死んでいたんだな、群さん」

沢村が、笑いながら言った。

前田が、紙コップにコーヒーを淹れてきた。

「しかし、叔父貴らしいな」

忍が、自分も葉巻をくわえて言った。

「この街から追い出された崎田の面倒を、ずっとみていたとはな。ちょっと想像がつかなかった。そして、崎田のあの態度も」

「久納満を死なせることは諦めない、と言ったぜ、忍」

「それはいかんとは、叔父貴も言わなかった。これからも、いつ手をのばしてくるかわからないということか」

忍が煙を吐いた。

「兄さん、そういうことだ。姫島の叔父さんも俺も、そして川中さんや宇野さんも、もう崎田とは関係ない。関係ないところで、兄さんだけには、関ってくるという気がする」

久納満は、まだうずくまったままだった。肩がふるえているのを見ると、こちらの会話は聞えているのだろう。

「俺たちは、姫島の爺さんに負けたのかな」

川中が、呟くように言った。

「あの爺さんひとりに、負けたって気がするよ。たとえ殺されていても、崎田には負けなかったと思うがな」

「まあ、歳《とし》の功というやつだろうな。これまでの人生の集積で勝負されたら、川中さんにだって勝てないだろう。ところで忍さん、私にも葉巻を一本くれないか?」

「おう、切らしてたのか。川中のが切れていたのは、知っていたんだが」

忍が、葉巻を一本、群秋生に渡した。

「川中は、切れているからな。命運というか、ツキというか。また死に損って、ざまをみろという感じだ」

宇野は、パイプをいじりはじめた。

「そう言うな、キドニー。俺は、おまえが病院で死ぬ時、手をとってさよならなんて言うことになる前に、この世とおさらばしておきたいんだ」

「無理だな。俺はもう長くない。高岸、ホテルへ戻ったら、俺はすぐに透析を受ける。診療所に電話を入れておいてくれ」

「はい」

高岸が立ちあがり、部屋を出ていった。

煙が吐き続けられる。部屋の中に、霧が流れているようだった。香りの強い、男たちの霧だ、と私は思った。

「泣くなよ、痛くても」

川中が私に言い、さみしげな笑顔を見せた。

本書は平成十九年十二月に刊行された角川文庫
『ただ風が冷たい日　約束の街⑦』を底本としました。